DÉMON À BORD

MAMAN
CONTRE DÉMON

BEST-SELLER SUR LA LISTE DE *USA TODAY*

JULIE KENNER

Parfois, la maternité, c'est l'enfer...

Démon de l'après-midi
Démons et merveilles
Démon ne meurt jamais
Déjà démon
Allô maman, démon ! (histoire bonus)
Démon ex machina
Démon en vadrouille
Démon à bord
Démon, mode d'emploi

Jackson & Sylvia

Sur tes lèvres

Sur ta peau

À tes pieds

Jamie & Ryan

Apprivoise-moi

Tente-moi

Attise-moi

Rencontrez les hommes de Most Wanted

Te désirer

T'enflammer

T'envoûter

Découvrez les hommes de Stark Sécurité.

En mille éclats

Dans ton ombre (prequelle)

En mémoire de nous

En demi-teinte

En haute voltige

En ton nom

En crescendo (nouvelle)

En plein cœur

Plus de Stark Sécurité à venir

L'Homme du Mois

Droit au cœur - Mister Janvier

Vague à l'âme - Mister Février

Raison d'être - Mister Mars

Coup de sang - Mister Avril

État d'âme - Mister Mai

Droit au but - Mister Juin

Au beau fixe - Mister Juillet

Diable au corps - Mister Août

Cri du cœur - Mister Septembre

Corps à corps - Mister Octobre

État d'esprit - Mister Novembre

Force d'âme... - Mister Décembre

Cocktail royal - livre bonus

Blackwell-Lyon Sécurité

Nos adorables mensonges

Nos drôles de jeux

Nos belles erreurs

Nos plus beaux rôles

La série Maman contre démon

Démon de l'après-midi

Démons et merveilles

Démon ne meurt jamais

Traduit de l'anglais par Alexia Vaz and Valentin Translation.

J'ai toujours su qu'être la mère d'une adolescente serait comme vivre avec un démon tout droit sorti des enfers. Les explosions d'hormones. Les drames avec les amis. Les drames amoureux. Les drames lycéens. Toutes les petites passions projetées dans ce cinéma connu sous le nom d'adolescence.

J'avais lu tous les guides parentaux. J'avais parlé à d'autres mères. J'avais regardé des films et des émissions télé.

J'avais tout anticipé… sauf la chose que je n'aurais pas pu imaginer…

Mon adolescente était vraiment un démon.

D'accord, peut-être que j'exagérais légèrement. Techniquement, elle n'était qu'en partie démoniaque et c'était du côté de son père. Je ne suis même pas sûre de savoir à quel point elle est démon, parce que nous ne savons pas vraiment à quel point son père est démon.

Et, oui, le fait qu'elle soit en partie démon a sauvé le monde il y a quelques jours, même si cette petite anecdote n'est pas passée au journal local. Ce n'est pourtant pas choquant. Empêcher l'apocalypse nous fait rarement passer sur CNN.

Mais rien de tout cela ne change le fait qu'il y a de l'essence démoniaque en elle. Cette obscurité. Cette envie de pouvoir et de désordre. Ce mal fondamental, solide et froid.

Je ne l'ai jamais vu en elle. Ça n'est jamais sorti.

Mais je sais qu'il est là et cette simple réalité m'effraie terriblement. Comment puis-je la protéger d'une chose cachée au plus profond d'elle ?

Je m'appelle Kate Connor et je suis Chasseuse de Démons.

Et, pour le moment, ma plus grande peur est qu'un jour, le démon qui se cachait dans ma fille surgisse et marque ainsi la fin de tout. Puisque même si cela provoquait l'apocalypse, comment pouvais-je tuer mon enfant ?

A lors la gamine a un peu de mal en elle, répéta Eddie en s'enfonçant dans le fauteuil inclinable qu'il avait revendiqué. Comme si c'était nouveau ? Elle a quinze ans. Qui a déjà entendu parler d'une adolescente de quinze ans qui n'était pas maléfique ?

— Euh, allô ? s'exclama Allie. Je suis juste là ! Et je ne suis *carrément* pas maléfique !

Ma fille, Allie, le sujet de cette conversation particulière, lança un regard noir à son grand-père. Ou plutôt, à l'homme qu'elle considérait comme son grand-père. Tout comme moi, Eddie Lohman avait pris sa retraite de la vie de Chasseur de Démons. Et tout comme moi, il avait dû sortir de sa retraite et reprendre la vive réalité du service actif.

Personnellement, j'avais repris mon boulot de base et chassais les monstres. Lui, il assumait le rôle d'*alimentatore* avec moi, bien qu'il ne soit pas officiellement payé par la *Forza Scura*.

La *Forza Scura* est la branche secrète du Vatican créée il

y a des milliers d'années pour entraîner, éduquer et organiser les Chasseurs afin qu'ils combattent les démons, les vampires, les zombies et autres créatures des enfers ayant réussi à accéder à notre monde. Les démons sont les plus fréquents comme ce sont eux qui peuvent ressembler le plus à des humains. Mais les vampires, contrairement à la version hollywoodienne, ont tendance à ne pas être des personnes élégantes et pleines d'entrain, avec un sens de l'humour sarcastique et des yeux sombres et sexy. Il s'agit plutôt de créatures pâles, à demi mortes qui, tels des moustiques géants, ont constamment besoin de leur dose de sang.

Autrement dit, ce sont des monstres.

Idem pour les zombies, qui se déplacent malgré leur état de décomposition, sans aucune volonté propre à part celle de leur maître, généralement un démon, qui les contrôle.

Les zombies et les vampires ne se fondent pas dans la masse. D'ailleurs, c'était aussi le cas de la plupart des créatures dans l'arbre généalogique démonique. Mais les démons charnels ? Eh bien, ils font plutôt du bon boulot. Ils ressemblent à des humains puisque, eh bien, ils sont plus ou moins humains.

Le truc, c'est qu'il y a constamment des démons autour de nous et je parle littéralement. Quand vous marchez sur Terre, vous traversez des démons, bien qu'ils soient dans une autre dimension. À la *Forza*, nous appelons ça l'éther, mais il est plus juste de dire qu'il s'agit d'un genre de limbes et c'est là que les démons attendent. Ils se tapissent en attendant d'avoir l'occasion de se glisser dans un corps dont un humain n'a plus besoin.

Autrement dit, les démons s'installent dans des cadavres au moment où l'âme humaine s'en va. Ils ne peuvent pas non plus prendre n'importe quel cadavre. La fenêtre d'opportunité est très courte, donc le démon doit être prêt, juste là. Il doit prêter attention et être en position de départ.

Mais ce n'est pas tout. Même si le timing est bon, l'âme qui s'en va peut encore protéger le corps. Elle peut se battre et la plupart des âmes le font. Plus une personne avait foi, quand elle était en vie, plus il sera difficile pour le démon de se battre et d'entrer.

Pourtant, certains démons y arrivent. Vous avez entendu des histoires : des victimes de crise cardiaque miraculeusement ressuscitées. Un nageur noyé ramené à la vie. Sont-ce des personnes qui l'ont échappé belle ? Peut-être. Mais généralement, je suppose que ce sont des démons. Vous pouvez me qualifier de pessimiste, mais je me dis qu'il vaut mieux prévenir que guérir.

Et une fois qu'un démon est dans un corps, il peut y rester très, très longtemps. La plupart ne le font pas, puisqu'une majorité de démons a tendance à ne pas se fondre dans la masse. Ils veulent sortir et causer des dégâts. Ébranler le monde et se montrer maléfique. De plus, la plupart ont tendance à être des sbires, effectuant le boulot des Hauts Démons qui un Programme Sérieux. Du genre, oh, mettre fin au monde tel que nous le connaissons.

Ces démons sont faciles à repérer pour un Chasseur.

Mais d'autres réussissent à nous tromper. Certains ont un travail classique. Ce sont des démons, oui. Ils sont maléfiques, absolument. Mais ils veulent aussi être simplement humains. Je connais des démons qui gèrent des quincailleries, des clubs de strip-tease ou des entreprises de télémarketing. Généralement, leur véritable nature prend le dessus après un certain temps, mais le plus important, c'est qu'ils sont là. Qu'ils se mêlent aux autres.

Et désormais, je ne peux m'empêcher de penser qu'Allie a quelque chose en commun avec eux.

Cette idée est loin d'être joyeuse.

— ... tout comme l'a dit le Père Donnelly. N'est-ce pas, Kate ?

La voix d'Eliza me sortit de ma rêverie.

— Pardon. Quoi ?

Ma cousine de dix-huit ans et Allie échangèrent un regard exaspéré.

— Nom de Dieu, maman. Tu ne serais pas un peu distraite ?

Je ne répondis rien, puisque, oui, j'étais effectivement légèrement distraite. Épuisée, également. Nous n'étions arrivés à San Diablo que deux heures plus tôt après être restés dans l'avion plus de quinze heures pour revenir de Rome. Il n'existait pas suffisamment de café dans le monde pour chasser le brouillard de mon cerveau fatigué et confus.

— Eliza a dit que tout ce qui était en moi était bon, poursuivit Allie.

Au même moment, Stuart, assis à mes côtés sur le canapé, resserra sa main autour de la mienne.

— Tout comme l'a dit le Père Donnelly. J'ai l'essence, pas le mal. J'ai la force. Et la stratégie. Alors, c'est un avantage du point de vue de la chasse. N'est-ce pas ?

Elle se retourna, son regard passant de moi à son père, Eric, assis sur l'une des chaises de la salle à manger que nous avions traînées jusqu'au salon pour cette réunion de famille improvisée.

— N'est-ce pas ? répéta-t-elle.

Bien que je ne puisse en être sûre, je crus discerner une note de panique dans sa voix.

— Évidemment que tout est bon, répondit Eric.

Il pivota vers la gauche afin de favoriser son œil valide. Il avait perdu le droit lors de notre dernière bataille avant de partir à Rome et, tout bien considéré, il s'était remarquablement bien adapté.

— D'accord, dit Allie. OK.

J'étais heureuse que ma fille regarde son père avec tant d'intensité qu'elle en devienne incapable de remarquer Eddie, qui levait les yeux au ciel en remuant ses sourcils épais comme des chenilles.

— Tu as sauvé le monde, non ? ajouta Eric.

— Carrément, rétorqua férocement Eliza. Elle nous a tous sauvés.

Pendant qu'Allie sauvait le monde, Eliza était à l'hôpital. Elle avait affronté la mort en échouant à sauver sa mère, cette tante que je n'avais jamais connue. Je jetai un coup d'œil aux bracelets en cuir qu'elle arborait désormais à ses poignets. Ils correspondaient manifestement au style vestimentaire d'une dure à cuire avec un mauvais caractère. Et bien que cette description se prête à Eliza, la véritable raison de la présence de ces bracelets était qu'elle souhaitait dissimuler les horribles cicatrices gonflées.

— Je ne me tuerai jamais, avait affirmé Eliza lors de notre dernier jour à Rome.

Deux semaines après la fin du monde qui n'avait pas eu lieu, nous l'avions accompagnée lors de sa première sortie de l'hôpital et elle avait voulu se rendre au marché ouvert. J'avais compris pourquoi quand elle était partie vers un étal de bijoux en cuir et avait choisi les bracelets avant de les passer autour de ses poignets. Allie avait alors ajusté les lanières pour que la taille soit parfaite.

— Et il est hors de question que tous les caissiers au supermarché pensent que j'ai tenté de me trancher les veines chaque fois que je vais faire les courses, avait-elle ajouté avant de donner un coup comme pour bloquer un assaillant. En plus, ils devraient être utiles pour dévier les couteaux, non ?

J'avais opiné du chef. Plus que ça, j'avais également acheté une paire pour Allie et moi, même si nous ne les portions pas constamment, contrairement à Eliza.

Allie, assise en tailleur sur le sol à côté d'Eliza, fronça les sourcils.

— Et j'ai sauvé le monde *grâce* à ce que je suis.

Elle releva les genoux et les enlaça, son attention rivée sur Eric.

— Je suis différente, n'est-ce pas ? Grâce à toi, je veux dire. On l'a fait sortir de toi, mais avec moi...

Elle s'interrompit en fronçant les sourcils, puis secoua la tête.

Je savais à quoi elle pensait. Pendant des années, le démon que les parents d'Eric avaient mis en lui avait été maîtrisé, paralysé par un rituel de contrainte effectué par l'Église. Mais la contention n'avait pas fonctionné comme elle l'aurait dû et les choses avaient dégénéré il y a peu de temps. Eric était devenu comme Jekyll et Hyde. Il avait tant perdu la tête qu'il avait failli nous blesser, Allie et moi.

Tout allait mieux maintenant. Le démon avait été détruit et Eric avait survécu. Il ne restait plus un soupçon d'essence démoniaque en lui. Du moins, d'après ce que nous en savions.

— C'est différent, lui assura gentiment Eric. J'avais un véritable démon au fond de moi. Ce n'est pas ton cas. Tu...

— L'as entièrement en moi, déclara-t-elle. *Infusée par l'essence du démon.* N'est-ce pas ce qu'a dit le Père Donnelly ? Enfin, je suis coincée avec. Je le *suis*. Et j'ai simplement...

— L'*essence*, répéta Eric. Il n'y a pas de démon en toi, attendant de prendre le contrôle.

— Oh, c'est vrai, cracha Allie. Et tu le sais parce que ça arrive tout le temps. Je suis la première, tu te souviens ? Parce que tes parents voulaient *m'engendrer...*

— Ma chérie, dis-je doucement puisqu'elle commençait à élever la voix et à devenir hystérique.

Elle prit une profonde inspiration avant de mettre les mains sur ses flancs comme elle le fait lorsqu'elle est submergée par un tas de devoirs.

— Vous savez quoi ? Peu importe, dit-elle en se levant. Je peux y aller ?

— Y aller ? s'enquit son père. Où ça ?

— Dehors. À la plage. Au centre commercial. Chez Mindy, répondit-elle enfin en faisant référence à sa meilleure amie. Est-ce que je peux juste sortir avec Mindy ?

Son regard était toujours rivé sur Eric et, pendant un moment, il ne répondit rien. Néanmoins, je savais suffisamment analyser son expression pour comprendre qu'il voulait la garder dans la maison, en sécurité avec nous, loin du monde extérieur. Et, avec un peu de chance, en sécurité avec elle-même.

Apparemment, Allie savait également décortiquer son expression puisqu'elle piqua une crise.

— Je sais prendre soin de moi, tu sais. Et je ne vais pas devenir démoniaque à la plage. Je promets de ne pas ouvrir de portail vers l'enfer. Tu viens juste de dire qu'aucun démon n'attendait de faire son apparition. Tout ce que je veux, c'est sortir d'ici. J'ai envie de voir Mindy. Je veux...

— Évidemment que tu peux y aller, déclara doucement Stuart.

La tempête que j'avais vu grandir sur le visage d'Allie commença à disparaître.

Eric, sur le point de protester, se tourna vers Stuart et je levai une main pour l'interrompre.

— Stuart a raison, dis-je. Allie et Mindy ont beaucoup de choses à rattraper. Et c'est une journée magnifique pour aller à la plage.

— Je viens aussi, intervint Eliza.

Elle nous observait tous les quatre et tentait évidemment d'évaluer la situation.

— Je n'ai pas besoin d'une baby-sitter ! Des cornes ne vont pas pousser sur ma tête !

Eliza se rassit, levant les mains comme dans un geste de légitime défense.

— Je n'ai pas dit que c'était le cas, mais je pensais que tu voulais que je rencontre Mindy. C'est ce que tu as dit à Rome, n'est-ce pas ? Et je meurs d'envie d'aller à la plage. J'y allais tout le temps à San Diego et je suis en manque. Y a-t-il un endroit où l'on peut louer des planches ?

— Tu surfes ?

Le problème imminent provoqué par l'héritage démoniaque d'Allie disparut face à la perspective brillante d'apprendre à surfer.

— Tu veux bien m'apprendre ?

— Allie, dis-je. Tu te souviens de la dernière fois où tu as eu envie de surfer ?

— Eh bien, ouais. Mais cette fois-ci, c'est *moi* le démon.

— Allie !

— *Je plaisante.*

Elle haussa les épaules, ressemblant alors à ma petite fille.

— Sérieusement, maman, surfer n'est pas le problème et tu le sais.

— Eh bien, ça peut en devenir *un*, mais on pourra avoir cette discussion sur la sécurité dans le sport plus tard. Pour l'instant, j'imagine que tu peux y aller.

— Vraiment ? Génial. Tu peux nous y conduire ?

— Prenez le bus, déclarai-je. Considère le trajet jusqu'à l'arrêt de bus comme faisant partie de ton entraînement de surfeuse.

Allie leva les yeux au ciel.

— Eliza peut nous y conduire ?

Je fronçai les sourcils, ayant oublié que nous avions un autre conducteur avec le permis dans notre entourage. Du moins, je supposai qu'elle en avait un.

— Tu peux le faire ?

— Bien sûr, répondit Eliza. Mais ma voiture est toujours à San Diego.

J'acquiesçai, me souvenant soudain qu'Eliza ne nous avait pas parlé de ses plans. Retournait-elle chez elle ? Restait-elle à San Diablo ? Déménageait-elle à Rome pour s'entraîner ?

C'était néanmoins une discussion réservée à un autre jour.

— Tu peux emprunter le monospace, intervint Stuart quand il devint évident que je n'allais pas répondre.

— Oh, d'accord. Oui. Les clés de l'Odyssey sont dans la

cuisine. Vérifiez s'il y a de l'essence, criai-je alors qu'elles se dépêchaient de sortir. Et contrôlez les pneus !

Un frisson d'inquiétude me parcourut. Je tentai de le réprimer en me disant que j'étais nerveuse parce qu'Allie était conduite par une autre adolescente. Mais Allie s'était déjà baladée en voiture avec ses amies du lycée, plus âgées, l'année dernière.

Non, la véritable raison de mon inquiétude était exactement la même que celle d'Allie. Elle était provoquée par ce qu'elle était. D'après ce que nous savions sur elle, à présent, j'avais peur que comme toute adolescente, elle puisse perdre son calme. Mais contrairement aux autres, ses explosions colériques pouvaient causer de véritables dégâts.

À vrai dire, ça n'avait jamais été le cas auparavant. Ses crises de nerfs quand elle était bébé n'avaient jamais ouvert de portail vers les enfers et sa mauvaise humeur adolescente n'avait jamais fait venir d'armée de vampires chez nous. Mais c'était avant.

Les choses étaient différentes à présent. Elle s'était tenue devant le portail des enfers et son sang avait retenu des hordes de démons. *Son sang.*

Une lumière dorée avait alors envahi la pièce et nous avait tous éclairés. Pour ce que j'en savais, cette journée avait peut-être changé quelque chose de fondamental en elle. Même si ça n'avait pas été le cas, elle grandissait. Elle grandissait et changeait.

En tant que mère, cela m'enthousiasmait, me ravissait et me rendait légèrement nostalgique.

En tant que chasseuse de démons, cela me terrifiait.

Non seulement parce que j'ignorais comment les

lambeaux démoniaques en elle finiraient par se manifester, s'ils le faisaient, mais également parce que ses grands-parents l'avaient délibérément créée dans l'espoir de générer l'arme ultime qui combattrait les démons. Et j'avais le sentiment que la population démoniaque générale n'en était pas vraiment ravie.

Je craignais surtout l'inconnu. J'avais peur pour mon bébé. Et j'étais frustrée de n'avoir aucune idée de la façon dont l'aider.

Comme s'il savait ce que je pensais, Stuart me serra la main.

— C'est une bonne gamine. Tout ira bien.

Je souris et, pendant un moment de bonheur, je m'autorisai à le croire.

Eddie arriva alors et anéantit totalement mon fantasme en ricanant bruyamment.

— Tu te fais une sacrée idée de la « bonne gamine », mon garçon, dit-il. Parce que je crois que les choses vont devenir plus bordéliques que jamais.

— Merci, Eddie, déclarai-je sèchement. Merci beaucoup.

— Je dis simplement ce que je vois et, en vérité, je ne vois pas grand-chose.

Eric inclina la tête en écoutant attentivement Eddie.

— Que voulez-vous dire ?

— Simplement que nous n'avons pas de vue d'ensemble. Et si le père Donnelly mène la barque à la *Forza*, nous ne l'aurons jamais.

— Le Père Corletti est toujours responsable de la *Forza*, dis-je loyalement.

Ce prêtre avait été comme un père pour moi quand

j'avais grandi en tant qu'orpheline dans les dortoirs de la *Forza*.

— Peut-être, dit Eddie. Mais il n'était pas au courant du plan digne de Frankenstein du Père D. et de la façon dont ce salaud de traître a aidé à mettre un démon dans celui-là.

Il montra Eric du doigt.

— Le Père Corletti ne savait même pas la vérité quand tu as fait naître le monstre du Père D.

— Eddie !

Le choc et la colère se mêlaient dans ma voix.

Il balaya mon emportement d'un revers de la main.

— Je suis simplement mon analogie. Je ne pourrais aimer cette gamine encore plus si elle était réellement mon arrière-petite-fille et tu le sais. Je dis simplement que nous pensions qu'Eric était censé être son arme secrète, mais en réalité, c'était Allie.

— Le Père Donnelly nous a dit qu'il ne s'était pas rendu compte qu'elle avait de l'essence démoniaque en elle, déclara Stuart en nous regardant chacun à notre tour, Eric et moi. Quand nous avons eu cette réunion au Vatican, avant de rentrer à la maison. C'est ce qu'il a dit. Il ne nous mentirait pas. C'est un prêtre.

— Tu te comportes parfaitement comme un bon petit catholique, rétorqua Eddie. Quant à moi ? Je ne crois jamais un mot que prononce cet homme. Et, concrètement, pourquoi cela a-t-il de l'importance qu'il ait été au courant ou non ? Le résultat final est qu'il a obtenu ce qu'il voulait. Il a engendré une nouvelle race de Chasseur de Démons.

— Eddie a raison, déclara lentement Eric. Qu'il ait su ou non que notre fille avait de l'essence démoniaque, elle est ce qu'il essayait d'accomplir avec moi. C'est la raison pour laquelle il voulait qu'elle reste à Rome. C'est la raison pour laquelle il a utilisé ses mots comme une arme quand il a parlé du fait qu'elle devait combattre les démons.

Mon estomac se tordit, mais j'essayai de réfléchir rationnellement. De penser comme une Chasseuse et non comme une mère. Et Kate la Chasseuse de Démons savait qu'ils avaient raison.

— Tu as dit qu'il n'était pas ravi quand tu as refusé de la laisser là-bas pour qu'elle s'entraîne, me rappela Eddie.

Ses doigts glissèrent sur la garde du couteau que nous avions rapporté comme souvenir de Rome.

— Je crois que c'est parce qu'il te cache quelque chose.

— Quoi ? demandai-je.

— Je l'ignore. Mais il nous dissimule une information. Je parie qu'il y a plus de pouvoirs en cette fille qu'il ne vous le dit, et nous ignorons sous quelle forme cela va sortir.

— Nom de Dieu, rétorque Stuart.

Eric ne dit rien, mais son regard était rivé sur moi et je vis la peur dans sa pupille.

— C'est une bonne gamine, insistai-je.

— C'est une adolescente, rétorqua Eddie. Et ça signifie qu'elle va partir un peu en vrille. Il n'y a rien de mal à ça. Sauf qu'avec cette petite, qui sait ce que ça donnera ?

Je me levai avant de commencer à faire les cent pas dans le salon et la cuisine. Je n'avais pas envie d'entendre ça. Je n'avais pas envie d'y penser. Je voulais songer à toutes les autres choses qui devaient être faites. Toutes les missions de maman ordinaire qui m'attendaient à notre retour. Se préparer à la nouvelle année scolaire qui allait débuter. Défaire les valises. Retrouver une routine physique. Aller faire les courses. Planifier le troisième anniversaire de Timmy. Nettoyer ce fichu garage.

Les trucs normaux. Les trucs de la vie.

Et, honnêtement, je ne pensais pas que c'était trop demander. Après tout, nous venions tout juste de fermer un portail qui allait libérer les enfers dans le monde. Il était donc certain que l'univers nous devait une petite pause.

Ce n'était que justice, n'est-ce pas ?

Eric attrapa sa canne et se leva. À l'autre bout de la pièce, Stuart en fit de même. Eddie ne se leva pas, mais tendit la main vers la poignée de son siège inclinable et se baissa totalement tout en récupérant la télécommande de son autre main.

Somme toute, le salon était soudain envahi des vibrations d'une discussion terminée et ça ne me dérangeait pas. J'avais envie d'appeler Laura. Je voulais penser à ce que j'allais offrir aux jeunes bambins de la crèche que j'allais inviter pour l'anniversaire de mon fils, endormi dans sa chambre malgré le drame familial qui se jouait dans le salon. Je souhaitais faire l'inventaire du congélateur et du cellier pour savoir si nous avions de quoi manger dans la maison.

J'avais envie de défaire mes valises et de lancer une machine. J'étais sûre, à quatre-vingt-dix pour cent, que la lessive n'avait jamais été en première position sur ma liste de souhaits au cours de ma vie. Mais je venais tout juste de revenir de vacances non reposantes à Rome, et j'avoue que je mourais d'envie de vivre un peu de normalité.

Ou, du moins, ce qui paraissait normal dans la plupart des familles.

Toutefois, Eric prit à nouveau la parole et je tombai la tête la première dans la réalité.

— Nous devrions parler de l'entraînement d'Allie, dit-il.

Je chancelai sous la force de ces mots, si alourdis par le pragmatisme et l'horrible vérité.

— Kate, j'imagine que tu ne peux pas préparer de café ?

J'avais envie de protester par principe – à propos de l'entraînement, pas du café, même si c'était justifié puisqu'il savait parfaitement comment faire fonctionner la machine à café —, mais il avait raison. Avant même que nous soyons mis au courant de l'essence démoniaque d'Allie, le Père Corletti avait suggéré que nous l'entraînions formellement. Il avait même évoqué la possibilité qu'elle emménage à Rome afin de vivre dans les dortoirs de la *Forza* comme je l'avais fait. Au début, l'idée avait incroyablement enthousiasmé Allie, mais après avoir appris son héritage démoniaque, elle avait arrêté de nous supplier.

Je détestais le fait que ma fille soit obligée de vivre avec ce fardeau, mais je mentirais si je n'avouais pas que la maman en moi avait légèrement fondu quand Allie m'avait annoncé, en larmes, qu'elle voulait simplement rester à la maison et s'entraîner avec moi.

Ces mots avaient été un soulagement. Elle n'a que quinze ans, après tout. Et bien que je sache qu'à dix-huit ans, elle pourrait prendre la décision de partir de son côté, ces trois prochaines années au moins, je pourrais la garder auprès de moi. Je pourrais m'assurer qu'elle était prête.

Honnêtement, je ne faisais confiance à personne d'autre pour y arriver.

J'acquiesçai avant de partir vers la cuisine. Car Eric avait raison. Nous devions décider de beaucoup de choses et un café était de mise.

La voix de Stuart me retint.

— Je crois que c'est une conversation qui peut attendre demain.

Je me retournai et fronçai les sourcils avant de voir que l'expression d'Eric reflétait la mienne.

— Elle doit s'entraîner, rétorqua-t-il. Et si Kate et moi nous en chargeons, nous devons commencer à travailler sur les détails.

J'inclinai la tête. Jusqu'à maintenant, Eric n'avait pas spécifiquement dit qu'il allait participer à son entraînement. Je m'y étais attendu, en réalité, mais il était resté silencieux lors de la discussion au Vatican. Désormais, je ne pouvais m'empêcher de me demander ce qu'il avait en tête.

Peu de temps auparavant, il avait manqué de nous tuer, Allie et moi, quand il s'était abandonné à un démon puissant. À la suite de cela, il avait fait ses valises et avait déménagé à Los Angeles. S'il pensait que j'allais partager notre planning d'entraînement pour qu'Allie travaille avec moi ici, pendant la semaine, et avec lui à Los Angeles le week-end, alors nous devions avoir une sacrée discussion.

— Je pense que je peux utiliser le studio de Cutter, dis-je.

C'était vrai et, en même temps, je voulais montrer clairement que c'était moi qui faisais la pluie et le beau temps ici.

— Après les cours. Et on peut avoir des sessions plus longues là-bas, le week-end.

— C'est faisable, commença Eric, mais...

— Demain, répéta Stuart.

Cette voix me rappelait qu'il n'était pas simplement avocat, mais qu'il avait voulu assumer une position officielle, par le passé. Il se concentra entièrement sur Eric.

— Tu peux venir après la messe, *David*.

Il insista sur le nom, rappelant à tout le monde — comme si nous pouvions l'oublier — que mon premier mari, Eric Crowe, était mort des années plus tôt. Il était peut-être à nouveau en vie, mais il était dans le corps de David Long, professeur de chimie au lycée. Et David n'avait aucune autorité sur moi ou ma famille.

Un muscle tressauta dans la mâchoire d'Eric et il se crispa. Le démon avait peut-être été chassé de son corps, mais cela signifiait simplement qu'il ne partirait pas dans une rage meurtrière et n'essaierait pas de déchaîner l'enfer sur Terre. Même sans influence démoniaque, cet homme avait toujours eu mauvais caractère.

À cet instant, cependant, il se retint, et je ne pensai qu'à deux choses : des détonateurs et des explosions apocalyptiques.

— Peu importe ce que vous faites, faites-le dans la cuisine, dit Eddie en montant le volume d'une rediffusion de *Friends*. Vous êtes en train de gâcher ma routine matinale.

Eric resta focalisé sur Stuart.

— Pas de problème, déclara-t-il enfin. Je dois m'occuper de certaines choses aujourd'hui, de toute façon.

Il se tourna vers moi et son expression s'adoucit.

— On discutera demain.

Je le regardai franchir la porte d'entrée et tournai

ensuite la tête vers la cuisine avant de pivoter et de partir dans cette direction, espérant que Stuart me suivrait.

Puisque je voulais à la fois de la caféine et quelque chose pour m'occuper les mains, je commençai à mettre du café dans le filtre.

— Je croyais que tous les deux, vous aviez réussi à trouver un terrain d'entente, dis-je en versant de l'eau dans la machine. Pourquoi tu le repousses ?

— Un terrain d'entente, oui. Mais nous ne sommes pas meilleurs amis.

Il s'appuya contre le plan de travail. Il était manifestement détendu et avait le contrôle complet de la situation.

— Il ne vit pas ici, Kate.

— Évidemment que non.

Je commençai à réaliser ce qui avait motivé sa réaction. Eric nous avait suivis dans sa voiture, de l'aéroport jusqu'à la maison. Il n'y avait eu aucune discussion, aucune invitation. C'était simplement une évidence. Après tout, nous devions discuter de toutes ces choses démoniaques.

Mais j'étais la femme de Stuart, pas celle d'Eric. Plus maintenant. Et après avoir déjà traversé une route conjugale assez cahoteuse lors de laquelle Eric avait été l'un des nombreux nids de poule, je pouvais comprendre que Stuart veuille que notre maison soit simplement *notre* maison, au moins pendant un jour. Un jour pour décompresser. Pour traîner. Pour être simplement en famille.

— Je comprends, répondis-je avec un doux sourire.

Je sortis deux tasses et les remplis même si la machine à café avait à peine commencé à couler.

— Eddie a réquisitionné la télé du salon, mais nous pourrions passer l'après-midi dans la chambre à regarder quelque chose. Ou à ne pas regarder quoi que ce soit, ajoutai-je avec une intonation suggestive. Timmy est toujours assommé à cause du décalage horaire, et Allie est partie au moins deux heures.

— Ce n'est pas une mauvaise idée, dit-il d'une voix annonçant clairement qu'il était simplement poli. Mais je dois vraiment m'occuper de certaines affaires de mon côté.

Je clignai des yeux, avant de fermer doucement la bouche une fois que je me rendis compte qu'elle était grand ouverte.

— Tu pars ? Maintenant ?

— Il est plus de dix heures. Il faut que j'aille voir Bernie avant midi.

— Alors pourquoi as-tu renvoyé Eric ? Nous devons trouver une solution. Je dois savoir ce que...

— Tu ne m'as pas dit que tu avais besoin de te concentrer sur la planification de la fête d'anniversaire de Timmy ? Nous avons *deux* enfants, Kate.

Ma mâchoire se crispa, la tension sur mon visage me rappelant ce que je venais juste de voir chez Eric. Stuart avait raison. Il fallait que je prépare les invitations, sinon la plupart des enfants répondraient par non plutôt que par oui. Nous étions restés en Italie plus longtemps que nous ne l'avions prévu et il ne restait donc plus qu'une semaine entre le moment où j'enverrais les invitations et la véritable fête. Je n'étais peut-être pas très sociable, mais mon petit garçon n'allait pas se retrouver hors de la boucle à laquelle appartenaient tous les enfants de la crèche du quartier.

Néanmoins, cela ne signifiait pas que j'avais besoin de mon mari pour me tenir la main et contrôler les rendez-vous de jeux et les fêtes.

J'ouvris la bouche pour le dire, mais la refermai à nouveau quand la réalité me frappa en plein visage.

Ce n'était pas à propos de Timmy. Ce n'était même pas à propos d'Allie.

Cela concernait Eric, Stuart et sa jalousie. Une jalousie que je pensais oubliée — ou du moins balayée sous le tapis — quand Eric avait quitté la ville et que Stuart était venu me retrouver à la maison.

Mais les choses avaient changé une fois de plus. Oui, Eric vivait désormais à plus d'une heure, à Los Angeles, mais il était à nouveau impliqué. Je n'allais pas le maintenir hors de la vie d'Allie, pas maintenant. Pas maintenant qu'il était libéré du démon. Pas maintenant qu'il était la seule personne en vie à comprendre un tant soit peu ce qu'il se passait en elle.

Stuart le savait, bien sûr. Et je ne pouvais lui en vouloir d'avoir clairement envie d'établir des limites familiales. Néanmoins, je savais également que peu importait à quel point il essayait, les frontières allaient se brouiller.

Cette idée me tordit l'estomac.

J'avais déjà perdu Stuart — pas une fois, mais deux. La première fois parce que j'avais gardé secrète ma vie de chasseuse de démons et que j'avais pris la décision de ne pas lui faire confiance — pour me duper en croyant que je les protégeais, lui et notre mariage — et c'était totalement ma faute. Mais la seconde... eh bien, c'était la sienne et cela avait été provoqué par la peur, pure et simple. La peur de ce que je suis, sans parler du danger qui m'entoure. Mais il était revenu, choisissant d'affronter ce danger afin que notre famille reste unie.

Son départ m'avait fait l'effet d'une trahison, mais son

retour avait été miraculeux. Il avait vu de ses propres yeux le pouvoir destructeur de l'enfer et il avait regardé sa femme, qui arrivait à peine à faire une lessive et la vaisselle le même jour, envoyer l'un des démons les plus puissants de l'univers jusqu'en enfer. Il comprenait le danger dans lequel il s'engageait et pourtant, il avait tout de même choisi notre famille. Et cela voulait tout dire pour moi.

Quand il était venu avec nous à Rome, il m'avait promis de rester, et dans cette ville antique, j'avais regagné entièrement cette confiance qui s'était dégradée lorsqu'il s'était éloigné.

Mais maintenant que nous étions de retour à San Diablo, maintenant qu'il traçait des frontières et montrait les gros muscles avec Eric, je ne pouvais m'empêcher de me demander si Stuart ignorait vraiment à quel point la situation allait devenir bordélique.

Et cela m'effrayait presque autant que le démon se tapissant dans l'esprit de ma fille.

J'étais encerclée.

Je n'avais aucune autre façon de le décrire. De larges échantillons de couleur. Des dizaines de textures. Et des créatures inhumaines avec des yeux énormes et des sourires emplis de dents planaient au-dessus de moi.

J'étais débordée, j'avais si peur de merder. De ne pouvoir m'en sortir et d'imaginer que ma famille entière finirait enterrée dans un chaos absolu.

— Kate ?

Ma meilleure amie, Laura, appuya sa main contre mon dos, me poussant silencieusement à avancer.

— Tu as un plan ?

Je me raidis. Je pouvais y arriver. Je devais simplement faire le premier pas.

— Nemo, dis-je enfin en montrant la banderole *Joyeux anniversaire* colorée qui arborait un petit poisson-clown.

J'inspirai, me détendant maintenant que j'avais pris une décision.

— On va partir sur le thème de Nemo.

Une fois cette Décision Vitale Majeure prise, je jetai les paquets dans mon caddie, ainsi que des assiettes et des verres avec des dessins de Dory.

— C'est un bon choix.

Laura attrapa une nappe en papier arborant un requin joyeux et souriant.

— Timmy adore *Le monde de Nemo*.

— À moins que je doive opter pour Bob l'Éponge ?

Laura chassa mon idée d'un revers de la main.

— Il va avoir trois ans. Le gang de Bikini Bottom est n'est probablement pas le plus approprié pour des enfants de maternelle.

Puisque je ne pouvais la contredire à ce sujet, je m'en remis à l'expertise de ma meilleure amie, qui savait organiser des événements.

— Banderole, nappe, verres, couverts en plastique. Qu'est-ce qu'il me manque ?

— Les invitations et les serviettes, dit Laura en attrapant efficacement les deux. Et tu fais un gâteau ou tu l'achètes ?

Je ne pris même pas la peine de répondre. J'inclinai simplement la tête pour lui lancer un regard perdu. Laura savait aussi bien que moi que si j'essayais de préparer et de décorer un gâteau, je finirais avec une cuisine en bazar, ou encore plus en bazar qu'actuellement, et un tas qui ressemblerait à un gâteau et qui ne serait peut-être pas comestible.

— D'accord, eh bien, tu n'as pas besoin d'une décoration de gâteau. Tu peux demander à la boulangerie de Ralph de le faire, expliqua-t-elle. Ou je peux le préparer pour toi, si tu veux.

Laura Dupont était une déesse domestique en plus d'être ma meilleure amie, et j'appréciais vraiment sa proposition. Mais je savais qu'elle avait du pain sur la planche en tant que mère célibataire de Mindy, meilleure amie d'Allie, une fille de presque seize ans qui suivait des cours d'été de comédie musicale et qui avait donc presque constamment besoin d'être conduite quelque part. Toutefois, je refusai pour des raisons plus personnelles et bienveillantes.

— Si tu veux me rendre service, je préférerais que ce ne soit pas quelque chose que je peux demander à l'épicier du coin.

— Ou je pourrais faire tout ça à la fois. Je suis talentueuse à ma façon.

Elle plissa les yeux.

— Au fait, tu comptes me raconter ce qu'il s'est passé à Rome ou est-ce que je dois le deviner ? Ou, que Dieu nous en garde, sommes-nous désormais le genre d'amies qui boivent du vin ensemble et parlent de leurs enfants ?

— Nous sommes déjà ce genre d'amies, lui fis-je remarquer.

— C'est vrai. Mais nos sujets de conversation sont plus larges que ça. Les enfants et les démons. Le vin et les armes. Notre amitié a évolué pour devenir éclectique et j'aime que ce soit ainsi. Sérieusement, Kate, ajouta-t-elle. J'ai la sensation qu'il se passe autre chose. Des démons se sont libérés ?

Elle fronçait les sourcils et je vis de l'inquiétude sincère dans son regard. Elle savait déjà en partie ce qu'il s'était passé à Rome, puisqu'elle avait été l'élément principal de mon équipe de recherche hors site. Laura savait donc que les démons avaient essayé d'ouvrir un portail vers l'enfer. Elle savait que j'avais été bouleversée en découvrant que, même si j'étais orpheline, ma mère avait une sœur. Et que cette sœur avait une fille. Et que ma cousine, Eliza, était venue jusqu'à Rome pour me trouver.

Sans parler du fait qu'Eliza était également chasseuse de démons. Bien qu'elle ne soit pas officiellement financée par la *Forza*.

Laura savait que cela n'était pas passé loin…

— Sérieusement, Kate ! avait-elle dit quand j'avais appelé pour lui dire que tout allait bien. Tu sais à quel point c'est stressant d'attendre en Californie en sachant que le monde pourrait disparaître d'une seconde à l'autre ?

… Toutefois, elle savait également que nous avions réussi à fermer et verrouiller ce portail. La crise avait été évitée. Les démons avaient été vaincus. Le monde avait été sauvé. L'apocalypse avait été évitée.

Pour l'instant, en tout cas. Si j'avais appris quelque chose au fil des ans, c'est que le monde est toujours proche de la fin. C'est un lourd fardeau, mais il n'y a rien de tel que d'être prévenue d'une apocalypse imminente afin de réorganiser ses priorités. Enfin, qu'est-ce qu'une cuisine en bazar quand vous essayez de retenir les flammes de l'enfer ?

Laura savait qu'il y a quelques semaines, c'était exactement ce que ma famille avait réussi à faire. Ce qu'elle ignorait, c'était que le sang d'Allie avait refermé le portail et que l'unique raison pour laquelle cela avait fonctionné, c'était parce qu'elle est en partie démoniaque. Nous ne l'avions pas su avant ce moment, mais étant donné la horde de démons qui s'apprêtait à nous foncer dessus, cette révélation perturbante avait clairement eu un avantage.

Je m'étais dit que je n'avais pas partagé cette partie de l'histoire puisque ce n'était pas le genre de choses dont on discutait au téléphone ou par SMS. Mais ce n'était pas l'entière vérité.

Non, la triste vérité était que je craignais que ma meilleure amie regarde ma fille d'un air désapprobateur. Qu'elle commence à trouver des excuses pour sortir Mindy de la vie d'Allie. Qu'elle ne voie plus ma jolie fille brillante, amusante, talentueuse, sarcastique et parfois emmerdante comme une vraie personne. Elle serait entachée. Elle serait l'ennemie.

Ou pire, elle serait quelqu'un dont on a pitié.

Je m'inquiétais de tout ça. Et alors même que je luttais contre cette peur, je me détestais d'avoir une si mauvaise estime de Laura au point d'entretenir de telles idées.

Mais quel chemin étais-je censé emprunter ? Devais-je protéger ma fille ? Ou protéger mon amitié ?

Et même si je détestais être hypocrite avec Laura, quand je le formulais ainsi, il n'y avait pas vraiment de débat. En fin de compte, mes enfants passeraient toujours en premier.

— ... America.

Je fronçai les sourcils, complètement perdue.

Laura leva les yeux au ciel.

— La Terre à Kate. J'ai dit que si tu n'étais pas sûre pour Nemo, tu pourrais toujours opter pour Captain America.

— Non, répondis-je fermement.

À cet instant, je voulais rentrer chez moi et j'appréciais le fait que Laura comprenait évidemment que je n'étais pas prête à lui raconter tout ce qu'il s'était passé à Rome.

— Nemo est génial.

— En parlant de trucs géniaux, j'ai l'impression qu'Eliza est une bonne gamine.

Elle récupéra efficacement un rouleau de papier cadeau sur le thème de Pixar et le jeta dans le caddie sans s'arrêter dans sa foulée alors que nous nous dirigions vers la caisse.

— C'est vrai, confirmai-je, même si les débuts ont été compliqués.

Ça n'avait pas été facile pour elle à Rome. Les démons avaient été aussi conscients de sa présence que de la mienne.

— Et même si je ne la connais pas encore très bien, je crois qu'elle froncerait sans doute les sourcils à cause du surnom « gamine ». Elle a dix-huit ans. Je suis presque convaincue que les gens de dix-huit ans sont susceptibles à ce sujet. Avec cette histoire de droit de vote.

— Pfff. Jusqu'à ce qu'ils puissent s'asseoir avec nous et boire un cocktail, ce sont des gamins. D'ailleurs, oublie les cocktails. Je veux un diplôme d'université sur leur mur et un bulletin de salaire entre leurs mains. Ou une famille, une carrière voire les deux. Oh, bon sang, Eliza va simplement devoir faire avec mes nombreux préjugés personnels parce que, pour moi, Mindy sera une gamine pour toujours.

Nous étions arrivées à la caisse et je gardai la tête baissée en vidant mon caddie. Puisqu'à vrai dire, j'avais beau vouloir le croire, Allie n'était plus une enfant à mes yeux. Elle serait toujours mon bébé, mais ma fille avait été obligée de grandir et même si je trouvais qu'elle avait fait du sacré bon boulot, je ne pouvais m'empêcher de faire le deuil de ce morceau perdu de son enfance.

— Attendez, dit Laura à l'hôtesse de caisse qui venait de scanner le dernier article. Je suis sûre d'avoir un bon de réduction quelque part.

Il y a peu de temps, Laura dépensait de l'argent sans réfléchir. Après le divorce, elle était devenue remarquablement économe.

— Ne t'inquiète pas pour ça, dis-je.

Maintenant que je recevais à nouveau un salaire de la *Forza*, je me sentais un peu plus à l'aise financièrement que lorsque nous étions une famille de quatre personnes avec un salaire d'avocat public.

— Non, non, tu devrais l'utiliser. Il expire bientôt et je sais que je l'ai mis là...

Je m'apprêtais à lui dire que ça ne valait pas la peine quand la femme derrière moi soupira lourdement. Je lui jetai un coup d'œil et vis une femme au visage amer en train de mâcher du chewing-gum. Elle tenait devant elle un panier portant une unique bougie immonde. Des tourbillons d'un vert étrange sur une colonne ivoire. Ce n'était clairement pas un centre de table, à part peut-être pour des druides exécutant une cérémonie de vénération des arbres. Elle plissait les yeux et était renfrognée. Honnêtement, nous étions arrivées en premier à la caisse et ce n'était pas comme si nous avions traîné.

Soudainement, une minute de plus pour trouver un bon de réduction ne me paraissait plus si grave que ça.

— Si tu pouvais le trouver, ce serait génial, dis-je à Laura. Je ne suis pas du tout pressée.

Je ne jetai pas de nouveau coup d'œil à l'Aigrie, mais

j'étais certaine de sentir son regard me transpercer. Et même si j'étais loin de lire dans les pensées, j'étais également certaine d'avoir entendu vivement et clairement dans mon crâne toutes les insultes dont elle nous affublait.

Lorsqu'une minute entière fut passée, je faillis dire à Laura de laisser tomber. Mais alors que j'ouvrais la bouche, elle sortit la main en exagérant son geste et agita le bon de réduction.

— Ah ! Je te l'avais dit.

Elle le passa à l'hôtesse de caisse et soudain, je bénéficiai d'une énorme réduction de dix pour cent sur ma facture.

Nous attrapâmes les sacs et nous précipitâmes vers la sortie. Alors que je franchissais les portes vitrées automatiques, je jetai un coup d'œil et vis l'Aigrie me scruter avec une pure malveillance dans le regard.

— Quoi ? chuchota Laura.

— Rien, dis-je.

Néanmoins, ce n'était pas la vérité. Parce qu'en réalité, j'étais d'humeur à botter un petit cul et je me demandai si l'Aigrie n'était pas un démon accompli venu des enfers et si je ne venais pas de passer à côté de l'opportunité parfaite.

4

Elle mâchait du chewing-gum, ajoutai-je en fermant la porte du couloir où je venais tout juste de ranger le matériel pour l'anniversaire loin des regards indiscrets.

J'avais évoqué dans la voiture la possibilité que l'Aigrie soit un démon. Non pas que j'aurais sorti mon couteau et l'aurais poignardée dans l'œil dans l'instant. Les magasins discount ont tendance à voir d'un mauvais œil ce genre de comportement.

— Et cette bougie ? Est-ce qu'une créature possédant une âme pourrait choisir une bougie aussi moche ?

— Je crois qu'elle était juste aigrie, répondit Laura en s'appuyant contre le mur. Il n'y a pas si longtemps, tu étais empêtrée avec les démons et tu sauvais le monde, donc, bien sûr, tu les vois à chaque coin de rue. Mais toi et les tiens, vous venez tout juste d'empêcher l'apocalypse. Genre, la Grande Apocalypse. Les démons ne vont pas te lancer des regards noirs et s'attirer tes foudres. Tu es une Chasseuse de Démons qui déchire.

— Oh que oui, je le suis.

Nous échangeâmes un sourire.

— Tu as probablement raison, cédai-je. Ce n'est pas parce que j'ai été attaquée à côté d'un étal de fruits à Rome qu'on va me sauter dessus quand je fais la queue à la caisse.

— C'est exactement ce que je veux dire.

Elle fit un signe de la main vers la porte.

— Tu veux que je te laisse tranquille pour que tu puisses défaire tes valises ?

— Et si tu restais pour un verre de vin ? À moins qu'il soit trop tôt. Mon horloge interne est toujours perturbée.

Je jetai un coup d'œil à ma montre et vis qu'il n'était pas encore seize heures, mais cela signifiait qu'il était tard à Rome et je commençais à me sentir patraque.

Laura et moi avions fait quelques courses en plus des achats pour la fête, et nous avions également déjeuné à la Pizzeria de Luigi.

— Pour que tu puisses me raconter ce que tu as vu, ce que tu as acheté et ce que tu as mangé à Rome, dans l'ambiance adéquate, avait dit Laura.

Nous avions alors bu du vin et je me disais, pourquoi arrêter maintenant ?

— Le petit doit prendre son bain, donc tu boiras sur un trône en porcelaine, mais...

— Quand avons-nous commencé à faire des manières ? conclut-elle en souriant. En plus, je deviendrai la reine de la soirée. C'est un bonus. Surtout si tu as un vin blanc au frais. À supposer qu'Eddie n'ait pas déjà tout bu.

Je devais encore effectuer l'inventaire complet de la cuisine et j'évitai résolument de penser au fait que je devais me rendre à l'épicerie pour remplir notre cellier. Selon mon point de vue, un nid de vampires assoiffé de sang est toujours plus intéressant qu'un tour à l'épicerie du coin.

Laura me suivit dans le salon alors que nous nous dirigions vers la cuisine. J'y trouvai Timmy, ne portant que ses sous-vêtements Captain America, par terre devant le fauteuil inclinable d'Eddie avec sa mallette médicale grand ouverte remplie de jouets. Bounours, l'ourson bleu dépenaillé qui était son doudou préféré depuis qu'il était nourrisson, était allongé sur une petite couverture verte, les « sutures » d'une réparation récente bien visible sur la fausse fourrure emmêlée. Mon futur chirurgien était penché, son petit dos arqué alors qu'il écoutait le cœur de l'ourson à travers un stéthoscope en plastique.

— Comment va le patient ? demandai-je.

Il ne m'avait pas entendu entrer. Il leva alors les yeux avec le genre de sourire qui serrait mon cœur de maman.

— Va bien, maman !

Il fronça les sourcils en direction de l'ours, avant de me regarder à nouveau.

— Il avait besoin d'un vaccin. Papy aussi !

Je me tournai et observai Eddie faire sa sieste dans le fauteuil inclinable.

— Le meilleur baby-sitter du monde, lançai-je malicieusement en souriant à Laura.

— J'ai entendu, grommela Eddie. Je repose juste mes yeux. Le petit garnement a regardé tout un DVD de *Barney*. Un homme ne peut pas supporter autant de violet.

Pas faux.

J'avertis Timmy qu'il irait prendre son bain dans cinq minutes, puis je lui dis de choisir deux jouets pour aller dans la baignoire. Pendant ce temps-là...

— Marche. Ne cours pas dans les escaliers, jeune homme !

... Je fouillais dans notre minuscule cave à vin à la recherche d'une bouteille de blanc tandis que Laura prenait deux biberons en plastique et retirait le couvercle. Aucun verre n'était autorisé dans la salle de bain et apparemment, ma meilleure amie connaissait cette règle aussi bien que mes enfants.

— Tu es courageuse de lui faire prendre son bain avant le dîner, dit Laura quand nous montions toutes les deux l'escalier.

— On aurait dû le faire avant, confiai-je. Entre le fait de gérer Eliza à l'hôpital, changer notre vol de retour et passer ce qui me semble être plusieurs jours dans les airs — avec un bambin, rien que ça – ça fait un moment que mon petit gars n'a pas été bien décrassé.

— Quand même...

J'entendis la perspective d'une tragédie imminente dans sa voix.

— Je sais.

Elle avait raison. Les bains avec de jeunes enfants avant le dîner étaient une chose dangereuse.

— Stuart nous rapporte le dîner puisque notre placard n'est rempli que de ce qu'Eddie considère comme de la nourriture, et il sait comment ne rien salir.

Malgré ma haine générale pour cet endroit, j'avais clairement eu l'intention d'aller à l'épicerie aujourd'hui, mais Stuart avait envoyé un SMS et avait proposé de passer prendre quelque chose pour le dîner, ce qui était, selon moi, sa façon de s'excuser pour le micmac avec Eric.

Puisqu'Eddie ne s'était pas joint à nous à Rome, nous

avions un stock de produits de base, comme du café, du lait et du jus d'orange. Mais cet homme vivait de plats surgelés, de pâtes au fromage en boîte, de gaufres et de pizzas livrées. Il était donc impossible que son idée d'une cuisine bien remplie puisse nous fournir un repas pour cinq. À vrai dire, j'aurais pu décongeler quelque chose trouvé dans le congélateur du garage ou j'aurais pu dévaliser notre garde-manger où se trouvaient des conserves achetées en gros, mais j'avais saisi à pleines mains la proposition de Stuart. Mentalement, j'étais ensuite passée de mon saut au supermarché à la liste de choses à faire demain, et j'avais fait une petite danse de la joie dans la chambre, où j'avais commencé à défaire les valises.

— Ça ne te dérange pas de rester ici ? Tu n'as pas de rencard torride ? demandai-je en me perchant sur le bord de la baignoire et en commençant à régler la température.

— Pas ce soir, répondit Laura.

Je levai les yeux de la bouteille de Monsieur Bulles que je versais dans l'eau.

— Tout va bien ? Enfin, c'est samedi soir. Cutter et toi, vous ne... ?

— Tout va bien, m'assura-t-elle. Il m'a même emmenée en week-end à Santa Barbara quand tu n'étais pas là, mais après que vous avez sauvé le monde, parce que j'étais la Chercheuse de garde.

— Timmy ! l'appelai-je avant de me tourner vers Laura. Et pourtant, pas de rencard torride ce soir ?

— Il est à Los Angeles. Pour un genre de conférence sur les arts martiaux. Un truc pour ceux qui possèdent des studios. Ce n'est pas une compétition, donc je n'ai pas besoin d'y être pour l'encourager.

J'avais rencontré Cutter peu après ma première attaque de démon à San Diablo. Je m'étais rendu compte que j'avais besoin de me remettre en forme et de raviver mes aptitudes atrophiées afin de savoir combattre. Je l'avais trouvé dans le studio d'arts martiaux du centre commercial, à l'entrée de notre quartier. Ancien soldat d'élite de la Marine, Cutter avait à la fois les capacités et le look d'un mannequin sur la couverture d'une romance. Et même s'il avait été curieux de savoir pourquoi j'avais un niveau équivalent au sien — soyons honnêtes, la plupart des mères au foyer ne pouvaient l'affronter — il n'avait pas insisté pour que je lui réponde.

Néanmoins, il était désormais dans la confidence et j'étais ravie de l'avoir dans mon cercle de confiance qui ne cessait de grandir. J'étais encore plus ravie qu'il soit avec Laura, qui avait été émotionnellement dévastée en apprenant que son désormais ex-mari la trompait.

— Canard et bateau, maman !

Timmy se précipita, nu, depuis sa chambre et me jeta ses jouets. Je les tendis à Laura avant de l'aider à monter dans la baignoire.

— Tu vas être le petit garçon le plus propre de San Diablo, lui dis-je.

En réponse, il leva un poing et déclara :

— *Super propre !*

— Si seulement ça s'appliquait à l'extérieur de la baignoire, dis-je en jetant un coup d'œil en biais à Laura.

Elle me repassa les jouets et je donnai à Timmy le petit canard en plastique violet avant de poser son bateau rouge préféré sur l'eau.

— C'est à toi, lui dis-je.

Je déplaçai ensuite légèrement mon petit tabouret en plastique afin de regarder Laura plus directement. Mon dos était appuyé contre le mur et mes doigts agitaient lentement l'eau alors que Timmy fredonnait.

Je bus une gorgée de mon vin avant de me reconcentrer sur notre sujet de conversation.

— Alors ça devient vraiment sérieux entre vous ? Santa Barbara. C'est plutôt romantique.

— Un peu, dit-elle pendant que ses joues rosissaient. Mais on y va lentement.

Elle inclina la tête.

— Et toi, avec Stuart ? Vous êtes de nouveau sur les rails ?

— Ça va aussi, dis-je.

Toutefois, je détournai le visage pour savonner ostensiblement le dos de Timmy tout en continuant de parler.

— Il a assumé ses erreurs en revenant à la maison, et à Rome aussi.

Tout cela était vrai, même si je mentais en n'admettant pas que son départ avec Timmy était toujours douloureux, bien que je comprenne la raison pour laquelle il s'en était allé.

En quelque sorte.

Quand j'étais d'humeur généreuse.

Quant à cette animosité avec Eric ? Eh bien, ce n'était qu'un coup d'un mâle alpha protégeant son territoire, n'est-ce pas ? Et quand on y pensait, n'était-ce pas une bonne chose si Stuart voulait à nouveau devenir maître de sa maison et de son foyer ?

— Je perçois un « mais »... ? insista Laura.

Timmy me prit le gant des mains et commença à se

nettoyer les aisselles avant de claquer les mains à la surface de l'eau pour que le bateau et le canard se cognent l'un contre l'autre.

J'essuyai les gouttes ayant éclaboussé mon visage.

— Il n'y a pas de « mais », lui assurai-je bien que je sois certaine qu'il y en avait plusieurs. Doucement, chéri. Maman n'a pas besoin de prendre de bain.

— Tout ira bien, dit Laura en démontrant ainsi pourquoi elle était ma meilleure amie. Il sait qu'il a merdé en s'éloignant. Et il sait que ton ex a plus ou moins sauvé le monde. Tu ne peux pas t'attendre à ce qu'ils deviennent proches comme des frères. Tu le comprends, n'est-ce pas ?

— Oui. Évidemment.

Je ravalai une montée de culpabilité. Je lui avais parlé de la confrontation entre Stuart et Eric, ce matin, c'était vrai. Mais Laura ne connaissait pas toute l'histoire sur ce qu'il s'était passé à Rome. Elle savait qu'un portail vers les enfers avait été sur le point de s'ouvrir. Et elle savait que nous avions réussi à le refermer comme il fallait.

Elle était également au courant, puisque je n'avais pas réfléchi clairement quand j'avais appelé pour partager la bonne nouvelle selon laquelle le monde ne serait pas anéanti, que le secret pour fermer le portail avait été le sang d'un hybride. Elle avait raisonnablement supposé qu'il s'agissait d'Eric et je l'avais laissée s'accrocher à cette supposition puisqu'Allie est tout autant mon bébé que le petit gars éclaboussant maintenant la baignoire.

D'où la culpabilité.

Jusqu'à maintenant, j'avais informé Laura de mes aventures de chasseuse de démons. Même si mon statut de Chasseuse de Démons officielle de la *Forza* est censé être un profond secret obscur, j'avais été soulagée quand elle était tombée sur la vérité. On m'avait arraché à ma retraite sans cérémonie et j'avais désespérément besoin d'une confidente. À cette époque, personne d'autre n'était au courant, et cela avait été comme me débarrasser d'un poids émotionnel quand je lui avais tout dit.

Désormais, je luttais sous un poids différent et, à nouveau, j'avais envie de tout partager avec Laura et de vider mon cœur. Mais comment le pouvais-je ? Je voulais croire que Laura ne traiterait pas Allie différemment, ou même *songerait* différemment à elle. Je voulais le croire, mais comment pouvais-je en être convaincue ?

Et même si j'étais sûre à cent pour cent, en fin de compte, c'était le secret d'Allie, pas le mien. Et cela signifiait qu'elle avait le droit de choisir qui était mis en courant.

— ... tout ça.

— Quoi ? Pardon.

— J'ai dit que j'avais vraiment envie d'entendre tout ça, mais si tu veux attendre, alors ce n'est pas grave. Simplement, avec ce qu'il s'est passé, et le fait que tu étais à l'autre bout du globe, je n'ai même pas entendu les détails sur la façon dont Eliza t'a trouvée. Même si j'ai l'impression que c'est une bonne gamine.

— C'en est une, confirmai-je.

Je me sentis encore plus coupable quand je me rendis compte qu'elles ne s'étaient pas rencontrées avant qu'Eliza et Allie passent chez Laura pour récupérer Mindy et aller à la plage.

Admettons, nous n'étions rentrés à la maison que ce matin, mais ma culpabilité n'était pas limitée à un petit incident. À vrai dire, j'aurais dû prendre le temps de mettre

Laura au courant lors de l'un de nos nombreux coups de fil entre Rome et San Diablo, pendant les jours ayant suivi la potentielle apocalypse. Mais ces appels avaient surtout été de brèves prises de nouvelles, puisque je courais partout comme une folle. Eliza était à l'hôpital et Allie avait des journées bien remplies à cause de son entraînement avec Marcus Giatti à la *Forza*. De plus, Stuart et moi avions travaillé dur pour inclure quelques heures de véritables vacances.

En plus de ça, nous avions tous, y compris Eliza, passé individuellement du temps avec le Père Corletti, puis nous y étions allés en groupe dans le seul but de parler d'Allie et de ce que cette révélation signifiait à la fois pour elle et notre famille. Je ne savais pas vraiment si l'un de nous avait fait une découverte capitale — ma conclusion était plus ou moins que *j'aimais mon enfant comme je l'avais toujours aimé, et je m'attendais à ce que ces années adolescentes soient un peu plus dramatiques que la version de l'enfer que j'avais anticipée* — mais cela avait aidé de parler avec le Père.

En d'autres mots, j'avais été à la fois incroyablement occupée et émotionnellement vidée. Sans parler de mon épuisement. Combattre des démons demande beaucoup d'énergie. Ajoutez à cela une série de révélations familiales inattendues et je mourais alors d'envie d'entendre des ragots du voisinage pendant mes coups de fil avec Laura, rien que pour ne pas plonger la tête la première dans la propre folie de ma famille.

Alors, ouais, peut-être que ma culpabilité sur ma discrétion quand j'étais à l'autre bout du monde était déplacée.

Mais désormais…

Eh bien, désormais, je savais que les règles de notre

amitié exigeaient que je rattrape le temps perdu, même si j'avais l'intention de garder quelques secrets pour moi.

Pour l'instant, en tout cas...

— Tu veux dire qu'elle s'est enfuie ?

Laura était assise en face de moi à la table de la cuisine, les yeux écarquillés à la fois sous l'effet du choc et de la loyauté.

— Elle t'a échappé, à *toi* ? Comment est-ce possible ? Je t'ai vue en action.

— N'est-ce pas ? J'arrivais à peine à le croire moi-même, mais elle l'a attrapée et a piqué un sprint. Du beau cuir. Avec des coutures parfaites. Et la bretelle était d'une épaisseur idéale, tu vois ?

— Donc elle ne s'enfonçait pas dans ton épaule, ajouta-t-elle en hochant sciemment la tête. Ça a l'air génial.

— C'était la sacoche la plus parfaite du monde, dis-je.

Je pleurais toujours la perte du sac qu'Allie avait repéré dans l'un des magasins de maroquinerie que nous avions trouvés lors d'une après-midi où nous avions exploré la ville.

— J'ai sérieusement envisagé de la tuer avant qu'elle paie — j'avais mon couteau à disposition et elle *mâchait* du chewing-gum. J'aurais carrément pu justifier cela en disant que j'avais été honnêtement troublée...

— Tu es une femme forte, Kate.

— Les sacrifices que nous faisons...

Nous acquiesçâmes toutes les deux sagement avant de nous sourire.

— Pfff.

Le ricanement d'Eddie parcourut la courte distance nous séparant de son fauteuil à bascule dans le salon.

— Vous n'êtes pas aussi malines que vous le pensez.

— Ah bon ? Vous en êtes sûr ?

Il émit un bruit qui aurait pu ressembler à un rire tandis que je buvais une autre gorgée de vin.

En face de moi, Laura examinait le sac que j'avais fini par acheter pour elle sans massacrer personne.

— En ce qui me concerne, je trouve ce sac merveilleux, dit-elle. C'est la taille parfaite et le cuir est si doux que je suis tentée de l'utiliser comme oreiller.

— Tu n'as pas encore regardé à l'intérieur, lui dis-je.

Elle fronça les sourcils.

— Je croyais qu'il était vide.

Elle posa le sac sur la table et jeta un coup d'œil dedans.

— Dans la poche à l'intérieur, dis-je.

Je me rassis, narquoise, quand elle s'exclama.

— Kate, dit-elle d'une voix sourde.

Elle fut quelque peu émerveillée en sortant la belle petite bouteille en verre, de la taille d'une dose de whisky qu'on trouve dans les avions, avec un minuscule bouchon doré.

— C'est adorable.

— À mon époque, les bouteilles avaient des bouchons en liège. Ceux qui se vissent sont plus pratiques. On renverse moins.

— À ton époque ?

Elle leva la bouteille vers la lumière, l'inclinant pour que le liquide à l'intérieur bouge d'avant en arrière.

— J'imagine que ce n'est pas un échantillon de la meilleure eau-de-vie de Rome ?

— C'est plutôt la meilleure eau du Vatican. Tu tiens dans ta main une flasque officielle d'eau bénite.

— *Oh.*

Je vis sa main se resserrer autour et son visage prit un éclat révérencieux.

— Ça n'est pas grave ? Si j'en ai une ? Enfin, je ne suis pas officiellement de la *Forza*. En plus, je ne suis pas catholique.

— C'est le Père Corletti en personne qui l'a suggéré.

— Il l'a fait ? Vraiment ?

— Oui. Il a suggéré que j'en prenne une pour moi aussi.

Elle fronça les sourcils.

— Tu n'en avais pas déjà une ?

— Elle s'est cassée. Lors de ma dernière mission avant que je prenne ma retraite, en fait.

J'avais eu le cœur brisé, mais alors que je quittais la *Forza,* cela avait semblé symbolique et je n'avais jamais demandé qu'elle soit remplacée. Le fait que le Père Corletti l'ait su et suggéré m'avait donné l'impression qu'on posait une couverture douillette sur mes épaules.

— C'est... waouh. Merci.

— Tu l'as méritée, dis-je.

J'étais émue par ce que ce cadeau signifiait évidemment pour elle.

— Honnêtement, si tu avais commencé quelques années plus tôt, tu aurais pu t'entraîner pour devenir *alimentatore.*

— Ah oui ?

Elle se pencha en arrière, son doigt traçant le contour de la bouteille.

— J'ai toujours peur d'entraver ton chemin. Enfin, Cutter m'aide avec le combat, mais soyons franches, je suis loin d'être Lara Croft.

Elle tapota la bouteille.

— Mais c'est... Si le Père Corletti pense à moi et considère que ça a de l'importance...

— Ça a de l'importance, dis-je lorsqu'elle se tut en haussant les épaules.

— Vous devenez sentimentales, toutes les deux ? cria Eddie.

— Peut-être un peu, répondit Laura avant de lever son verre de vin comme pour porter un toast.

— Pff. Une petite bouteille ? Regardez donc mon couteau en argent avec une flasque dans la garde. Ça, c'est un cadeau qui a de l'importance.

Laura manqua de s'étouffer avec son vin, mais s'en remit vite.

— Vous êtes l'homme de la situation, Eddie.

— Ne l'oubliez pas.

Je bus les dernières gouttes de mon vin avant de remplir mon verre à ras bord, bêtement ravie que le vieillard aime suffisamment son cadeau pour entrer en compétition avec Laura.

— Mindy aussi a une bouteille, lui dis-je. Allie l'a trouvée dans la boutique de souvenirs du Vatican et l'a remplie là-bas. Elle l'a mise dans la poche intérieure de la veste.

— Cette veste est magnifique, dit Laura.

Je ne pouvais qu'être d'accord. Nous avions acheté une

veste en cuir bien trop chère à Allie lorsqu'elle avait sauvé le monde, même si nous lui avions précédemment dit que le prix était trop élevé et que nous ne la rapporterions pas à la maison.

La boutique en avait une autre presque identique et puisqu'Allie nous avait suppliés de la prendre pour Mindy, nous avions cédé. Parce que, eh bien... Elle avait sauvé *le monde*.

Laura tendit la main au-dessus de la table et prit la mienne.

— Je devrais savoir qu'il ne faut pas que je boive dans l'après-midi puisque ça me rend toujours émotive, mais je n'ai qu'une chose à dire : merci.

Je savais qu'elle ne parlait pas des cadeaux, et je sentis ma culpabilité commencer à bouillonner.

— Laura, tu n'es pas obligée de...

— Tu aurais pu inventer une histoire. Cette première nuit, je veux dire, quand je t'ai suivie. Ou tu aurais pu me dire la vérité et ensuite m'intimer de rester loin de tout ça. Mais tu m'as accueillie à bras ouverts. Tu t'es confiée à moi. Et... et, eh bien, je comprends la pression que tu subis et ça veut tout dire pour moi que tu... oh, bon sang, tu comprends ce que je veux dire, n'est-ce pas ? Simplement, je te soutiens parce que tu me *laisses* te soutenir, et je suppose que j'en suis honorée. Parce que ton boulot va de pair avec de nombreux secrets et tu m'as laissée entrer, tu les as partagés avec moi.

Elle attrapa une serviette et se tapota les yeux.

— Et à présent, je vais m'épancher.

— Je t'aime, dis-je parce que c'était vrai.

Le secret que je gardais pesait lourdement sur mon estomac.

— Tu fais partie de l'équipe.

C'était vrai. Je le pensais sincèrement. Même Le Père Corletti le croyait, et il avait pris l'initiative de faire l'éloge de Laura alors qu'il aurait simplement pu me dire de la décourager pour qu'elle ne s'implique pas. Nous étions une équipe. Et je ne pouvais m'empêcher de me demander si une équipe de la NFL aurait la chance de gagner le Super Bowl si le quarterback gardait des informations vitales pour lui.

Je ne connaissais presque rien au football américain, mais j'étais quasi convaincue de la réponse.

Certainement pas.

Je fronçai les sourcils.

— Qu'est-ce qui ne va pas ? s'enquit Laura.

Eddie ricana dans la pièce d'à côté, comprenant sans doute exactement à quoi je pensais.

Je secouai la tête, tentant d'éparpiller mes pensées errantes.

— Je me demande simplement si des joueurs de la NFL sont des démons. Enfin, pense à cette vitesse. À cette force.

Laura plissa les yeux vers moi.

— Je dirais que ton changement de conversation me surprend, mais honnêtement, tu as arrêté de m'étonner il y a longtemps.

— Ce n'est qu'une idée quelconque, dis-je en montrant son verre. Encore ?

— Si je fais ça, je vais finir sur mon canapé à regarder un flot infini d'émissions télé pour le reste de la soirée.

— Tu dis ça comme si c'était une mauvaise chose.

— Malheureusement, je me suis promis que j'allais

m'occuper de ma lessive et prévoir les repas de la semaine prochaine.

Ce qu'il y avait de miraculeux, c'était qu'elle le pensait réellement.

— Quelle coïncidence, dis-je. C'est exactement ce que j'ai prévu pour ce soir aussi.

Nous éclatâmes toutes les deux de rire après cette déclaration, puisque j'étais convaincue que si je prévoyais une semaine de repas, cela signifiait vraiment que l'apocalypse était imminente.

— Elles vont probablement passer chez toi d'abord, dis-je en faisant référence aux filles alors que nous nous dirigions vers la porte.

À moins d'arriver en voiture, Laura rentrait et sortait rarement par l'avant de la maison. Mindy et elle vivaient à une rue derrière chez nous et nos propriétés n'étaient séparées que par une servitude publique clôturée, avec un portail des deux côtés pour un accès plus facile. Entre Mindy, Allie, moi et Laura, nous avions réussi à créer un chemin rejoignant nos deux jardins à force de passer.

— Rappelle à Allie qu'elle doit m'envoyer un SMS.

— Je le ferai, promit Laura.

J'hésitai à côté de la porte-fenêtre menant à la cour arrière. Je m'attendais à ce qu'Eddie dise au revoir également, mais lorsque je me retournai vers son fauteuil inclinable, je me rendis compte que Timmy et lui avaient tous les deux quitté le salon. Je fronçai les sourcils avant d'entendre un bruit sourd dans la salle de jeu à l'étage, suivi d'un *bravo, mon garçon.*

— Cet homme est sacrément doué pour se faire passer

pour un ours mal léché, constata Laura. Mais ses points faibles racontent sa véritable histoire.

— Ce n'est pas faux.

Et chaque fois que je voyais mes enfants interagir avec leur faux arrière-grand-père, je priais silencieusement pour remercier Dieu de ce jour où j'avais trouvé un vieil homme fou et drogué à la maison de retraite, et l'avais ramené en sécurité à la maison.

— Ça ne te dérange pas si Allie dort à la maison ? demanda Laura. Eliza aussi, bien sûr. Mindy a mentionné qu'elles allaient peut-être rentrer à la maison pour se faire un marathon de films. J'imagine que la télé en anglais a manqué à Allie.

— Bien sûr, dis-je alors que Laura ouvrait la porte.

Je la suivis sur le patio.

— Dis-leur simplement que...

Yaaaarrrrhhhhooooooo !!!!!!!!

Le cri infernal fut accompagné par le mouvement rapide d'une silhouette floue déchaînée effleurant mes jambes pour entrer chez moi.

— C'est quoi ce...

J'ignorai Laura, principalement parce que j'avais été poussée sur le dos par une autre créature se mouvant rapidement, et mes sens aiguisés de chasseuse avaient déjà compris que je venais de me faire attaquer par un démon. Le même démon qui avait effrayé Kabit, notre chat, qui était rentré dans la maison.

Désormais, le démon était penché au-dessus de moi, son haleine putride juste devant mon visage et ses longs cheveux gras effleurant mon front. Alors même que je me réprimandais mentalement de ne pas avoir d'arme — je devrais *vrai-*

ment être plus maline, à présent —, je donnai un coup de pied au démon. Du moins, j'essayai. Il chevauchait mes hanches et mes efforts pour le retourner étaient bien peu efficaces, surtout qu'il avait les mains autour de ma gorge.

Je levai les bras afin de tenter de me libérer et fus surprise quand il laissa échapper un hurlement destructeur et écrasa ses paumes sur le sommet de son crâne avant de bondir pour traverser le jardin en courant.

Au-dessus de moi, Laura tenait fièrement la petite bouteille d'eau bénite.

— Ce truc contient un sérieux... *aaaaaah* !

Je réussis mon mouvement et me redressai alors qu'un autre démon — celui-ci du genre gériatrique et fringant — l'attirait contre lui, son nez bulbeux se plissant lorsqu'il la renifla avant de dire :

— Ce n'est pas toi. Tu n'es pas la nouvelle.

Il la poussa sur le côté et Laura atterrit dans un bruit sourd sur le gravier alors que je plongeais vers l'avant, attrapant le bras du démon pour le retourner et plonger mon doigt — *beurk* — directement dans son œil, relâchant le démon et l'envoyant dans l'éther.

Je n'attendis même pas que le corps désormais inoccupé touche le sol. Je me mis plutôt à courir après le démon aux cheveux gras, tout en me rappelant sévèrement de garder une arme sur moi à chaque instant. Ou alors de me faire poser de faux ongles.

5

Maman ?

— **M**indy se précipita vers moi, son cri strident me brisant le cœur alors qu'elle sprintait en direction de sa mère.

— Elle va bien ! hurlai-je en essayant de ne pas m'arrêter. Ta mère va bien ! Allie ?

— Démon !

Nous passâmes l'une devant l'autre à grande vitesse, mon cœur se serrant davantage quand je me rapprochai du chemin et entendis des bruits de coups de pied et de grognements.

Oh mon Dieu ! Allie !

Je continuai de courir pour me rapprocher avant de franchir le portail et de marquer une pause suffisamment longue pour me pencher et attraper la branche tombée d'un arbre non loin. Je me précipitai ensuite vers la pente et découvris qu'il était trop tard.

C'était terminé.

Ma petite fille se tenait là, victorieuse, au-dessus du

corps du démon aux cheveux gras qui m'avait attaquée, son visage marqué par l'eau bénite qui avait coulé sur lui et le manche en ivoire d'un couteau dépassant de son œil.

— Salut, maman, dit-elle.

Son menton tremblait légèrement alors qu'elle clignait rapidement des yeux.

— Je l'ai eu.

— Oh, ma chérie !

Je me précipitai vers elle avant de l'attirer dans une ferme étreinte et de la libérer ensuite pour la tenir à bout de bras et inspecter chaque centimètre de son corps.

— Tu es blessée ?

Elle secoua la tête et respira profondément.

— Je vais bien. Vraiment.

Elle prit une inspiration tremblante.

— Honnêtement.

Elle repoussa mes mains alors que je continuais de la tapoter à la recherche de blessures cachées, la branche que j'avais amenée en guise d'arme désormais rangée dans ma poche arrière.

— Je vais vraiment bien.

Sa voix était plus stable désormais. Plus forte. Et en acquiesçant fermement, elle me repoussa.

— Je vais bien, maman.

— Merde alors, murmura une petite voix dans l'obscurité.

Je me retournai en attrapant la branche et découvris Eliza allongée sur le dos, le visage dissimulé par une ombre projetée par les arbres plantés le long du jardin de Laura.

Elle s'appuya sur ses coudes et se redressa vers la lumière, révélant une grille en métal contre laquelle elle avait été avachie. C'était probablement l'un des accès au réseau souterrain, puisque cette partie de la ville était essentiellement une tranchée permettant le ruissellement des eaux, mais elle offrait aussi un accès aux égouts et à d'autres trucs de services publics et de gadgets qui permettaient à la ville de fonctionner.

Alors qu'Eliza se levait, des pas se précipitèrent dans notre direction. Nous fûmes immédiatement toutes en alerte, prêtes pour le prochain ennemi démoniaque. Nous nous détendîmes ensuite quand Mindy apparut, sa respiration haletante.

— Maman cache l'autre, dit-elle.

Elle enroula les bras autour de son corps avant de prendre une inspiration.

— C'est vraiment flippant.

Mindy nous rejoignit avant de hocher la tête en direction du corps aux pieds d'Allie.

— Qu'est-ce qu'on devrait faire de celui-ci ?

— Tu as été incroyable, dit Eliza en ignorant la question.

Son regard était rivé sur Allie, mais elle se tourna alors vers moi.

— Sérieusement. Elle était carrément incroyable.

— C'est ma fille, dis-je fièrement.

Toutefois, mon sourire était légèrement tendu puisque quelque chose dans le ton d'Eliza me poussa à marquer une pause.

— Ce n'était pas si difficile.

Allie haussa les épaules, plongeant les mains dans les poches de son jean.

— Il s'est retourné et tu lui as transpercé l'œil. Depuis là-bas.

Eliza fit un geste vague derrière elle.

— Un coup et *bam*. C'était génial.

— Oui, eh bien, quand tu étais allongée dans ce lit d'hôpital, je n'ai fait que m'entraîner, tu te rappelles ? Pas de quoi en faire tout un plat.

Eliza fit rouler l'une de ses épaules.

— Peu importe.

Elle fit un signe en direction du démon.

— Alors, Mindy a raison. Qu'est-ce qu'on devrait faire de lui ?

— On le traîne jusqu'à la maison ? suggéra Allie.

Je grimaçai et jetai un coup d'œil autour de moi à la recherche d'une autre solution. Nos jardins étaient peut-être clôturés, mais je n'étais pas ravie à l'idée de tirer un corps au milieu de l'après-midi.

— Et ça ? demandai-je en montrant la grille contre laquelle Eliza s'était vautrée.

Je me précipitai dans cette direction tandis que les filles haussaient les épaules. Je m'agenouillai devant et plissai les yeux en observant le conduit menant aux égouts, d'un diamètre d'une soixantaine de centimètres.

— On va cacher le corps ici.

— Le cacher ? répéta Allie. Tu veux dire qu'on va le laisser pourrir ?

J'inclinai la tête et lui lançai le même regard que j'utilise quand elle laisse des serviettes mouillées sur le sol de la salle de bain.

— Ton père peut s'en occuper.

Mindy ricana et nous nous retournâmes toutes les deux vers elle. Elle rougit.

— Ma mère disait toujours ça quand il s'agissait d'un truc dégueu. Comme nettoyer la poubelle.

Elle déglutit avant de hausser les épaules et de baisser les yeux.

— Maintenant, c'est elle qui s'occupe de tout. Ou alors c'est Cutter qui le fait.

— Mindy, chérie, je…

— Euh, la thérapie, ce sera pour plus tard ? intervint Eliza. Il y a un corps, vous vous souvenez ?

Avant que j'aie la chance de donner une leçon à ma cousine sur la sensibilité émotionnelle, Mindy répondit en jetant un coup d'œil à la grille :

— C'est vrai. Comment est-on censées l'ouvrir ?

Eliza était arrivée derrière moi et était désormais penchée devant la grille. Comme pour appuyer la question de Mindy, elle secoua le cadenas rouillé.

— Vous avez un coupe-boulons dans votre abri de jardin ?

À vrai dire, j'ignorais totalement si nous avions un coupe-boulons ou non, mais je notai mentalement d'ajouter cela à ma liste d'outils nécessaires pour la maison et la chasse aux démons.

— Même si c'était le cas, admis-je, j'ignore totalement où il peut être. Mais pourquoi pas un câble ? Un trombone ? Quelque chose que je pourrais utiliser pour crocheter la serrure ?

— Tu sais crocheter une serrure ?

La question venait d'Allie, qui semblait reprendre du

poil de la bête en imaginant que sa mère était entraînée à faire potentiellement des choses illégales.

— En théorie. Je n'en ai pas eu besoin depuis longtemps. Ça remonte à avant ta naissance.

Je reportai mon attention sur Mindy.

— Tu peux courir chez toi et me rapporter des trombones ? Ou des épingles à cheveux ?

Sa maison était légèrement plus proche du chemin que la nôtre, puisqu'elle était construite un peu plus loin sur leur parcelle. Et si d'aventure Stuart rentrait à la maison, je ne voulais pas que quiconque anéantisse la couverture que Laura avait pu inventer.

— Oh ! Attendez !

Eliza commença à fouiller dans ses poches.

— J'en ai quelques-unes.

Je me souvins que ses cheveux étaient attachés dans un chignon décoiffé, plus tôt dans la journée. Désormais, ils étaient relâchés sur ses épaules.

Après avoir fouillé dans ses quatre poches, elle me tendit deux épingles. Je les tordis, en mettant une droite et l'autre en crochet afin de tenter de faire céder les loquets. Je manquais sérieusement d'entraînement, mais heureusement pour nous, ce verrou n'était pas fait pour protéger des artefacts précieux. D'après ce que je voyais, son unique but était d'empêcher les jeunes enfants de se perdre dans les égouts et d'être emportés jusqu'à la mer.

Tout de même, la rouille était un ennemi implacable. De plus, Eliza était si fascinée par ce que je faisais qu'elle n'arrêtait pas de bouger et me faisait de l'ombre.

— Allez, maman, insista Allie. On aurait déjà pu aller

chez M. Bricolage pour acheter un coupe-boulons à l'heure qu'il est.

À mon avis, c'était légèrement exagéré, étant donné que cela faisait moins de cinq minutes. Mais je comprenais son empressement. Nous étions au milieu du quartier avec un cadavre. Et, à mon avis, les voisins ne seraient pas convaincus si je leur disais que l'homme allongé au bout du chemin était mort depuis longtemps. La seule nouveauté était que le démon ayant envahi son corps avait été expulsé.

À part Laura, les filles et moi, personne ne le savait.

En tant que chasseuse, je ne m'inquiétais pas excessivement des millions de démons désincarnés planant autour de nous dans l'éther chaque jour. Je n'étais en service que lorsqu'une créature démoniaque marchait sur Terre. Et ces temps-ci, cela se limitait à San Diablo, ou du moins au sud de la Californie. J'étais peut-être à nouveau en service actif, mais les voyages à l'international ne faisaient plus partie de la fiche descriptive de mon travail.

Je chassais surtout des démons charnels, mais j'avais anéanti des zombies, enfoncé des pieux dans des vampires et décapité quelques loups-garous à l'époque, aussi. Ces formes démoniaques étaient relativement rares puisque, franchement, elles avaient tendance à se faire remarquer. Bien que de jeunes vampires réussissaient raisonnablement à se fondre dans la masse, les créatures qui se transformaient ne se mêlaient pas bien à la société. Et les zombies ? Eh bien, ce n'étaient pas des démons du tout. Ce n'étaient que des corps animés, contrôlés par un maître démoniaque. Comme une poupée dégoûtante téléguidée et infestée de vers.

Je me mordis la lèvre inférieure en continuant de

crocheter le verrou, ne détournant mon attention qu'une fois pour froncer les sourcils en regardant le corps, qui n'était désormais rien de plus qu'une coquille humaine, soit un petit costume charnel pratique pour un démon auparavant désincarné. Puisque c'était ce que faisaient la plupart des démons. Ils attendaient une opportunité, généralement la mort, et se glissaient ensuite dans un corps humain alors que l'âme du propriétaire précédent s'échappait.

Pourquoi ? Parce que la plupart des démons voulaient devenir humains. Ou, du moins, ils voulaient connaître les plaisirs de l'humanité. La vue. Le bruit. L'odeur. Le sexe. Les péchés. Tout cela et même bien plus.

Certains démons en avaient tellement envie qu'ils passaient par l'option de la possession et détournaient un corps pendant que l'âme y était toujours présente. Ils l'écrasaient et devenaient à la fois maléfiques et dominants. Mais la possession n'était pas subtile et comme pendant les premières années lycée, les démons voulaient simplement se mêler aux autres. Toutefois, un démon qui possédait un corps n'allait pas rejoindre un club d'œnologie et n'apprenait pas la danse de salon. (Bien que je doive souligner qu'Eric et moi en avions un jour capturé un lors d'une rave-party particulièrement intense, et il s'était remarquablement bien mêlé aux autres. Enfin, c'était *ce* genre de fêtes.)

La plupart des démons rejetaient l'option de la possession pour la perspective plus propre d'un corps viable qu'ils pouvaient accaparer. Ces démons avaient tendance à s'attarder dans l'éther, souvent près des hôpitaux en attendant le moment de la mort. Pourquoi ? Parce que lorsque quelqu'un meurt, un démon peut s'installer.

Avez-vous déjà entendu parler d'un médecin ayant

réussi à ramener quelqu'un à la vie bien qu'il ait eu un électrocardiogramme plat bien trop longtemps ? Ou d'un mec dans le coma qu'ils avaient cru voir s'éteindre, mais qui s'était ensuite miraculeusement réveillé ?

Oui, eh bien, ça n'était probablement pas si miraculeux après tout. Neuf fois sur dix, ce corps n'a l'air vivant que parce qu'un démon est entré. L'occupant originel a quitté les lieux. Mesdames et messieurs, il y a désormais un nouveau propriétaire.

Non pas que les démons peuvent simplement se pointer bon gré mal gré. Seuls les Hauts Démons peuvent infiltrer le corps d'un fidèle. Les âmes se *battent*, elles empêchent le démon d'entrer dans le corps de l'hôte jusqu'à ce que le fossé se referme et que le démon ne puisse plus s'enraciner. Je ne comprenais pas la théologie expliquant la manière dont cela se déroulait, mais j'en connaissais le résultat. Tout ça pour dire qu'il existait une fenêtre d'opportunités limitée pour que le démon s'installe. Quant à moi, je trouvais que c'était une très bonne chose, comme les démons arrivaient exceptionnellement bien à se fondre dans la société. Surtout s'ils voulaient simplement traîner et, disons, gérer une entreprise parmi les cinq cents plus riches du pays.

Ce sont ceux qui marchent sur Terre pour répondre aux ordres d'un Haut Démon qui sont véritablement affreux. Et dernièrement, c'est ce genre qui infeste San Diablo.

Pendant des années, cette ville était en dormance. C'était une zone totalement dépourvue de démon.

Récemment, il y avait eu une infestation et plus je les détruisais, plus ils semblaient réapparaître. Et contrairement aux cafards, on ne pouvait pas utiliser de bombes insecticides. Pire, je ne pouvais pas appeler d'exterminateur. Surtout parce que *j'étais* l'exterminatrice.

Le problème, bien sûr, était de détecter les démons qui vivaient avec nous, dans notre monde, puisqu'ils se mêlaient presque sans heurt à la communauté.

Je dis *presque* puisqu'il y avait toujours des signes. Leur haleine, déjà. Bien sûr, cela pourrait être une halitose persistante, mais quand je voyais quelqu'un prendre des pastilles à la menthe comme s'il s'agissait de bonbons, ma première idée était qu'il s'agissait d'un *démon*.

(Je fais cependant attention à ne pas agir au premier instinct puisque la triste vérité est que l'hygiène dentaire chez les humains n'est vraiment pas ce qu'elle devrait être. Tuer un humain bien vivant est ce que nous appelons, dans le domaine de la Chasse aux Démons, une *Très Mauvaise Chose*.)

En cas de doute, on se tournait vers d'autres tests. Par exemple, comme on pourrait s'y attendre, les démons réagissent très mal aux sols sanctifiés et à l'eau bénite. Ce qui est la raison pour laquelle je garde toujours une fiole à portée de main. Si j'avais eu de quelconques doutes sur ceux qui m'avaient attaquée, et que je poussais désormais dans une bouche d'égout, les papules laissées par l'eau bénite auraient confirmé mes soupçons.

Autrement dit, ce mec était un démon, je n'en doutais aucunement.

Mais il était impossible que je convainque la police de San Diablo si un voisin fouineur décidait de faire son devoir de citoyen et d'appeler le 911.

Il fallait donc être rapide.

À cet instant, cependant, j'étais prête à abandonner

toute rapidité pour me rendre finalement chez M. Bricolage, puisque le cadenas ne coopérait aucunement. Je priai rapidement Saint Galmier, le saint patron des serruriers, et soupirai de soulagement quand, *enfin*, le loquet s'ouvrit.

— Tu gères, maman !

Je pris un moment pour me délecter de l'approbation de mon adolescente avant de reculer quand Eliza ouvrit la grille. Les gonds grincèrent comme un démon venu de l'enfer (croyez-moi) et nous nous figeâmes toutes les quatre, nous regardant comme des biches effrayées alors que nous attendions que l'un de nos voisins aventureux se pointe sur le chemin pour voir ce qu'il se passait. Admettons, ce ne serait pas facile pour eux — ils n'avaient pas les mêmes portails que Laura et moi — mais Brian, le garçon de dix ans qui vivait à côté de chez nous, fourrait son nez partout. Et je n'étais vraiment pas pressée d'expliquer à sa mère pourquoi il m'avait trouvée penchée au-dessus d'un cadavre.

— Dépêchez-vous, lançai-je.

Après nous être quelque peu débattues, nous réussîmes à mettre le corps dans le conduit. Nous le poussâmes assez loin pour que personne ne remarque qu'il y avait un corps ici, à moins de se pencher pour regarder. Ou à moins que quelqu'un travaille pour la ville et doive se rendre dans le conduit pour une raison quelconque. C'était, cependant, un risque que nous devrions prendre.

Nous fermâmes la grille et je la verrouillai à nouveau. Je me redressai ensuite et jetai un coup d'œil autour de moi, m'attendant à voir Brian en train de nous épier, ses sourcils froncés sous sa casquette de baseball. Mais il n'était pas là, les voisins et la police non plus.

Jusqu'ici, tout allait bien.

— Les filles, prenez quelques branchages et couvrez la grille.

Elles obéirent sans se plaindre, ce qui renforçait l'idée qu'il s'agissait de Trucs Sérieux. La plupart des filles de quinze ans étaient génétiquement incapables de suivre l'injonction de leurs parents sans au moins souffler et lever les yeux au ciel.

— Pourquoi l'as-tu verrouillée ? demanda Allie une fois que la grille fut bien cachée. Papa va devoir la rouvrir.

— Ton père est parfaitement capable de crocheter la serrure aussi, dis-je. Et je lui demanderai d'apporter un coupe-boulons. Quant à l'endroit où déplacer le corps...

Je me tus et haussai les épaules.

— Eliza et moi, on peut aider, dit Allie. Il doit, euh, l'emmener, n'est-ce pas ? Il ne peut pas le faire ici.

Je plissai le nez.

— Il va devoir l'emmener, oui. Et on lui proposera tout ce dont il a besoin.

J'espérais simplement que Stuart ne serait pas à la maison quand Eric aurait besoin d'aide. Mon mari s'était fait à l'idée que je tuais des démons. Mais à mon avis, il n'avait pas passé trop de temps à réfléchir à ce qu'il advenait des corps.

Ce n'était pas une chose à laquelle j'aimais penser non plus. Sincèrement, je n'appréciais pas que la *Forza* soit si pingre et n'envoie pas d'équipe de nettoyage de Los Angeles quand j'en avais besoin.

— Eric est censé faire quoi avec, déjà ? demanda Eliza.

En guise de réponse, nous plissâmes toutes le nez.

— Il les fait fondre, dit Allie. C'est dégueu, mais efficace.

Elle parlait avec le genre d'efficacité nonchalante et professionnelle qui rendait une mère fière. Sans parler du fait que j'étais nostalgique de l'époque où elle ne savait rien de tout ça.

Alors qu'elle contactait Eric pour lui parler de cette situation, j'expliquai à Eliza la contribution majeure de mon premier mari à la chasse aux démons à San Diablo. Il utilisait surtout la chimie qu'il avait étudiée et qui venait en complément de sa fascination pour les livres anciens. Il avait donc ainsi créé son propre petit système pour se débarrasser des démons.

Je préférerais que les familles puissent récupérer le corps de leur être cher, mais malheureusement, quand un démon prend le contrôle d'un cadavre humain, la seule façon de l'en chasser est de lui planter un pieu dans l'œil ou de le décapiter. Et ces deux méthodes pousseraient les policiers à s'intéresser à la dépouille. (Techniquement, la décapitation retire simplement la tête, le démon peut toujours animer le corps. Mais puisque les corps décapités ont tendance à attirer une attention indésirable, les démons déguerpissent. Enfin, neuf fois sur dix en tout cas.)

— Papa se met en route, déclara Allie.

Elle rangea ensuite son téléphone dans la poche arrière de son jean.

— Je peux dormir chez Mindy ?

Je dus dissimuler un sourire. Peu importait si le reste avait changé, je savais au moins qu'elle était toujours une adolescente au fond de son cœur. Une adolescente dans un monde bourré de démons.

Je fronçai les sourcils. J'avais discuté de ça avec Laura et le plan était déjà de la laisser dormir là-bas, mais c'était avant que deux démons nous attaquent dans le jardin.

Manifestement, Allie remarqua mon hésitation puisqu'elle soupira avec son Soupir Certifié d'Adolescente et dit :

— Allez, maman. Tu sais qu'on en a probablement fini. Enfin, trois démons dans la journée ? C'est une statistique très haute pour une si petite ville.

Elle fronça les sourcils et pencha la tête en ajoutant :

— Même si on est restés en Italie assez longtemps. Je sais qu'Eddie en a tué quelques-uns, mais à mon avis, il n'est pas allé patrouiller tous les soirs comme papa et toi vous le faisiez. Alors, j'imagine qu'il pourrait y en avoir d'autres. Peut-être beaucoup plus.

Son regard croisa le mien et elle hocha lentement la tête.

— Enfin, pense au nombre de personnes qui sont probablement mortes aux Brumes Littorales pendant notre absence. Elles ne doivent pas toutes être possédées, mais quand même...

Je fronçai les sourcils. Elle n'avait pas tort. La mort venait souvent frapper à la porte de la maison de retraite.

— Et il y a aussi... *oh* !

Son exclamation fut si vive que l'espace d'un instant, je crus qu'elle avait vu un autre démon. Mais non, elle avait simplement vu l'erreur de son cheminement de pensées puisqu'elle s'arrêta soudain et se leva en secouant la tête.

— Mais je suis sûre que nous sommes parfaitement en sécurité, maintenant. Ce n'est pas comme si les démons allaient s'attrouper chez Mindy, n'est-ce pas ?

Elle jeta un coup d'œil à son amie qui répondit obligeamment :

— Euh...

— Pourquoi y en aurait-il plus dans le quartier ? poursuivit Allie. Surtout qu'on vient d'en tuer deux et que l'autre va faire profil bas le reste de la soirée, au moins.

Je croisai les bras et inclinai la tête. Je lui lançai ensuite le Regard de Maman.

— *S'il te plaît.*

Non seulement elle joignit ses mains, mais elle me lança en prime son regard de chien battu.

— On restera à l'intérieur et Mindy peut aussi se défendre toute seule. Et Tante Laura a de l'eau bénite et un spray au poivre.

— C'est vrai, intervint Mindy. En plus, je me suis entraînée tous les jours avec Cutter pendant votre absence et je...

Je levai une main.

— C'est bon, c'est bon. Vous pouvez... attends. *Trois* ? Je les regardai chacune à leur tour.

— Comment ça, trois démons ? Où est le dernier ?

Elles se regardèrent et Allie se mordit la lèvre inférieure, ce qui était toujours signe qu'elle inventait une histoire.

— Allie...

Elle haussa les épaules.

— Ce n'est rien de grave, dit-elle. Du moins, ça ne l'est plus. Enfin, tout s'est bien terminé.

— Tu ne vas pas m'avoir comme ça. Que s'est-il passé ?

— Oui, que s'est-il passé ?

Je pivotai et vis Laura arriver derrière moi, son regard rivé sur Mindy qui déglutit de façon assez théâtrale.

— Allie a planté le démon qui s'est enfui, expliquai-je.

Mais je viens juste d'apprendre qu'il y en avait un autre dans l'histoire, quelque part.

— Quoi ?

Avec une expression qui devait ressembler à la mienne, elle regarda également les trois jeunes filles.

— Que se passe-t-il ?

— Ce n'était vraiment pas si important que ça, dit Eliza. On marchait sur la jetée, à la plage... Je dois dire qu'il y a une très jolie plage, là-bas. Enfin, j'adore San Diego, mais c'est si beau ici, et beaucoup moins bondé. Je pense vraiment que vous pourriez...

— Eliza !

— Pardon, pardon. Bref, on marchait et un mec qui vivait visiblement dans la rue est venu me voir. Il a demandé si j'étais la nouvelle.

— La nouvelle ? demanda Laura en comprenant plus vite que moi.

— Je n'en sais rien, dit Eliza. Mais il avait l'air assez gentil. Et ensuite...

— Ensuite, on a remarqué son haleine, dit Allie. Parce qu'il s'est tourné vers moi et s'est vraiment rapproché. Elle était putride, vous voyez. Comme s'il pourrissait de l'intérieur. Et il a ensuite dit qu'il n'était pas une menace pour moi.

— Il *quoi* ?

Elle hocha la tête.

— Je sais. C'est bizarre, hein ? Juste parce que je suis nouvelle dans ce domaine, il pense que je suis naïve, que je vais lui faire confiance et le laisser m'approcher. *Genre.* Après, il a commencé à tendre la main vers mon bras. On était au milieu de la foule, avec tous ces gens autour de nous. Enfin, j'avais mon couteau, mais je savais que je ne pouvais pas simplement le lui enfoncer dans l'œil. Pas sur la jetée.

— C'est vrai. Continue.

Je me sentais si tendue que c'en était ridicule. Je me jurai alors que jamais plus je ne la laisserais quitter cette maison. À cet instant, cela me paraissait parfaitement raisonnable.

— Eh bien, il l'a répété. Qu'il n'était pas une menace, je veux dire. Et alors qu'il parlait, un autre mec s'est précipité vers nous. Très mignon. Je l'ai souvent vu au lycée. Il a mis sa main sur mon épaule et a regardé le démon. Il a dit : *pas une menace ? Je parie que sa mère ne serait pas d'accord*. Il a sorti un couteau et a intimé au mec hirsute de s'éloigner de moi.

— Et le démon est parti ?

— Oui, mais il a fait tomber le couteau de la main de Jared – il nous a dit son nom après. Jared a titubé en arrière et le démon s'est enfui.

Je ne savais même pas par où commencer pour disséquer cette histoire ou pour en interpréter toutes les ramifications. Je me concentrai donc sur les indices potentiels.

— Que voulait dire le démon par *nouvelle* ?
Allie secoua la tête.

— Je n'en ai aucune idée. Mais Jared s'est épousseté et a dit qu'il était désolé que ce mec m'ait dérangé et qu'il espérait me revoir dans le coin. Je voulais qu'il attende, mais il est parti.

— Nouvelle, répéta Laura. Peut-être la nouvelle chasseuse de démons ? Allie est plutôt novice. Ou peut-être qu'il recherchait Eliza et les a confondues.

— Mais pourquoi ne pas simplement demander, alors ?

fit remarquer ma cousine. À moins qu'il ait eu peur de tomber sur le mauvais groupe de filles ? Mais ce n'est pas comme si quelqu'un d'autre que nous le prendrait au sérieux. S'il demandait à d'autres que nous si elles étaient les nouvelles chasseuses de démons, ces filles penseraient simplement qu'elles étaient en train de se faire piéger, non ?

— Mais Jared m'a mentionnée, lui fis-je remarquer alors que je me concentrais sur ma petite fille. Il savait qui tu étais et ce que fait ta mère. Le démon le savait sans doute aussi.

— Je ne sais pas vraiment ce dont Jared était au courant, dit Eliza. Je crois qu'il voulait simplement dire que n'importe quelle mère n'aimerait pas que sa fille parle à un mec flippant dans la rue. Honnêtement, je ne suis même pas convaincue que Jared savait que le mec crasseux était un démon. Il a peut-être simplement cru qu'on se faisait harceler et a sorti un couteau pour l'effrayer.

— Eh bien, j'ai cru qu'il parlait de Tante Kate, intervint Mindy. Enfin, on était menacées par un démon, donc je me suis dit qu'il évoquait simplement la chasseuse de démons du coin.

— Eh bien, on ne va pas le découvrir tout de suite, dit Allie. Alors est-ce qu'on peut *s'il vous plaît*, se reconcentrer sur l'essentiel ?

— L'essentiel ? demanda Laura, aussi confuse que moi, visiblement.

— Oui. Je peux dormir chez Mindy ?

Je ravalai mon éclat de rire en jetant un coup d'œil en biais à ma meilleure amie. Je voyais à son expression qu'elle pensait exactement la même chose que moi : *au moins, certaines choses ne changent jamais.*

— Oui, dis-je en jetant un coup d'œil à Laura pour

avoir confirmation. Mais vous restez à l'intérieur et vous faites attention. Je me fiche de savoir si tu vois ton père par la fenêtre, tu ne sors pas avant demain matin. Tu m'as bien comprise, jeune fille ?

— Parfaitement.

— Et demain matin, on ira tous à la messe. Alors, rentre à la maison pour neuf heures. Ensuite, on passera par le studio de Cutter.

— Cutter est toujours à Los Angeles, Kate, me dit Laura.

— On ira toutes au studio de Cutter et Laura nous fera entrer avec sa clé. On va s'entraîner. La semaine prochaine, quand il reviendra, vous commencerez votre entraînement régulier après les cours.

Du moins, c'était le plan. Nous verrions s'il se réalisait.

— Je ne vais plus à l'école, dit Eliza.

J'inclinai la tête et elle leva les mains.

— Mais je serai ravie de m'entraîner quand tu le voudras.

— D'accord, les filles. On y va.

Mindy et Allie commencèrent à marcher côte à côte, mais Eliza resta près de moi.

Avant que je puisse dire quoi que ce soit, Allie se retourna, la tête penchée.

— Tu ne viens pas ?

— Oh. Eh bien, je... bien sûr, si vous...

— Évidemment, répondit Mindy.

Eliza sourit.

— Oui. Génial. J'adorerais.

— Maman, ça ne te dérange pas, hein ?

— Bien sûr que non, répliqua Laura.

Elle lui lança ce sourire que je l'avais vu déployer plus d'une fois quand elle était frustrée lors d'une réunion de parents d'élèves.

— Partez devant, dit-elle.

Les filles s'exécutèrent et Laura et moi nous attardâmes derrière pendant qu'elles se précipitaient vers la maison.

— Tu as besoin d'aide avec ce gars ? Ou celui dans ton jardin ?

Je secouai la tête.

— Non, dis-moi simplement où il est.

— Sous ton banc de jardin, couvert de bâches contre les mauvaises herbes. Je n'ai pas pu faire mieux.

— Ça ira. Tous ceux qui vont dans mon jardin connaissent la même histoire, ces derniers temps.

Ce n'était pas faux.

Auparavant, je me pliais en quatre pour cacher des corps dans l'abri de jardin sans que Stuart s'en rende compte. Désormais, je pouvais compter sur son aide pour m'aider à bouger un corps si nécessaire. Avec un peu de chance, je n'en aurais pas besoin. Bien que je doive passer un nouveau coup de fil à Eric pour lui faire savoir qu'il avait deux corps et non un seul à emmener.

Il fallait également que je lui raconte le reste. Qu'il y avait un nouvel ennemi en ville avec une motivation que je ne comprenais pas, ou peut-être que je n'avais simplement pas envie de la comprendre. Parce que le démon qui m'avait attaquée avait dit que je n'étais pas *elle* et le démon qui s'en était pris à Eliza avait dit qu'elle n'était pas *elle* non plus.

J'avais le sentiment de savoir qui ils cherchaient. Allie était *nouvelle*, après tout. Nouvellement au courant.

Nouvellement sacrée par le combat. Nouvelle dans le monde de la chasse aux démons.

Elle était revenue de Rome avec plus de force que l'entraînement n'aurait pu lui en donner, même si je gardai cette constatation pour moi. Et il y avait toujours la question de cet éclat doré dans les sous-sols de Rome. Que lui avait-il fait ? (S'il lui avait effectivement fait quelque chose)

Tout cela pour dire que mes instincts maternels étaient en alerte et que je m'inquiétais pour ma petite fille.

Je remarquai l'expression inquiète de Laura et me reconcentrai sur l'instant présent.

— Qu'est-ce qui ne va pas ?

— Rien, c'est juste Eliza...

— Tu ne veux pas qu'elle reste avec les filles ?

— Non, ce n'est pas ça. Simplement... D'accord, peut-être que c'est ça.

— Quoi ?

Elle prit une inspiration.

— Tu es sûre, pour Eliza ?

Je n'avais pas besoin de lui demander ce qu'elle voulait dire.

— Oui. Pourquoi cette question ?

— Ce démon. Celui qui s'est retrouvé sur toi. Il a dit que tu n'étais pas nouvelle. Il cherchait quelqu'un de nouveau. Et elle est nouvelle, non ?

— Oh.

J'acquiesçai lentement, heureuse qu'elle n'ait pas fait le même rapprochement que moi avec Allie.

— Tu as peut-être raison. Si c'est le cas, ils ne la cherchent pas parce qu'elle est maléfique.

— Ça, je le comprends. Mais ça fait peut-être d'elle une cible. Et tu veux qu'elle reste avec nos filles ?

— Tu vas arrêter de me fréquenter ? demandai-je. Tu vas demander à Mindy d'arrêter de passer du temps avec Allie ?

Je vis ses épaules s'avachir sous le coup de la défaite.

— Non. Bien sûr que non.

— Bien.

Puis, parce que je ne pouvais me retenir plus longtemps, j'ajoutai :

— Parce que c'est Allie, Laura. Mon bébé est la nouvelle.

6

— Allie ? me demanda Laura, bouche bée. De quoi parles-tu ?

— C'est à cause d'elle que tous les démons s'agitent, dis-je. C'est elle, la nouvelle. Du moins, je le crois. Je ne sais pas.

Je m'affalai par terre et serrai mes genoux contre ma poitrine.

Un instant plus tard, Laura s'installa également sur l'herbe humide.

— Je crois que j'ai besoin d'un peu plus de contexte. Comment Allie peut-elle être *nouvelle* ? Et qu'est-ce que ça veut dire, déjà ?

— Ce que ça veut dire ? Je n'en suis pas vraiment certaine, admis-je.

Je lui fis ensuite un rapide résumé bâclé de tout ce que je savais.

Elle acquiesça sagement.

— Tout ça pour dire que le Père Donnelly et les parents

d'Eric ne s'attendaient pas vraiment à ce qu'il soit le chasseur de démons qui déchire. Son enfant le serait.

— Plus ou moins.

Elle encaissa doucement la nouvelle avant d'écarquiller les yeux.

— Est-ce qu'elle... Enfin, je ne veux pas t'inquiéter, mais Eric a un peu pété les plombs.

— Je sais. Mais c'est différent, affirmai-je d'une voix ferme pour me convaincre autant qu'elle. Elle a refermé le portail vers l'enfer. Ce qui se trouve en elle est là pour faire le bien.

— Alors, elle est la fin heureuse et Eric était la péripétie tumultueuse du troisième acte.

Cette fois-ci, ce fut à mon tour d'être bouche bée.

— Hein ?

— C'est Mindy, expliqua-t-elle d'un air désinvolte. Maintenant qu'elle suit des cours de comédie musicale, tout tourne autour des pièces de théâtre, des films et des structures narratives. Vendredi dernier, elle a passé le dîner à me raconter la trame narrative de l'épisode des *Simpsons* qu'on venait tout juste de regarder. Elle m'a ensuite dit que la liaison de Paul était l'incident ayant provoqué ma relation amoureuse avec Cutter. Qu'est-ce que ça veut dire ?

Je me retins de rire.

— Et moi qui pensais que j'avais des problèmes.

— Non, je dirais qu'on est à égalité.

— Merci.

Elle fronça les sourcils.

— De quoi ?

— De me surprendre. Ou plutôt, de ne pas m'avoir

surprise. D'agir de la façon que j'avais imaginée, même si j'avais peur que ce ne soit pas le cas.

— Il y a beaucoup de choses à démêler dans cette phrase, mais j'imagine que tu essaies de me dire que tu t'inquiétais à l'idée que je flippe et que j'ordonne à ta fille de sortir de chez moi ?

Je sentis les larmes me monter aux yeux et ma gorge était serrée quand je répondis :

— Oui.

— Oh, Kate. J'aime Allie, tu le sais. Comme tu l'as dit, elle est la même gamine qu'avant. Avec plus de soucis que la plupart des adolescents, mais on peut gérer ça. D'ailleurs… ajouta-t-elle avec un sourire malicieux. J'ai acheté un taser comme celui que Rita a utilisé sur Eric. Si Allie devient incontrôlable, je lui donnerais un coup de jus.

— Et par incontrôlable, je suppose que tu veux parler de quelque chose de plus infâme que de laisser ta vaisselle éparpillée.

Elle haussa les épaules.

— Oui, du moment que ça marche.

Et vous savez quoi ? Elle n'avait pas tort.

— Les démons manigancent quelque chose, dis-je une fois de retour à la maison avec Timmy et Eddie. Ils veulent Allie, pour une raison quelconque.

— Oh ! C'est la même gamine qu'avant. Rien n'a changé, hein ? On n'a appris que récemment ce qu'il y a en elle. Mais ça a toujours été présent.

Nous étions dans le salon et je me laissai tomber sur le canapé, attirant un coussin sur mes cuisses et le serrant avec mes genoux.

— Je sais. Je sais, vraiment. Simplement... eh bien, vous n'étiez pas là. À Rome, je veux dire. Il y a eu une lumière. Une lumière dorée qui a tout recouvert une fois qu'Allie a verrouillé le portail.

Il fronça les sourcils et plissa les yeux en frottant sa barbe hirsute.

— Une lumière. Un feu ?

C'était une bonne question. Je ne savais rien de l'éclat doré qui était apparu dans la crypte une fois qu'Allie avait claqué sa main contre le pilier et avait empêché l'ouverture des portes de l'Enfer. Mais j'en savais un peu sur le Feu Cardinal.

Des années plus tôt, quand Eric et moi chassions encore, nous étions sur la piste de l'un des Hauts Démons les plus infâmes, Abaddon. Nous étions les deux seuls survivants de l'équipe de Chasseurs ayant parcouru une série de grottes sous les rues de Rome. Nous avions trouvé Abaddon et nous étions retrouvés piégés. Nous avions réussi à nous échapper en utilisant le Feu Cardinal, un feu mystique pouvant débusquer et détruire les démons.

Il n'avait pas anéanti Abaddon ce jour-là puisque celui-ci avait réussi à s'échapper dans les entrailles de la Terre sans que le feu l'atteigne. Néanmoins, le feu avait touché Eric et avait éradiqué le lien mystique qui gardait le démon profondément ancré en lui. Un second Feu Cardinal les aurait probablement tués, le démon et lui. Mais il n'y en avait pas eu d'autres et nous avions pu nous échapper, sans être plus avancés.

Je n'avais appris que récemment l'existence du démon caché dans mon premier mari qui s'était libéré ce jour-là. La présence démoniaque l'affectait jusqu'au niveau cellulaire, et il avait transmis cette essence à sa fille.

Et grâce à cet héritage, elle avait été capable de fermer le portail à Rome.

Bien sûr, c'était une très bonne chose.

Mais on ne peut ignorer le fait que la source de son pouvoir est démoniaque et j'ignore ce que ça signifie. D'ailleurs, je ne sais même pas si elle *a* des pouvoirs spéciaux. Bien sûr, elle est plus rapide et plus forte, mais elle s'est vraiment entraînée. Et, oui, elle a fermé le portail. Mais pour ce que j'en sais, ça aurait aussi bien pu être un coup de chance. C'était pratique sur le moment, mais ce n'est pas le genre de tours utiles dans la vie de tous les jours. (Merci mon Dieu ! J'ai déjà assez de pain sur la planche sans que des portails des enfers s'ouvrent un peu partout.)

Donc peut-être qu'Eddie avait raison. À moins que l'éclat doré l'ait changée, elle restait la même gamine adorable qu'elle avait toujours été. Même si cela l'avait altérée, ce ne serait pas nécessairement mauvais. Elle avait éloigné les démons, après tout. Tout cela me donnait l'impression d'être une mère horrible puisque j'envisageais que quelque chose d'obscur grandisse en elle.

— *Maman, maman, MAMAN !*

En parlant d'être une mère horrible...

Je sortis de mes pensées et trouvai Timmy en train de sautiller devant moi.

— Tu dois aller sur le pot ?

— Non, maman. Veux être groupe !

À l'autre bout de la pièce, Eddie grogna.

— Vous voulez avoir cette conversation ou non ? demandai-je. Parce que si je ne le laisse pas faire, il va chouiner.

— Et si tu le laisses faire, on ne pourra même pas s'entendre réfléchir.

Il marquait un point.

— Va pour le groupe, dis-je en me levant et en guidant Timmy vers la cuisine. Mais ce sera un groupe silencieux.

Je baissai la voix pour chuchoter :

— C'est pour faire de la musique spéciale. Tu peux chuchoter et jouer doucement ?

Il secoua la tête.

— Non, maman.

Au moins, le petit était honnête.

— Je parie que tu le peux. Et si tu me laisses finir de parler avec pépé, tu auras un paquet de biscuits au fromage.

Son petit visage s'illumina comme il le faisait souvent quand il me disait qu'il m'aimait et qu'il me faisait de gros câlins. Étant donné que cela me mettait au même niveau que des biscuits au fromage, je n'étais pas vraiment certaine de savoir comment l'interpréter.

Sagement, je décidai d'ajourner la résolution de cette question, me concentrant plutôt sur l'assemblage de son studio de musique. Une spatule en caoutchouc avec un manche en bois. Des Tupperwares à la place des bols en métal pour la batterie. Une cuillère en plastique toujours emballée après une sortie chez le glacier.

Et, la pièce principale... un rouleau d'essuie-tout terminé.

— Tout est prêt, mon chéri, chuchotai-je. Tu te souviens, c'est un *groupe silencieux*.

— Oui, oui, maman, dit-il en posant Bounours par terre à côté de lui, et en me saluant avec le rouleau.

Je croisai mentalement les doigts et me dis que je venais juste de gagner sept à dix minutes de conversation entre adultes. Je repartis ensuite dans le salon.

Eddie ricana.

— Tu penses vraiment que le gamin va s'occuper avec ça ?

— On peut toujours rêver.

— Pas faux, dit-il avant de me désigner de son doigt décharné. Et on peut arrêter de s'inquiéter des choses qu'on ne comprend pas.

Il me fallut une seconde pour me reconcentrer sur ma fille, mais j'avais rattrapé le rythme de la conversation quand il ajouta :

— Tu dois te focaliser sur les bases. Allie est ta fille. Tu aimes Allie. C'est une bonne gamine, elle est la même que depuis toujours. Donc, à moins que tu sois certaine qu'il y ait quelque chose de différent, rien n'a changé.

J'acquiesçai. Il n'avait pas tort. Ce n'était pas comme si cela était arrivé hier. Nous étions restés à Rome après avoir sauvé le monde et c'était en partie pour qu'elle puisse parler avec les prêtres de la *Forza*, s'entraîner et en apprendre plus sur ce qu'elle était. Personne n'avait vu le soupçon de quoi que ce soit de maléfique en elle.

Mais même sans l'éventualité que les forces du mal se réunissent en elle, je m'inquiétais. Parce que j'avais l'impression que pour une *quelconque* raison, la population démoniaque locale cherchait ma fille.

— Ça peut toujours être Eliza, rétorqua Eddie quand je

le lui dis. D'ailleurs, ça pourrait être quelqu'un d'autre en ville.

Je fronçai les sourcils en y songeant.

— Tout cela signifie que je dois démêler encore beaucoup de choses. Nous devons savoir après qui courent les démons et pourquoi. Vous vous souvenez comment c'était avant ? Je ne me réjouis pas que le démon le plus vieux et le plus puissant du monde revienne.

Il ricane.

— Tu as renvoyé cette pétasse de Lilith et son consort Odayne d'où ils venaient. Elle est partie. Elle est morte.

Je soupirai avant de jeter un coup d'œil au bruit qui s'élevait de plus en plus de la cuisine. Nous avions peut-être encore quatre minutes pour discuter.

— Lilith n'est pas morte et vous le savez, ajoutai-je.

En plus d'être un Haut Démon, Lilith était l'une des premières et des plus puissantes. Me débarrasser d'elle était comme essayer de retirer une tache de feutre violet sur un tee-shirt blanc. Ça ne fonctionnait visiblement jamais. Demandez-moi comment je le sais.

— Et comment un démon pourrait-il réellement mourir, de toute façon ? poursuivis-je.

Penser aux démons était toujours mieux que de penser à la lessive.

Pour être franche, j'aurais dû avoir la réponse à cette question et c'était le cas, en quelque sorte, même si je ne m'étais jamais faite à l'idée. C'était le genre de choses qu'on nous enseignait lors des longs cours ennuyants que chaque Chasseur en formation devait suivre. J'étais toujours plus intéressée à l'idée de botter des fesses que d'apprendre les détails. Les livres étaient la passion d'Eric, pas la mienne. La théorie, la théologie, tout le toutim.

Depuis son fauteuil inclinable, Eddie laissa échapper un long soupir las.

— J'ai endossé le rôle d'*alimentatore* pour toi, mais ça ne veut pas dire que je réfléchis à ta place, ma fille. Tu sais comment ça fonctionne. Ne fais pas comme si tu l'ignorais. Parce que tu as raison, elle n'est pas morte. Pas de la façon dont nous envisageons la mort, en tout cas.

— C'est vrai.

J'admettais tacitement que je le savais, même si je ne comprenais pas la science ou la théologie qui se cachait derrière cela.

— Quand un démon est chassé d'un corps, il revient dans l'éther, récitai-je.

J'avais l'impression d'avoir à nouveau neuf ans et de faire une présentation au Père Corletti.

— L'unique façon d'achever un démon est de le tuer dans sa véritable forme, l'authentique nature méchante et monstrueuse qui se manifeste dans ce monde. Cela les anéantit.

— Tu prends des raccourcis dans ton explication, ma fille ?

Je grimaçai. Pour parler simplement, voici comment ça marche : un démon chassé d'un corps humain retourne dans l'éther. S'il est tué dans sa véritable forme, cependant, il est ravalé dans une dimension totalement différente.

L'éther est une dimension accessible. Ce n'est pas facile, mais il est possible pour les âmes humaines d'y être détournées même si la dimension céleste est bien plus agréable. C'est ce qui est arrivé à l'âme d'Eric quand il a été tué à San

Francisco. Il flottait, informe, entouré par une foule de démons tout aussi désincarnés.

Cette pensée me faisait toujours frissonner.

Et, bien sûr, il y a la dimension de l'enfer. C'est là que les démons passent leur temps s'ils veulent simplement vivre leur petite vie dans leur quartier démoniaque. L'éther est comme une gare. Les démons quittent l'enfer et y vont s'ils prévoient de revenir ici.

Les démons ordinaires ont tendance à passer leur temps en enfer ou dans l'éther et quand ils meurent, c'est là qu'ils retournent.

Les Hauts Démons ont davantage de pouvoir, mais cela signifie également qu'il est plus difficile pour eux de se manifester dans notre monde, même à l'intérieur d'un corps humain. Effectivement, leur essence démoniaque irradie bien trop et brûle rapidement le corps.

Lorsqu'ils sont tués sous forme humaine, ils sont affaiblis. Au lieu de l'éther, ils retournent directement dans la dimension des enfers pour recouvrer leurs forces. Ce qui est une bonne chose, puisque cela les met hors service pendant un moment. Généralement, des années et des années, en temps terrestre.

Mais une fois qu'on tue un démon sous sa *véritable* forme, il va dans un endroit totalement différent. Appelez ça le Super-Enfer, même si je suis sûre que l'Église a un autre nom pour cela. C'est une autre dimension dont on ne peut s'échapper. Du moins, pas d'après ce que j'en sais. Un démon véritablement mort est le pompon pour un Chasseur de Démons, puisque cela signifie que cette bête ne reviendra jamais.

J'ai anéanti quelques Hauts Démons à l'époque — plus

qu'un Chasseur ordinaire, c'est certain. En réalité, j'en avais envoyé un dans le Super-Enfer juste avant notre voyage à Rome — le consort de Lilith, Odayne. Il avait jailli d'Eric sous sa véritable forme et j'avais transpercé son petit cul de démon.

En ce qui concernait Lilith... Eh bien, je n'étais pas vraiment certaine de ce qui lui était arrivé. Elle avait créé Odayne et cela signifiait qu'ils étaient connectés. Quand Odayne était mort, elle aussi.

Mais l'avais-je renvoyée dans le Super-Enfer, pour qu'elle y reste enfermée pour toujours ? Ou était-elle simplement retournée dans la dimension des enfers ordinaires pour se refaire une santé ?

Je n'en savais rien. Je ne *pouvais pas* le savoir. Mais si elle n'avait pas suivi son amant dans l'enfer le plus profond et le plus sombre, cela signifiait que Lilith, l'un des démons les plus anciens et les plus puissants, était en train de panser ses blessures quelque part et reprenait des forces.

Ce n'était pas la plus joyeuse des idées, mais tant qu'elle n'était pas sur terre, je pouvais vivre avec.

— Exactement, dit Eddie une fois que je lui eus raconté tout cela. Vous deux, vous lui avez botté son cul puissant et ça vous a donné plus de pouvoirs. Et si elle est blessée, il lui faudra un moment pour guérir, en années humaines. Cette pétasse ne reviendra probablement pas avant qu'Allie ait des petits-enfants.

— Je l'espère, dis-je. Mais ça ne veut pas nécessairement dire que d'autres démons ne vont pas surgir.

— Bah.

Il haussa les épaules dans un geste exagéré.

— Des démons finissent toujours par surgir.

— C'est vrai. Mais il y en avait trois, ce soir, ajoutai-je en revenant au sujet de départ. *Trois.*

— Tu crois que ça signifie qu'ils mijotent quelque chose ? Pffff. À mon avis, ça signifie qu'il y a plus de démons parce que tu n'étais pas là pour lire le journal et chasser les morts qui ne sont pas vraiment morts. Ni toi, ni ton petit chaton.

J'inclinai la tête et baissai les yeux vers lui.

— Eddie...

— Je ne fais que constater.

Le fait était qu'il avait probablement raison. Allie avait dit la même chose. Je serrai davantage le coussin.

— Je m'inquiète, c'est tout, dis-je. Elle a peut-être quinze ans, mais elle est encore mon bébé.

Ses épaules s'affaissèrent et, pendant un moment, j'eus l'impression qu'il avait dix ans de plus. Finalement, il opina lentement du chef et leva la tête pour croiser mon regard.

— Je n'ai jamais eu d'enfants, tu sais.

— Je sais.

— Mais je te considère comme ma fille. Ou du moins, ma petite-fille. Et tu sais ce que je ressens pour Allie.

Mon sourire s'étira jusqu'à mes oreilles.

— Je sais. Nous aussi.

Puis, parce qu'à nous deux, nous ne pouvions supporter autant d'émotivité, j'ajoutai :

— Et pour Eric et Stuart ?

Il ricana.

— J'imagine que je suis plus comme un père qu'on aurait pu l'imaginer, puisqu'en ce qui me concerne, je pense que ni l'un ni l'autre n'est assez bien pour toi.

— Eddie, dis-je avec un soupçon d'avertissement dans la voix.

Toutefois, je ne pus dissimuler mon sourire.

— Mais...

Il poursuivit en levant un doigt.

— Ce sont tous les deux des hommes bien. Et ils t'aiment tous les deux. Trouve une façon de les empêcher de s'entretuer et je pense que tous les trois, vous vous en sortirez très bien.

— Ah oui ? Waouh, qui aurait pu l'imaginer ?

— Quoi ?

— Vous avez un côté adorable.

Il laissa échapper un grognement guttural.

— J'apprécierais si tu ne le disais à personne.

Je ris.

— Je n'ai jamais eu de père.

— Je sais.

— Je n'ai jamais eu de grand-père non plus.

Je vis un soupçon de sourire se dessiner sur ses lèvres.

— Si. Tu as eu un père aussi. Simplement, tu ne les as pas connus. Ton père est mort, nous le savons. Mais ton grand-père... eh bien, il pourrait être en vie pour ce que nous en savons.

Étant donné mon âge, j'en doutais. Mais c'était techniquement possible. Et c'était vraiment une idée plaisante.

— Peut-être.

Je lui lançai un sourire malicieux.

— D'ailleurs, peut-être que c'est vous.

Il gloussa.

— Des choses plus étranges se sont déjà produites. À

nous deux, on a probablement déjà vu la plupart de ces choses encore plus bizarres.

— Ce n'est pas faux.

— Et pour Eliza ? demanda-t-il.

Je secouai la tête, ayant perdu le fil.

— Eliza ?

— Elle fait partie de ta famille, non ? Elle doit savoir ce qu'il en est pour tes grands-parents.

Il n'avait pas tort.

— Plus aucun membre de sa famille n'est en vie. Mais vous avez raison. Elle détient peut-être cette information. Je vais le lui demander, mais elle ne doit pas être au courant pour ma lignée paternelle.

— Eh bien, je pense que tu as une bonne famille. Une bonne famille soudée. Qui se préoccupe des liens du sang ?

Son regard croisa le mien.

— Le sang est toujours source de problèmes.

Il avait raison à ce sujet. Je repoussai le coussin, chassant mes doutes, mes peurs et mes inquiétudes.

— Ça n'a pas d'importance, de toute façon. Mon arbre généalogique est très bien.

Je me levai du canapé et avançai pour lui déposer un bref baiser sur la joue.

Il frotta brusquement l'endroit que j'avais touché.

— Ah, maintenant tu vas devenir sentimentale.

— Ça arrive.

— Pff.

Il plissa les yeux en me regardant.

— Mais ne pleure pas. Je ne supporte pas les pleurs.

Je ris.

— Bon. Vous voulez regarder quelque chose de stupide

à la télé avant que j'aille préparer le dîner ? Ou on pourrait regarder un court métrage. Tout public, ajoutai-je en faisant un signe de tête vers la cuisine où les décibels montaient rapidement.

— Ce n'est pas une mauvaise idée, mais j'ai un rendez-vous.

Il leva le poignet et tapota le cristal de la montre que nous lui avions achetée en Italie, avec le couteau.

— Il est temps pour moi d'aller me préparer. Ça va aller toute seule, ma fille ?

— Ne vous inquiétez pas pour moi, dis-je en entendant un cliquetis et le cri strident d'un bambin. Je sais prendre soin de moi.

— Oui, dit Eddie quand je me précipitai vers la cuisine. C'est clair.

— *Non, non, non !* criai-je.

J'écarquillai les yeux tant j'étais horrifiée, parfaitement contrariée sans vraiment savoir comment gérer cet... cet... *enfer.*

Sérieusement, je regardai le vaste puits de l'enfer, dans toute sa crasse gluante et remuante. Elle m'avait touchée — et infectée — et l'horreur pure avait laissé suinter sa rage meurtrière en moi. Une rage si intense que je sortis mon téléphone et appelai Allie en appuyant sur le raccourci.

— Salut, maman ! On va bien. Tout est calme. Pas besoin de m'appeler pour vérifier.

— As. Tu. Une. Quelconque. Idée. De. Ce. Que. Tu. As Fait ?

Le silence pesa lourdement à l'autre bout de la ligne pendant cinq bonnes secondes. Je le savais, puisque Timmy était sur le sol à côté de moi et comptait les petites bestioles qui se tortillaient sur le béton.

— Euh, non ?

— *Des vers*, Allie. Le garde-manger grouille de vers !

— *Beurk*.

— Oui, dis-je. Ça résume bien la situation. J'ai ouvert les portes pour sortir une conserve de haricots verts et un milliard de créatures m'ont pratiquement sauté dessus.

C'était légèrement exagéré puisque seuls quelques-uns avaient gigoté et étaient tombés de l'étagère. Mais j'avais eu l'impression qu'ils étaient un milliard. En ce qui me concernait, un ver était déjà de trop.

En règle générale, je ne suis pas délicate. Je supporte de nombreuses choses. J'ai déjà plongé mes doigts dans des globes oculaires pour me débarrasser de démons. J'ai changé des couches des plus sales. J'ai gratté de la vaisselle que mon adolescente avait oubliée dans sa chambre plus de trois semaines, sans parler des milk shakes de fast-food à moitié terminés qui s'étaient solidifiés en un genre de substance ressemblant à du béton.

J'ai même déjà récuré une baignoire si intensément que je m'étais demandé s'il serait plus facile de refaire complètement la salle de bain.

Mais je ne supporte pas *du tout* les insectes. Surtout ceux qui sont gluants et se tortillent.

— Euh, commença Allie. C'était à cause de ce rôti ?

J'inclinai la tête, à la fois agacée et fière. J'étais agacée qu'elle devine sans hésitation la source du problème. J'étais fière qu'elle l'ait confessée.

— Je dirais bien que oui, mais je dois le deviner, puisque je n'arrive pas à me rapprocher suffisamment pour en être sûre. Comment se fait-il que tu en sois si convaincue ?

— Je, euh... J'ai peut-être été distraite en défaisant le sac de courses que tu as achetées pour Eddie.

Nous étions allés faire des courses avant de partir pour Rome. Des plats pour le congélateur et des aliments secs pour le cellier. Un coup de fil d'un garçon — puisque je suis certaine que c'était un garçon — et son esprit s'était transformé en bouillie. Un rôti avait donc fini par décongeler dans le garde-manger. Pendant presque *un mois*.

Sérieusement, nous allions peut-être devoir vendre la maison.

— Demain, dis-je. Tu nettoies demain.

— Je sais, je sais. Je le ferai. Je suis désolée ! Mais, euh, tu veux bien m'aider ?

— C'est hors de question.

— Mais...

— Des vers, Allie. Franchement. Sincèrement, je ne m'occupe pas des vers.

— D'accord. Je peux demander à Mindy ? Ou à papa ?

— Tu peux engager un service de nettoyage avec ton argent de poche, ça m'est égal. Je veux simplement pouvoir sortir l'Odyssey du garage sans que le sol gargouille sous mes chaussures.

— Beuuurk. Maman. C'est dégueu.

— Ça, ma chère fille, c'est là où je veux en venir.

— Je peux y aller, maintenant ? Tante Laura a fait des pâtes.

La bile me monta à la gorge quand j'y pensai, mais je réussis à la ravaler.

— Bien sûr, vas-y. Mais demain, tu nettoies.

— Je t'aime, maman. Et je suis désolée.

Je fondis en songeant à cette marque d'affection spontanée.

— Moi aussi, je t'aime, chérie. Amusez-vous bien.

— Oui. Embrasse Timmy pour moi.

Et sur ces mots, je fondis encore davantage.

7

Après la rencontre avec les vers, m'asseoir pour plier le linge sembla moins pénible que d'habitude, même si Timmy m'aidait.

Et par aider, je voulais dire que je pliais et qu'il massacrait tout. Toutefois, il arborait un large sourire et n'arrêtait pas de me dire à quel point il m'aimait, donc je n'allais pas le réprimander.

Nous venions tout juste de finir un panier quand Stuart appela.

— Je suis encore avec Bernie, dit-il. Il a trouvé une entreprise qui devrait pouvoir s'occuper du carrelage pour un prix décent. Ils sont généralement surchargés de boulot, donc ça me gênerait vraiment de louper cette opportunité. Et je dois passer au bureau. Il faut que je m'occupe d'un tas de documents. Ça ne te dérange pas si je suis en retard ?

— Bien sûr que non, dis-je bien que je pense l'inverse.

Du moins, ça me dérangeait un peu. J'avais l'impression que tout filait à grande vitesse depuis que nous étions revenus en ville et j'espérais avoir un petit peu de temps pour m'asseoir et me détendre avec mon mari. Mais je comprenais qu'il devait s'occuper de certaines choses, parmi lesquelles il y avait surtout les réparations de la maison dans laquelle nous avions investi et qu'un démon extrêmement puissant — et extrêmement furieux — avait plus ou moins détruite.

D'ailleurs, pensai-je en jetant un coup d'œil par la fenêtre pour regarder le jardin, où une carcasse démoniaque se cachait toujours sous le banc, et je me dis que c'était peut-être mieux s'il ne rentrait pas tout de suite.

Je fronçai les sourcils, me demandant pourquoi je n'avais pas encore eu de nouvelles d'Eric. Le soleil commençait à se coucher et il aurait déjà dû passer pour s'occuper des corps à cette heure-ci. Il m'aurait sûrement envoyé un message pour me dire que c'était fait, non ? Enfin, oui, j'aurais pu aller dans le jardin et vérifier la présence du corps, mais s'il n'était pas là, j'aimerais être certaine qu'Eric l'avait déplacé. Et, honnêtement, qu'est-ce que ça coûtait d'envoyer un bref SMS ?

— Kate ? Je t'ai perdue ?

Je me redressai.

— Pardon, je suis là. J'étais préoccupée à cause de Timmy.

Je jetai un coup d'œil à mon petit garçon qui se comportait remarquablement bien, heureuse que le petit ne soit pas encore assez âgé pour se rendre compte qu'il était le bouc émissaire de sa maman.

— Tu veux que je passe et que je t'apporte à dîner ?

Dès que les mots sortirent de ma bouche, je grimaçai à nouveau puisque je n'avais aucune envie de quitter la maison. Je souhaitais plutôt tenir la jambe d'Eric quand il viendrait pour les corps, et lui demander son avis sur différents événements démoniaques.

— J'adore l'idée… commença Stuart.

Je me crispai, frustrée.

— … mais ça ira.

Mes épaules s'affaissèrent tant j'étais soulagée.

— On va retrouver ces gars avant d'aller dîner pour parler chiffres et voir on où en est. Ça ne te dérange pas ?

— Non, bien sûr. C'est parfait.

Un silence mortel s'étira entre nous.

— Kate… il se passe quelque chose ?

Il chuchota avant d'ajouter :

— Tu sais. Quelque chose à propos des *démons* ?

— Non, non. Rien de tout ça.

Honnêtement, cet homme me connaissait trop bien. Et même si j'aurais *dû* le lui dire, je savais également qu'il avait du travail. De plus, je ne voulais pas me lancer là-dedans pour l'instant. Et, oui, en vérité, j'étais toujours un peu nerveuse en imaginant sa réaction. Nous avions arrangé les choses à Rome, mais je ne savais toujours pas si notre réconciliation était solide ou fragile. Parce que c'était à cause des démons de San Diablo qu'il s'était éloigné la première fois.

Peut-être était-ce injuste, mais je me sentais mieux si je cachais quelques informations. Du moins, jusqu'à ce que j'en sache plus. Et jusqu'à ce que je puisse le regarder dans les yeux en lui parlant.

— Kate ?

— Tout va bien, lui dis-je.

À ce moment précis, c'était parfaitement vrai.

— C'est simplement que j'espérais que toi et moi, on

pourrait se retrouver tôt ce soir. Peut-être pour passer du temps sur le canapé. Traîner ensemble. Mais ce n'est pas grave. Sincèrement. On remettra ça. Sérieusement.

J'espérais sérieusement que lorsque j'arriverais devant les Portes du Paradis, le nombre de démons que j'avais tués au fil des ans compenserait le nombre de bobards que je racontais à mon mari.

— On remet clairement ça.

Sa voix passa du mode professionnel au mode « une nuit avec ma femme ».

— Une soirée à la maison... un verre de vin... imagine les scénarios...

— Crois-moi, lui assurai-je. Je les imagine bien.

Avec un sens du timing parfaitement aiguisé, Timmy commença à taper sur son camion en plastique avec un bâton. Je me rendis compte qu'il s'agissait du manche de ma spatule qui n'avait plus le bout en caoutchouc lui conférant toutes ses qualités de spatule.

Je raccrochai avec Stuart avant de prendre le bout de bois des mains de Timmy.

— Il n'y aura que toi et moi, ce soir, mon chéri. Tu as faim ?

Je me dirigeai vers la cuisine, jetant la spatule qui n'en était plus une sur le plan de travail. Je chercherai la pièce manquante plus tard, mais j'avais le sentiment qu'elle était au fond d'un coffre à jouets ou entre les coussins du canapé.

— Tu veux dîner sur le canapé en regardant un film ?

— On peut regarder les chiots ?

Une migraine commença à remonter le long de ma colonne vertébrale. Non pas que j'aie un quelconque grief contre *Les 101 Dalmatiens*, mais j'étais presque certaine de l'avoir vu plus de fois qu'il n'y a de chiens dans le film.

— Bien sûr que oui, mon cœur. Qu'est-ce que tu penses de poissons panés et de morceaux de pomme ?

Il acquiesça impatiemment et je me sermonnai mentalement puisque je n'avais pas vérifié s'il nous restait des poissons panés à la maison.

Je priai rapidement Sainte Monica, la patronne des mères, avant de filer vers mon frigo. Je l'ouvris, jetai un coup d'œil à l'intérieur, et mes épaules s'affaissèrent sous l'effet du soulagement.

— Hé, où est mon petit chef ?

— Ici, maman !

Il se hâta de venir et n'eut aucune difficulté puisque la grille pour bébé séparant la cuisine du salon n'était pas fermée. Elle ne l'était généralement pas ces temps-ci, même si nous ne l'avions pas retirée puisqu'il se déplace assez maintenant pour que j'aie envie que la cuisine reste bien fermée la nuit.

Désormais, Timmy se tenait là, avec sa toque de chef que nous rangions dans le coffre à jouets derrière le canapé.

— Prêt à cuisiner, chef Connor ?

Il acquiesça impatiemment avant d'ouvrir le placard du bas et d'en sortir la plaque de cuisson. Je fis glisser son tabouret afin qu'il puisse être à hauteur du plan de travail, puis ouvris la boîte et le laissai poser les poissons panés sur la plaque.

Il les arrangea avant de siroter son lait pendant que nous attendions que le four préchauffe.

— D'accord, petit monstre, dis-je quand le four fut prêt. Dis-moi combien de minutes.

— Trois ! répondit-il en tendant trois doigts. Moi trois !

— Tu les auras bientôt, tes trois ans, mon petit gars. Mais mettons le minuteur sur quinze. Tu te souviens ? Mets-le juste au niveau de la marque rouge.

Le four avait un minuteur, mais j'en utilisais un autre avec les nombres dessus. J'avais faussement cru que le laisser jouer avec serait positif pour son éducation.

— Cinq, couina-t-il en tournant le bouton jusqu'à quinze.

— Et qui suis-je pour contredire mon petit Einstein ? dis-je avant de l'embrasser sur le front.

Il montra sa toque.

— Chef, maman. Je suis chef.

— C'est vrai, tu l'es. D'accord, monsieur Chef. Saute de là et va chercher ton jus de pomme dans le frigo.

J'ouvris la porte, mais au lieu d'attraper une briquette de jus de fruits, il saisit une énorme pomme bicolore.

— S'il te plaît, maman ?

Puisque je ne pouvais contredire un gamin qui voulait manger des fruits, je pris la pomme, la lavai et la mis sur la planche à découper alors que Timmy remontait sur le tabouret.

— Moi couper ! Moi couper !

— Quelle est la règle ?

— Pas couteau. Je sais, maman...

Il ressemblait tant à sa sœur que je faillis en rire.

— Va trouver le film et je coupe la pomme. Marché conclu ?

— D'accord...

Il s'éloigna et je coupai rapidement la pomme. Je la posais sur l'assiette quand il hurla qu'il avait trouvé la vidéo.

Je vérifiai le minuteur avant de partir dans le salon pour mettre le DVD.

Timmy avait mangé deux tranches de pomme quand le minuteur sonna et j'allai récupérer le fabuleux repas, faisant promettre à mon fils de ne pas en prendre une bouchée jusqu'à ce que je l'autorise puisque les bâtonnets devaient refroidir.

Pendant ce temps-là, je coupai du fromage pour moi, suffisamment pour qu'on partage puisque je savais que c'était inévitable, et une autre pomme, puisqu'elle avait vraiment l'air bonne. Rapidement, les bâtonnets furent prêts à être mangés et je me blottis avec mon petit gars sur le canapé, avec un jus de fruits pour lui et un verre de vin pour moi.

Nous finîmes de manger notre repas et je rassemblai nos assiettes avant de partir vers la cuisine. Je venais tout juste de les mettre dans l'évier et de jeter nos déchets quand j'entendis Timmy crier :

— Oncle David, oncle David !

Je passai la tête dans la salle à manger avant de jeter un coup d'œil à l'écran de la télévision. Mais, honnêtement, le personnage principal de ce dessin animé, compositeur, ne ressemblait en rien à David. Je le dis à Timmy, au moment même où je reconnaissais silencieusement qu'il était assez cool de la part de Stuart, malgré son aversion pour Eric, de nous laisser lui donner le surnom d'oncle.

L'étiquette « David » venait du fait que pour le reste du monde, Eric était David Long, enseignant de chimie au lycée. En réalité, David Long était mort dans un accident de voiture qui avait blessé sa jambe et Eric avait pris ce corps.

Nous n'étions pas une famille ordinaire, mais nous nous y étions habitués.

Ajouter le titre d'oncle rendait les choses plus faciles pour Allie puisque son père et elle passaient beaucoup de temps ensemble, à la fois à l'école et en dehors, et que je m'inquiétais à l'idée que leur relation soit mal perçue par le personnel de l'école, dans le meilleur des cas, voire jugée louche et inappropriée, dans le pire des cas. La solution de l'oncle tuait le problème potentiel dans l'œuf.

— Il ne ressemble pas du tout à oncle David, dis-je à Timmy en continuant de regarder la télévision.

Quand il se contenta de rebondir de façon encore plus enthousiaste, je me rendis compte qu'il avait rivé son attention sur les portes-fenêtres menant au jardin.

Je me tournai dans cette direction et, effectivement, « oncle David » se tenait juste là.

Eh bien, bon sang.

Non pas que je refuse de voir Eric. En règle générale, je voulais bien. Mais pas aujourd'hui. Pas après la dispute que j'avais eue plus tôt avec Stuart. En ce qui me concernait, Eric était censé se faufiler dans le jardin, prendre les corps et repartir.

Qu'il frappe à la porte, surtout qu'il ne savait pas si Stuart était à la maison, n'était pas à l'ordre du jour.

Mais, après tout, Stuart était celui qui s'était énervé et qui était parti...

Je secouai la tête, éparpillant mes pensées. Tout cela pour dire que rien de tout ça ne concernait en rien la relation entre Stuart et Eric. Ces deux-là allaient devoir trouver une solution ensemble. Mais si Eric avait un problème pour prendre les corps, ce n'était pas quelque chose que je pouvais éviter.

Quand j'arrivai devant la porte, Timmy s'était heureusement reconcentré sur l'écran.

— Y a-t-il un problème ? demandai-je.

— Aucun. Les corps sont dans mon coffre.

Il fronça les sourcils.

— Il faut vraiment que je m'achète une nouvelle voiture. Ils tiennent à peine.

— D'accord. Eh bien, merci.

Je remuai d'un pied sur l'autre, ne sachant pas vraiment pourquoi nous devions avoir cette conversation s'il avait les cadavres.

— Et désolée de t'avoir fait revenir de Los Angeles.

Il haussa les épaules d'un air désinvolte.

— Oui, en parlant de ça… Je n'avais pas quitté San Diablo.

— Quoi ?

— J'étais encore à San Diablo quand Allie a appelé.

— Oh. Eh bien, c'était pratique. Pourquoi ?

Je me rendis compte que j'avais posé la question avec un soupçon de jalousie, me demandant s'il avait décidé de rester parce qu'il voyait quelqu'un. Ce qui, bien sûr, était insensé. La dernière femme qu'il avait fréquentée était un démon qui avait plus ou moins pris le contrôle de son esprit. Juste après cela, nous nous étions rendus à Rome. Je doutais sincèrement qu'il ait recommencé à sortir avec quelqu'un.

— Pourquoi ? répéta-t-il.

— Pourquoi n'es-tu pas rentré chez toi ? Tu sais, à Los

Angeles, où tu as déménagé quand tu as décidé que tu devais t'éloigner de moi ?

Ma phrase était probablement teintée de plus de colère et de douleur que je ne l'avais voulu.

— Qu'est-il arrivé à ton besoin d'être loin d'ici ? De prendre du temps pour toi ? De guérir et tout ça ?

Ces questions étaient toutes légitimes. En revanche, je ne me demandai pas ce que j'étais censé dire à mon mari qui avait été très heureux d'apprendre qu'Eric avait décidé de déménager à Los Angeles afin d'offrir à ma famille un peu de temps pour guérir. J'avais à la fois soutenu et méprisé cette décision.

— Rien de tout ça n'a changé, déclara-t-il. J'ai besoin de ce temps-là. Mais en fin de compte, ce dont j'ai vraiment besoin n'a pas d'importance, n'est-ce pas ?

— Allie.

Il hocha la tête.

— Elle a besoin de moi.

— Eric...

Il leva la main pour m'interrompre.

— Je suis désolé si ça complique les choses pour toi, mais ça ne vous concerne pas, Stuart et toi. Ça nous concerne nous, ma fille et moi. Peut-être qu'avant, je pouvais justifier de vivre à plus d'une heure d'ici. Mais plus maintenant. Pas en ayant connaissance de ce que nous savons maintenant.

J'acquiesçai, puisqu'il avait raison.

— Ça concerne notre fille et je le comprends, admis-je. Mais j'ai besoin de la vérité, Eric. Est-ce uniquement à propos d'Allie ? Ou également à propos de moi ?

Je savais que je me montrais effrontée, mais je m'en

moquais. Il me fallait la vérité puisque, sans elle, je ne pouvais naviguer dans ces eaux troubles qu'était notre relation.

Il laissa retomber ses épaules en soupirant. Il tendit une main vers moi, mais je ne la saisis pas.

— Oui, répondit-il en éloignant sa main et en la mettant dans sa poche. Mais ça ne devrait pas être le cas.

8

— **A**u risque de taper sur les nerfs de ton mari, dit Eric, toi et moi, on doit aller patrouiller ce soir.

— Pourquoi ai-je l'impression que tu te fiches de taper sur les nerfs de Stuart ?

Je l'avais invité à entrer et nous étions désormais assis à la table de la cuisine. Timmy, qui avait gratifié son « oncle » d'une immense étreinte, était de retour sur le canapé avec ses chiots.

Eric gloussa.

— Ce n'est pas faux. Je m'en moque. Mais ce qui m'importe, c'est toi et je veux te voir heureuse. Je sais que ça te rendra malheureuse si on fait ça dans le dos de Stuart.

— C'est vrai. Surtout que c'est notre première soirée à la maison.

— Pas faux. Mais j'ai deux démons dans mon coffre, tu te souviens ? Et un autre, qui a attaqué les filles, est en liberté.

— Je sais.

Honnêtement, ce n'était pas comme si Stuart était à la maison, de toute façon. Je me rassis et croisai le regard d'Éric.

— À propos des attaques d'aujourd'hui, Eddie et Allie pensent tous les deux que la population démoniaque a probablement crû de façon significative pendant que nous étions à Rome. Ils n'ont pas tort.

— C'est logique. Toi et moi, nous n'étions pas là pour éloigner les créatures.

— Tu as raison, confirmai-je en sortant mon téléphone. Je vais envoyer un message à Stuart pour le tenir au courant, puis un autre à Laura pour lui demander de venir jouer à la baby-sitter jusqu'à ce qu'on revienne, ou qu'Eddie rentre.

Je me concentrai sur mon téléphone, heureuse d'avoir une distraction temporaire. Une fois les messages envoyés, je levai une nouvelle fois les yeux vers lui.

— Ce serait vraiment plus facile si tu rentrais à Los Angeles. Mais tout de même, tu devrais savoir que je suis contente que tu surveilles mes arrières.

Il inclina la tête, comme pour encaisser ma phrase.

— Toujours.

Je m'éloignai de la table et me levai.

— Il faut que je me change. Tu tiens compagnie à Timmy, d'accord ? Et encore une chose, dis-je en marquant une pause en cours de route. Ce soir, nous ne pouvons pas nous contenter de chasser. Nous devons capturer et interroger.

— J'y ai déjà pensé, m'assura Eric.

Il sortit un papier plié de la poche arrière de son jean.

— J'ai étudié quelques articles de journaux avant qu'Allie m'appelle pour que je m'occupe des cadavres de démon. J'ai cherché toutes les guérisons miraculeuses et les accidents où les gens ont survécu, tu vois ?

Il savait très bien que je comprenais.

— Tu as trouvé des candidats convenables ?

— Oh, oui. Il y a eu beaucoup de morts et de mourants le mois dernier.

— Et moi qui pensais que ce serait tranquille de rentrer à la maison après être allée à Rome.

— Désolé de te décevoir.

Il tapota le journal.

— J'ai sorti autant d'adresses que possible, ainsi que les lieux où ils sont morts. Enfin, où ils ne sont *pas* morts, corrigea-t-il en haussant les épaules. On commencera par là. Peut-être qu'on peut réduire la population démoniaque d'un ou deux individus, ce soir. Et tu as raison.

Il se dépêcha de poursuivre avant que je puisse intervenir.

— Les interrogatoires d'abord. En ce qui me concerne, le but est d'en savoir plus sur ce qu'il se passe avec notre fille avant la fin de la soirée.

Notre fille.

Les mots restèrent en suspens entre nous jusqu'à ce que, finalement, je m'éclaircisse la gorge et marmonne quelque chose au sujet d'un changement de tenue.

— Juste une seconde, dis-je en me précipitant à l'étage.

Honnêtement, c'était un soulagement de m'éloigner. J'en avais besoin pour m'éclaircir les idées. Même si je savais, intellectuellement, que nous devions faire ça — bien qu'émotionnellement, j'aie envie qu'Eric soit près de moi — je ne pouvais passer au-delà de la réalité de cette situation qui était plus que gênante.

Et quel était mon profond secret obscur ? Je m'étais accrochée au fantasme improbable qu'à un moment, Stuart et lui seraient amis. Que tout cela deviendrait plus facile.

Mais en vérité, même s'ils devenaient les meilleurs amis du monde, ce ne serait plus facile que pour *eux*. Parce que j'étais vraiment amoureuse de ces deux hommes et cette réalité n'avait aucune issue aisée pour moi.

J'enfilai mon jean, des chaussures adaptées et un haut à manches longues pour me protéger de la fraîcheur de la nuit procurée par l'océan, même à la fin de l'été. J'enfilai également ma veste de chasseuse, un ajout à ma garde-robe fournie par la *Forza* qui ressemblait un peu à ce qu'un photographe porterait. Je l'avais rempli d'objets pointus et d'eau bénite, comme n'importe quel chasseur qui se respecte. Je repartis ensuite au rez-de-chaussée, prête à en découdre.

Laura était déjà installée sur le canapé avec Timmy, qui était ravi de la voir, surtout qu'elle avait promis qu'ils pourraient rester éveillés tard afin de pouvoir construire une ville avec sa collection de Duplo. Une fois que j'eus obtenu des étreintes et des baisers, promis de venir lui faire un bisou pour lui souhaiter bonne nuit même s'il dormait, et après avoir appelé Allie pour lui intimer d'être prudente avec Mindy et Eliza, Eric et moi nous mîmes en route.

Nous prîmes deux voitures différentes pour nous rendre dans son vieil appartement, et je le suivis. Il avait déménagé à Los Angeles avant que son bail expire, donc ce ne serait pas un souci pour lui de revenir. L'appartement allait de pair avec un garage et nous y laissâmes sa voiture.

— Je m'occuperai des cadavres plus tard, dit-il en se glissant dans mon Odyssey.

— Comment tu arrives à les monter sans que personne ne le remarque ? demandai-je.

Il s'occupait de la suppression des cadavres depuis un moment maintenant, mais c'était la première fois que je songeais à ce que cette mission impliquait exactement. Mon nez se plissa quand je réfléchis à la question.

— Enfin, tu ne les découpes pas pour te trimballer avec un sac rempli de bouts de démon dans l'escalier, n'est-ce pas ?

Il pencha la tête avant de répondre d'un simplissime :

— Non.

— Bien. Ravie de l'entendre. Mais... ?

— Kate, tu veux vraiment le savoir ?

— Non... en quelque sorte.

Que puis-je dire ? C'était comme gratter une croûte. J'étais certaine qu'il y avait quelque chose d'étrangement satisfaisant dans ces subtilités pratiques de notre business, dans l'envers du décor.

— Disons juste qu'il y a de nombreux produits chimiques dans le sous-sol du lycée et j'ai réussi à obtenir un engagement de la *Forza* qui doit donc envoyer une équipe d'enlèvement une fois tous les deux mois. Ils font semblant d'être un fournisseur venant à Los Angeles pour récupérer les barils et déposer du matériel de laboratoire tout neuf.

— Oh. C'est vrai. Je comprends. Des démons fondus et visqueux. Au lycée. Où va notre fille.

Je plissai le nez.

— Pardon, mais c'est toi qui as demandé ?

— Peut-être, admis-je. Enfin, les démons fondus sont probablement mieux que des cadavres à la cathédrale. Et ce n'est pas comme si nous pouvions continuer à empiler les corps. Quelqu'un aurait fini par le découvrir.

C'était une inquiétude constante, en réalité. Quand Eric et moi étions jeunes, nous étions peut-être basés à Rome, mais nous étions envoyés dans le monde entier. Laisser quelques cadavres éparpillés n'était pas si grave, même si le coup de couteau dans l'œil montrait qu'il s'agissait d'un meurtre.

Déjà, les risques que la piste soit remontée jusqu'à nous étaient minces. Ensuite, la plupart du temps, une équipe d'enlèvement de la *Forza* s'occupait du problème avant que le corps soit découvert. Mais quelques corps ici et là sont différents d'une dizaine de morts dans une seule et même ville. L'enlèvement est nécessaire si nous voulons éviter que le monde humain ne le remarque. Et nous voulons *vraiment* éviter cela. Non seulement ce serait incroyablement gênant, mais Stuart est aussi toujours l'ami du procureur du district. Ce serait donc sacrément dérangeant, n'est-ce pas ?

Nous nous garâmes à la plage et commençâmes nos recherches sur la jetée. San Diablo était connu pour ses contre-courants, mais il y avait également un très faible taux de mortalité. Aux yeux du grand public, en tout cas.

C'était parce que la plupart de ceux qui se faisaient attirer par le courant et se noyaient revenaient avec un démon dans le corps — comme les *quatre* qui avaient si miraculeusement survécu quand nous étions en train de sauver le monde à Rome.

Puisque les démons ont tendance à revenir à l'endroit où ils sont devenus charnels, il est rare de ne pas en rencontrer près de la jetée. D'ailleurs, la plus grande maison de retraite de la ville, Brumes Littorales, se trouvait sur une falaise s'élevant au nord du chemin. Et, surprise, surprise, Brumes Littorales était également un lieu populaire pour la renaissance des démons. Et certains y vivaient aussi. Du moins, jusqu'à ce que nous les découvrions.

— Henry Blankenship et Esther Waters, dit Eric en montrant Brumes Littorales. Henry a eu une attaque il y a quatre jours, mais a survécu. Esther a fait une crise cardiaque hier matin. Les médecins ont réussi à la ranimer.

— J'imagine bien, dis-je en inclinant la tête.

Je regardai la maison de retraite qui avait un jour été la prison d'Eddie. Il y avait été acculé par une bande de démons déterminés à découvrir son secret.

Quand j'y avais trouvé Eddie la première fois, j'avais également découvert que de nombreux employés étaient les « toutous » des démons — des humains au courant et prêts à accomplir des missions pour les démons, de façon à gagner quelque chose. Il s'agissait généralement d'argent, mais parfois, les démons promettaient de la magie, de l'invisibilité, de l'immortalité, toutes sortes de choses alléchantes du même type.

La plupart du temps, les promesses étaient des mensonges et les marionnettes finissaient simplement par mourir.

J'avais appris que les humains pouvaient être assez crédules.

— Devrions-nous monter pour aller discuter avec Esther et Henry ?

Eric secoua la tête.

— J'ai appelé Brumes Littorales en allant chez toi. Ils se sont tous les deux égarés.

Il ajouta des guillemets autour du dernier mot puisque,

bien sûr, nous savions tous les deux qu'ils ne s'étaient pas égarés, mais étaient délibérément partis.

— Ce qui signifie que la famille et les employés de Brumes Littorales vont les chercher aussi, dis-je.

— Les employés, oui, en théorie, mais nous savons que cet endroit n'a pas suffisamment de personnel. Le dossier reviendra aux flics du coin. Et ni l'un ni l'autre n'a de famille.

— Ce qui signifie que nous devons être sûrs qu'il n'y a pas de flic dans le coin, quand nous les retrouverons, dis-je en haussant les épaules. C'est plus ou moins ordinaire.

Après tout, quand votre arme principale est un pieu tranchant enfoncé dans l'œil et que vos efforts pour sauver l'espèce humaine du fléau des enfers laissent des preuves que la plupart des gens rapporteraient à un meurtre, éviter les flics du coin était une priorité lors des missions.

— S'ils se sont tous les deux évadés de la maison de retraite, ils sont probablement terrés quelque part en ville.

Je jetai un coup d'œil autour de nous en réfléchissant à nos options.

— Allons vérifier les grottes, ensuite on fera quelques tours dans la Vieille Ville.

San Diablo n'avait pas vraiment de centre-ville. À quelques kilomètres à l'intérieur des terres se trouvaient des immeubles de bureau et des centres commerciaux. La zone plus touristique près de la plage était la Vieille Ville, avec son cinéma de style classique, ses boutiques mignonnes et ses restaurants populaires.

Les quartiers de banlieue comme le mien entouraient la ville. Les maisons les plus chères se trouvaient sur la côte et les plus abordables dans les quartiers à l'intérieur des terrains jouxtant les collines. Nous n'habitions pas loin, mais nous n'étions ni sur la plage ni au nord de la ville. Le trajet n'était pas difficile jusqu'à la Vieille Ville, mais ce n'était pas assez près pour que nous y allions à pied.

Dans le périmètre des bâtiments relativement nouveaux, la ville promouvait des lotissements près de la Vieille Ville avec des cottages adorables — comme celui dans lequel Eric et moi vivions par le passé — ainsi que des zones incroyablement luxueuses sur les collines. C'est là que se situait le Manoir Greatwater, une maison historique délabrée datant de l'âge d'or hollywoodien que Stuart et Bernie pensaient pouvoir réparer avant de la vendre comme hôtel de charme grâce au développement de leur entreprise d'immobilier.

Mais, bien sûr, un démon énervé avait jeté un froid sur ces plans.

Une nouvelle vague de culpabilité me submergea. Ce n'était pas ma faute si l'endroit avait été détruit. Ce n'était même pas celle d'Eric, bien qu'il soit au cœur de cette histoire. Néanmoins, je me sentais toujours responsable.

— D'accord, dis-je en soupirant. Pourchassons-les.

Eric se mit immédiatement à rire.

— Quoi ? demandai-je en me tournant pour lui faire face.

— Toi.

Il ne dit rien d'autre et je levai les yeux au ciel. Je n'avais jamais été une chasseuse patiente. Montrez-moi un démon et je lui cours après. Dites-moi que je dois le chercher et je me demande pourquoi j'ai signé pour ça. Bien sûr, techniquement, je n'avais *pas* signé pour ça. Au début, j'avais été orpheline et élevée par la *Forza*. La seconde fois, les démons m'avaient traînée à nouveau dans ce business en passant par ma fenêtre et en m'attaquant dans ma cuisine. Mais tout de même, j'aurais pu rester en retrait. Je n'en avais rien fait. J'avais pris la décision de continuer pour protéger ma famille, sans parler du monde entier.

Mais ça ne signifiait pas que j'aimais la corvée qui allait de pair avec ce boulot.

Je soupirai à nouveau avant de lever un pied et de montrer les baskets confortables avec un soutien plantaire que j'avais achetées avant que nous partions à Rome.

— Au moins, j'ai les chaussures appropriées ce soir.

Eric sourit.

— Tu te souviens de cet été à Paris ? Tu portais les bonnes chaussures aussi, à cette époque.

Je claquai ma main sur ma bouche pour m'empêcher d'éclater de rire en me souvenant de ce soir-là. Nous avions anéanti un nid de vampires féroces et décidé de célébrer notre victoire avec un dîner et une soirée dansante. J'avais enfilé une paire de chaussures fabuleuses qui me faisaient mal aux pieds — bien que le talon aiguille ait été bien pratique quand un démon nous avait attaqués lorsque nous retournions à l'hôtel.

— Tu as combien de noms sur ta liste ? demandai-je alors que nous continuions vers le nord, vers le bout de la jetée qui s'ouvrait sur la plage souvent utilisée pour le volley-ball et les pique-niques.

Nous continuâmes sur le sable et la canne d'Eric creusait des trous le long de notre chemin.

Il n'y avait pas de lumière dans cette zone, donc nous avions presque la plage pour nous, étant donné que tous ceux qui ne venaient pas dans la partie plus sombre pour se bécoter ou chasser des démons étaient plus près des boutiques et des restaurants. Nous avancions aussi rapidement que possible avec les roches et le terrain irrégulier, et nous dirigions vers un chemin étroit entre les vagues et la base de la colline, où nous trouverions une succession de grottes offrant un abri même à marée haute. J'avais tué plusieurs créatures ici et je m'assurais toujours de vérifier s'il n'y avait pas de démons errants.

En règle générale, un démon préfère une maison confortable. Mais lorsqu'ils sont nouvellement transformés, ils se terrent n'importe où, le temps de reprendre leurs repères.

— J'ai listé quinze noms, dit Eric.

Je marquai une pause pour le regarder, choquée par le nombre.

— *Quinze* ?

— Bien sûr, deux d'entre eux sont déjà dans mon coffre.

— Quand on aura trouvé Henry et Esther, on passera sous la barre des dix. Mais ça fait encore beaucoup pour une ville de cette taille.

Je secouai la tête, déjà épuisée à l'idée d'une chasse au démon interminable.

— Nous devons vraiment faire un pacte pour ne plus quitter la ville en même temps.

— *Tu* es partie. Moi, je n'étais déjà plus là, tu te souviens ? Et fais-moi confiance quand je dis qu'il y avait de nombreux démons à Los Angeles pour m'occuper avant que je parte à Rome.

— Ah bon ?

Je n'ai jamais particulièrement aimé Los Angeles, mais

ça ne signifiait pas que j'avais envie que cet endroit grouille de démons.

Ses épaules s'élevèrent et retombèrent.

— En fait, par rapport au nombre d'habitants, non, ce qui est une bonne chose, parce que je n'étais pas au top de ma forme. Je consultais les journaux et faisais quelques patrouilles, mais pas autant que je l'aurais dû.

Il marqua une pause et me regarda plus directement.

— J'ai surtout laissé tomber le travail pour avoir quelques jours de repos pour ma santé mentale.

Je ricanai. Aucun de nous n'avait travaillé dans une entreprise américaine, et en ce qui concernait la chasse aux démons, nous n'avions pas suffisamment de jours pour prendre soin de notre santé mentale.

— Étant donné que tu avais un démon en toi qui se battait pour sortir *et* que tu as perdu un œil dans la lutte, j'avais deviné que tu méritais un peu de repos.

— Et maintenant, non seulement j'ai repris du service, mais je suis dans une zone à risques.

Je marquai une pause devant la première grotte.

— C'en est vraiment une, hein ?

Il fronça les sourcils.

— De quoi ?

— San Diablo. C'est vraiment une zone à risques. On a toujours cru que la ville était spéciale parce qu'elle repoussait les démons, étant donné que la cathédrale était blindée de reliques et de je ne sais quoi d'autre. Et peut-être que ça a été le cas pendant un moment. Mais quelque chose a changé. Maintenant, cette ville est quasiment un aimant à démons.

— Je ne peux pas te contredire là-dessus, dit-il. Même si

ce n'est pas vraiment un élément sur lequel la chambre de commerce va s'appuyer pour trouver un slogan publicitaire.

— Oh, c'était vraiment nul.

J'essayai de ne pas rire en recommençant à marcher vers la colline.

— Et, sérieusement, c'est ce sur quoi Eddie et Laura doivent faire des recherches. Parce que si on découvre ce qui attire soudainement autant de démons à San Diablo, on peut... *hé* !

Je titubai alors qu'Eric attrapait le haut de mon bras et me tirait en arrière. Je pivotai pour le regarder avant de remarquer immédiatement ce qui avait attiré son regard : un vieil homme avançait vers nous dans le sable.

C'était un vieillard qui ressemblait remarquablement au Henry que nous recherchions.

— Il pourrait simplement s'agir d'un résident de Brumes Littorales égaré.

— Tu n'y crois pas plus que moi, dit Eric.

— Non, mais nous devons y réfléchir avant de lui enfoncer un couteau dans l'œil.

— C'est une bonne philosophie, dit-il. Mais nous devons l'interroger, tu te souviens ? C'est d'abord une mission de capture. S'il est humain, il sera agacé, mais il sera vivant.

Nous progressâmes lentement vers lui et le probable démon en fit de même vers nous. Je sentis mon corps se crisper et adopter ce vif état de conscience. J'étais prête à me battre ou à fuir. Idéalement, à me battre. Encore plus idéalement, à l'interroger afin d'avoir des réponses. Des réponses concrètes. Des questions au sujet de ma fille étaient en attente de réponses et je n'avais pas l'intention de me reposer avant de savoir ce qu'il se passait avec elle.

Allie emplit mon esprit alors que l'homme âgé se rapprochait. Il bougeait lentement, ressemblant plus à un vieillard qu'à un démon énergique. Le corps vieillissait peut-être, mais une fois que le démon y entrait, même les êtres les plus brisés avaient une force et une agilité incroyables. Cela dit, la plupart des démons étaient malins et feraient semblant d'être une personne âgée et faible, de sorte à se fondre dans la masse.

Nous nous arrêtâmes dans le sable lorsqu'il arriva à notre niveau, et Eric posa une main dans mon dos. Nous n'étions qu'un couple profitant de la soirée. Toutefois, je remarquai la façon dont sa poigne autour de sa canne changea, puisqu'il était prêt à l'utiliser comme une arme.

Le vieillard fit un autre pas vers nous. Encore un. Et un de plus.

C'est alors qu'il leva les yeux, son regard se posant d'abord sur moi, puis sur Eric.

Je vis un soupçon de reconnaissance et je sus, sans l'ombre d'un doute, que cet homme était un démon.

Je fis un pas vers l'avant, prête à l'étrangler, à le serrer contre moi et à laisser Eric s'occuper de lui. Non pas avec ses poings, mais avec ses questions.

Toutefois, avant que j'aie la chance de le faire, il posa un genou à terre. Il inclina la tête et, à cet instant, j'aurais pu le tuer sans aucun effort. Honnêtement, j'étais trop choquée pour essayer.

Il leva ensuite ses yeux vitreux vers le visage d'Eric.

— Sir, dit-il.

Sir ?

Je jetai un coup d'œil à Eric, me demandant s'il savait ce qu'il se passait, mais je connaissais bien son visage et à ce moment, je n'y vis que de la confusion et du malheur.

— Je ne suis pas ton *seigneur*.

Sa voix était aussi sèche que du papier de verre et tranchante comme une lame.

— Vous êtes le consort. Elle ne vous veut aucun mal.

Eric recula.

— Elle ? Qui ?

— La glorieuse.

Eric secoua la tête et ma main se posa sur mon couteau. Il ne se passait rien de physique, mais je voyais que c'était une torture pour lui, un rappel de ce qu'il avait traversé auparavant. Et la certitude importune que la libération d'Odayne n'y avait pas mis un terme.

— Pourquoi ? demanda Eric d'une voix grave et dangereuse. Pourquoi fais-tu une révérence devant moi ? Odayne n'est plus en moi. Le lien a été brisé.

Le démon pencha la tête avant de lever le nez et de renifler. Lentement, un sourire s'étira sur son visage.

— L'odeur est toujours sur vous. Vous pensiez qu'il n'y avait qu'Odayne ? Celui qu'elle a créé ? Vous pensez que c'est lui qui fait de vous ce que vous êtes ?

— Non. *Non*.

Eric déglutit et sa mâchoire se crispa.

— Tu crois que je ne comprends pas ce que tu fais ? Tu penses que je ne me rends pas compte du jeu d'esprit auquel tu joues ?

Le démon se leva avant de se rapprocher d'Eric jusqu'à ce qu'il ne soit qu'à quelques centimètres l'un de l'autre. Je restai plantée là, ne sachant pas quoi faire, mais mon couteau était toujours à disposition. Si je le devais, je l'utiliserais.

Toutefois, le démon reprit la parole et le monde entier sembla basculer.

— C'était vous, Eric Crowe, dit le vieil homme. C'est votre sang qui noircit. Ils ont une dette envers vous et vous serez récompensé.

onsort ? Récompensé ?

— C J'entendis la rage dans la voix d'Eric quand il fit un pas vers le vieil homme.

— Je ne suis le consort de personne, cracha-t-il.

Une violence qui ne lui ressemblait pas teintait sa voix, assortie à la fureur grâce à laquelle il plongea vers l'avant.

En un instant, il avait retiré le bout en caoutchouc de sa canne, révélant la pointe en acier. Puis, en un mouvement furtif, il releva la canne et planta l'extrémité dans l'œil du démon.

— Tu peux te la garder, ta foutue récompense, ajouta-t-il quand le corps d'Henry Blankenship tomba, sans vie, sur le sable.

— Eric !

J'attrapai son bras et l'attirai vers moi. Je me rapprochai ensuite jusqu'à être juste devant lui.

— Qu'est-il arrivé à l'interrogatoire ? Allô ? Nous

devons savoir certaines choses. De qui es-tu censé être le consort ? De Lilith ? Parce que si c'est le cas…

Je chassai cette idée en frissonnant.

— Mais non, continuai-je. On lui a botté le cul et on l'a renvoyée en enfer, peut-être même pour de bon. Enfin, même si elle n'est pas bannie de façon permanente, elle ne peut pas revenir si vite. N'est-ce pas ?

Il ne répondit rien quand je continuai à radoter.

— Enfin, si ce n'est pas elle, alors qui ? Et pourquoi ? Quand, d'ailleurs ?

Les questions ne cessaient de jaillir de ma bouche, mais bon sang, j'étais en colère. Sans parler du fait que j'étais effrayée.

— Te veulent-ils vivant ? Visiblement oui, mais encore une fois, *pourquoi* ? On l'ignore, Eric, dis-je en me calmant enfin. On l'ignore, parce que tu viens juste de tuer le démon qui aurait pu nous le dire.

Je le poussai au niveau du torse, par pure frustration.

— Mais à quoi pensais-tu ?

Je m'attendais à ce qu'il ait l'air frustré. Je m'attendais à ce qu'il passe les mains dans ses cheveux, à ce qu'il fasse les cent pas dans le sable, à ce qu'il me dise que nous devions cacher le corps et trouver un endroit sûr où nous pourrions parler.

Au lieu de ça, je vis cet homme que j'aimais lever les mains et les poser de chaque côté de son visage, avant de tomber à genoux dans un grognement guttural qui glaça mon âme.

Lorsqu'il me regarda, je ne vis que de la fureur dans ses pupilles.

— Ça n'en finit jamais, dit-il. Enfin, ça ne finit vraiment *jamais*.

Il murmura une série de jurons acerbes et lorsqu'il se releva, ses yeux étaient emplis d'une tristesse infinie.

— Kate, je...

Je levai une main.

— Pas maintenant. On doit se débarrasser du corps.

Je me penchai pour passer un bras du vieil homme autour de mes épaules.

— *Maintenant*, lui intimai-je.

Pendant un moment, il resta figé, son expression reflétant son malheur pur. Il prit ensuite une inspiration, redressa les épaules et saisit l'autre flanc de l'homme. Ensemble, nous le traînâmes dans le sable, essayant de donner l'impression que nous étions deux amis aidant notre pote bourré à tituber.

Une fois que nous eûmes regagné la route, avec l'océan à notre gauche et les collines sur la droite, nous changeâmes d'angle afin de laisser ses pieds traîner encore davantage. Nous laissions des traces, mais nous nous en occuperions en partant, et la marée se chargerait de ce que nous avions loupé.

D'un accord tacite, nous manœuvrâmes afin de le mettre dans la première grotte, assez loin pour qu'il soit à l'ombre, même une fois que le soleil serait levé.

— Ça ressemblera à un accident, dit Eric quand j'allumai mon téléphone pour éclairer la zone.

Même si je savais que monsieur Blankenship et le démon étaient morts et que nous ne tenions rien de plus que de la chair vide, je grimaçai lorsqu'Eric écrasa ce visage contre la pierre couverte de bernacles.

Nous devions le faire. Nous devions faire en sorte que ça ne ressemble pas à un coup de couteau dans l'œil. Un vieil homme, perdu et confus, était entré dans la grotte, avait trébuché et était tombé sur les rochers. Le corps était donc abandonné aux ravages de la météo et de la marée.

J'observai le cadavre, puis mon partenaire. Je fis ensuite un signe de croix. Pour être honnête, je ne savais pas vraiment si je faisais ce geste pour le vieillard, pour Eric ou pour toute cette situation.

Je m'assis sur un rocher couvert de bernacles près de l'entrée de la grotte qui serait sous l'eau lorsque la marée monterait.

— Il faut qu'on parle.

— Tu crois que je ne le sais pas ?

Il prit une inspiration avant de soupirer longuement.

— Je suis désolé, j'ai perdu les pédales, admit-il d'une voix rauque. Je suis vraiment, vraiment navré. Simplement...

Il haussa les épaules.

— Tu veux des réponses. Moi aussi.

Il fit un pas vers moi et tomba à genoux devant moi, presque comme s'il me suppliait. Comme s'il implorait mon pardon.

Peut-être que c'était le cas.

— Dis-moi que je n'ai pas merdé avec Allie, dit-il en relevant enfin la tête. Dis-moi qu'elle ira...

— Elle ira bien, dis-je parce qu'il avait besoin de l'entendre. Et tu n'as pas merdé. Ce sont tes parents qui l'ont fait. Ce sont des renégats de l'Église.

Il passa les doigts dans ses cheveux avant d'incliner la

tête en arrière, étirant son cou pour regarder les rochers sombres qui nous surplombaient.

— Ils ont cru faire quelque chose de bien.

Peut-être qu'il s'adressait à moi, ou à ses parents morts voire possiblement à Dieu.

— Peut-être. Mais ils se prenaient pour Dieu. Et ça ne finit jamais bien.

Il baissa la tête, son regard se rivant sur le mien. J'y vis sa douleur et sus que c'était ma faute.

Je glissai de mon rocher et me mis à genoux dans le sable, devant lui.

— Sauf peut-être une fois, dis-je gentiment en lui prenant les mains. Malgré tout ce qu'ils t'ont fait, tu t'en es bien sorti, Eric.

Il émit un bruit guttural.

— Là, tu es juste gentille. Ou aveugle. Je ne sais pas lequel des deux est pire.

— Eric.

— Ne te fiche pas de moi, Kate. Et n'essaie pas d'enjoliver la situation. Tu ne peux pas effacer ce qui vient juste de se produire. Ce que je viens de faire.

— Qu'est-ce que tu viens de faire ? Tu as tué un démon. C'est ce que nous faisons. Et oui, nous avions prévu de l'interroger, mais je comprends pourquoi tu as perdu les pédales. Il nous a pris de court.

Je réprimai un froncement de sourcils. *L'avait-il fait ?* Eric avait-il compris ce que le démon voulait dire ? Pourquoi vénérait-il Eric ? Celui-ci savait-il qui *elle* était ?

Étant donné sa réaction, je ne le pensais pas, mais faisait-il semblant pour moi ?

Je secouai mentalement la tête, me disant que je ne

devais pas laisser le passé empoisonner le présent. Il était possédé par un démon quand il m'avait menti auparavant, quand il nous avait fait du mal, à Allie et moi. Cependant... eh bien, désormais, il était de nouveau simplement Eric.

N'est-ce pas ?

— Je veux dire que j'aurais dû contrôler ma colère, déclara Eric. Je me suis mis en rogne et j'ai ensuite tué notre meilleure piste. Et je ne peux même plus mettre ça sur le dos du démon qui vit en moi, parce qu'il est parti depuis long-temps et que je sais à présent que ça n'a jamais été simple-ment à cause de lui.

— Tu as toujours été soupe au lait, confirmai-je. Mais je pense que n'importe qui se mettrait en colère en étant accusé d'être le consort d'un démon. Surtout un démon qu'on ne connaît pas.

— Ça doit être Lilith. Elle est de retour. D'une façon ou d'une autre, elle est revenue.

Je secouai la tête.

— Non, on l'a tuée.

Je parlai avec plus de certitude que je n'en ressentais vraiment, mais ça ne pouvait être vrai. Je n'accepterais pas que ce soit vrai.

— Pas dans sa véritable forme. Elle possédait Nadia.

— Mais elle était liée à Odayne, lui rappelai-je. Il est mort, elle est morte. Et même si nous nous sommes trom-pés, elle doit quand même recouvrer ses forces. Ça devrait prendre des générations dans notre espace temporel. Pas des semaines ou des mois.

— C'est ce qu'on nous a dit. Mais où est la preuve ? Les textes anciens ? Les runes ? Les hiéroglyphes ? Personne ne le sait vraiment. Ils croient seulement le savoir.

Il haussa les épaules.

— Peut-être qu'on va savoir comment tout cela fonctionne réellement.

— Je me fiche de savoir comment ça fonctionne, lui dis-je. Tout ce qui compte, c'est qu'elle n'est pas charnelle. On le saurait. On en aurait été informés, d'une manière ou d'une autre. On sait qu'elle ne peut intégrer n'importe quel corps comme un démon inférieur. Son énergie les brûlerait. Et je dois croire qu'il n'existe pas beaucoup de personnes comme Nadia prêtes à partager leur corps. Ils sont rares, ceux qui veulent partager leur corps avec un démon et qui sont assez forts pour accueillir leur énergie.

Bien sûr, j'en avais été témoin à deux reprises ces deux dernières années, donc ma conviction que ça n'arriverait plus était légèrement mal placée, mais bon sang, je ne voulais pas que cette pétasse revienne dans ma vie.

— On fera des recherches, dit Eric. On découvrira si elle est de retour. Mais je ne parlais pas de ça.

Je fronçai les sourcils.

— Oh ?

J'avais beau essayer de m'y retrouver, j'avais totalement perdu le fil de la conversation.

— Qu'est-ce que tu veux dire ?

— J'ai dit que je ne pouvais en vouloir au démon pour mon humeur. Pour ma perte de contrôle. Ça n'a jamais été seulement à cause du démon.

La peur picota ma peau.

— De quoi parles-tu ?

— Cette fois-là, à la maison, déclara-t-il d'une voix froide et sèche. Avec toi. Ce que j'ai fait.

Je me crispai contre mon gré.

— Je m'en souviens.

— Ça ne me ressemblait pas, mais c'était probablement moi parce que je m'en souviens aujourd'hui. À la maison, avec toi… ce que j'ai fait. Et ensuite avec Allie, au cinéma. Dans la rue. Mon Dieu, Kate, j'ai failli faire du mal à ma fille.

— Mais tu ne l'as pas fait, lui rappelai-je gentiment. Nous avons déjà parlé de ça, Eric. Le démon. Il vivait en toi. Tu dois passer à autre chose.

Je saisis ses mains dans les miennes.

— Je te l'ai déjà dit. Ce n'était pas toi.

— Mais est-ce vraiment le cas ? N'était-ce pas le but ? Il était si profondément ancré en moi qu'il faisait partie de moi, non ? Il était une partie essentielle, centrale.

Il prit une profonde inspiration, son visage marqué par la douleur. J'avais envie de l'attirer contre moi, de le serrer dans mes bras, mais en même temps, une part de moi craignait le toucher. Avait peur de ce qu'il pensait puisque, bon sang, je savais à quoi il pensait. Ne m'étais-je pas fait la même réflexion ?

— Après la bataille, poursuivit-il, comme pour répondre à mes pensées. Avant Rome, je veux dire, je croyais qu'il avait enfin vraiment quitté mon corps. Peut-être que c'est le cas. Mais ça n'a pas vraiment d'importance, n'est-ce pas ? Parce que cette partie infectée de mon être était liée à moi depuis assez longtemps. Elle est en Allie, à présent. Elle fait partie d'elle. De ma fille. Alors, dis-moi, Kate. Ai-je merdé pour notre fille ? Va-t-elle… ?

— Elle ira bien, répétai-je. Allie ira parfaitement bien. Elle est la fille qu'elle a toujours été. Et cette fille est merveilleuse.

Cela dit, je ne pouvais pas vraiment le contredire non plus. Parce qu'il avait raison. D'une façon ou d'une autre, le démon s'était ancré plus profondément en lui que nous l'avions imaginé, et à cause de cela, il était désormais dans le corps de notre fille. Un généticien dirait qu'il faisait partie de son ADN. Je ne savais pas vraiment ce que l'Église en dirait.

Je songeai au Père Corletti. Il connaissait la situation. Il savait que le sang humain-démoniaque d'Allie avait le pouvoir de verrouiller les portails des Enfers. Il le savait et il l'aimait toujours, il voulait toujours qu'elle fasse partie de la *Forza*. D'ailleurs, il pensait qu'elle en était peut-être le membre le plus important.

Mais il n'était qu'un homme. Le Père Corletti était au courant, contrairement au reste de l'Église. D'ailleurs, aucun autre prêtre de la *Forza* ne le savait. Seulement le Père Corletti. Pas même le Père Donelly, qui était censé prendre la suite après le décès de ce dernier.

Et une fois que le Père Donnelly gérerait la *Forza*, qu'est-ce que cela signifierait ? Surtout qu'il avait fait partie des renégats ayant travaillé avec les parents d'Eric pour mettre un démon en lui, au début, tout cela dans le but de créer le chasseur de démons ultime. C'était peut-être un but noble, mais ils avaient joué avec des pouvoirs qu'ils n'avaient aucun droit d'utiliser.

— Kate ?

La voix d'Eric m'arracha à mes pensées.

— Parle-moi, dit-il. On est ensemble dans cette histoire.

— Oui.

Je lui serrai la main.

— Toujours, ajoutai-je.

Peu importait le reste, nous étions liés grâce à Allie.

— Je suis désolé, dit-il. Je suis vraiment, vraiment désolé.

— Pas moi. C'est vraiment inopportun, mais je t'aime, Eric. Et c'est bon de t'avoir près de nous, même si c'est aussi terrible. Et je ne parle même pas de toute cette histoire de sang démoniaque.

Il gloussa et, l'espace d'une seconde, le moment parut plus léger.

— J'apprécie. Mais je parlais d'Allie. Je suis désolé que ce soit en train de lui arriver. Je suis navré d'avoir joué un rôle là-dedans. Je suis désolé, même si je sais que je n'aurais rien pu faire pour changer ça.

Je fis exprès de baisser les yeux vers lui.

— À part peut-être ne pas tuer le démon qui aurait pu nous fournir des réponses ?

Il hocha la tête.

— Oui, à part ça. On va trouver Esther. Avec un peu de chance, elle nous le dira. Peut-être qu'Henry ne savait rien.

— Oui, répondis-je. Je doute qu'il ait été au courant de quoi que ce soit.

Nous savions tous les deux que ce n'était pas vrai. Et ce simple mot, *consort*, restait en suspens dans la grotte, entre nous.

— Tu devrais rentrer, dit-il. Je vais rester assis là un moment et me remettre les idées en place. Je repartirai à pied.

— Eric, non. Laisse-moi te raccompagner en voiture.

— Ça me fera du bien.

Je jetai un coup d'œil à sa canne.

— Tu vas faire tout ce chemin ?

— Ça ira. La fracture a bien guéri et je n'ai même plus besoin de la canne constamment. Heureusement, David n'allait pas avoir de séquelles permanentes. Mis à part le fait qu'il est mort dans l'accident. En plus, ce n'est que huit kilomètres. Ça me fera du bien de marcher. Vraiment. Je veux réfléchir, de toute façon.

J'envisageai de le contredire, mais je savais que je n'y arriverais pas. Je hochai plutôt la tête. Je me levai ensuite et l'étreignis.

Je le laissai seul dans la grotte et repartis lentement vers ma voiture.

Puisque le grincement horrible de la porte de notre garage montant et redescendant était assez fort pour réveiller les morts — pas littéralement, je l'espérais — je me garai dans la rue et remontai l'allée jusqu'à la porte d'entrée. Il était déjà plus de vingt-trois heures et je tournai lentement la clé dans la serrure avant d'ouvrir la porte avec soin, espérant que les gonds ne grinceraient pas.

Miraculeusement, ils n'en firent rien. Je fermai la porte derrière moi avant d'utiliser mes tactiques discrètes pour verrouiller une nouvelle fois la serrure. Je retirai ensuite mes chaussures et marchai en chaussettes vers le salon.

La seule lumière provenait de la cuisine. Une lumière tamisée qui, je le devinais, devait provenir de l'ampoule au-dessus de l'évier. Je ne vis aucune trace de Laura ou d'Eddie et j'espérais que cela signifiait que le vieillard était au lit et que ma meilleure amie était de retour chez elle avec Allie, Eliza et Mindy.

Je parcourus le petit couloir jusque dans le salon et à ce moment-là, la lampe sur la table jouxtant le canapé s'alluma. Je vis mon mari assis là, le regard rivé sur moi.

— Tu étais en patrouille, Kate ?

Je haussai les épaules, soit pour lui répondre, soit pour m'excuser.

Il se leva du canapé en soupirant et s'approcha de moi. J'étais toujours dans le couloir de l'entrée et il se tenait à l'endroit où le carrelage devenait moquette, me bloquant plus ou moins le passage.

— Je croyais qu'on en avait fini avec les secrets, Kate.

— Je suis désolée. Il y avait des démons. Je devais y aller.

— Il y a toujours des démons. Comme je l'ai dit, je croyais qu'on en avait fini avec les secrets.

— Ce n'était pas un secret, dis-je. Mais ce n'était pas non plus une chose que j'avais envie d'évoquer par téléphone. Et tu ne rentrais pas à la maison, tu te souviens ? Tu allais au manoir, puis au bureau.

Je passai à côté de lui et allai dans le salon. Je me laissai tomber sur le canapé, épuisée.

— Alors c'est ma faute ?

— Ta faute ? Pourquoi parle-t-on de faute, déjà ?

Il m'imita en s'effondrant également sur le canapé, avant de se tourner pour que nous soyons face à l'autre. Je m'attendais à ce qu'il dise quelque chose, mais bien sûr, il resta simplement planté là. Tactique d'avocat. Je trouvais ça totalement injuste.

J'essayai d'attendre qu'il prenne la parole, mais échouai.

— Je suppose que tout le monde est rentré et endormi ? demandai-je quand je ne supportai plus le silence.

— Eddie était là quand je suis rentré. Il est allé se coucher et j'ai donné un bain à Timmy avant de le mettre au lit.

— Il a déjà pris un bain aujourd'hui.

— Fais-moi confiance, dit Stuart. Il avait besoin d'en prendre un autre. Apparemment, il aime les sandwichs à la confiture et Eddie est plus qu'heureux de lui en donner.

Je réprimai un sourire, mais gardai la tête baissée pour que Stuart ne le voie pas.

— Je suis désolée. J'aurais dû te prévenir pour ce soir. Comme je l'ai dit, je n'avais pas envie de me lancer là-dedans.

— Tu crois que la chasse au démon est un secret ? Ce n'est pas exactement une révélation.

Je levai les yeux vers lui et il inclina la tête pour m'observer.

— Ou y a-t-il quelque chose que tu ne voulais pas me dire ? Comme la personne avec qui tu patrouillais ?

— Stuart, pas maintenant...

Je savais qu'il était en colère.

— Je sais que tu voulais que ça reste dans la famille, mais tu dois comprendre qu'Eric en fait également partie. Que tu le veuilles ou non, il est le père d'Allie. Nous avons une grande famille bordélique et nous devons faire avec. Et ce n'est pas parce que tu t'es énervé et que tu es parti que je ne dois pas sortir pour faire mon boulot.

— Kate, tout ce que je veux...

— Non.

Je levai une main et lui lançai le même regard que je jetais aux enfants quand ils répondaient.

— Tout ce que tu voulais, c'était me punir. Te débarrasser d'Eric pour que je ne puisse évoquer la situation avec Allie.

J'élevai la voix à cause de ma frustration refoulée, mais visiblement, je n'arrivais pas à me calmer.

— Ensuite, tu as joué au plus puissant et tu es parti au manoir pour travailler, pendant que ta bonne femme t'attendait à la maison. Si tu veux jouer au mâle alpha avec Eric, évite de me mettre au milieu.

— Kate...

— Bon sang, Stuart, tu es parti.

La force de mes mots me propulsa hors du canapé, donc je finis debout devant lui.

— Tu te souviens ? Tu es parti et tu m'as abandonnée quand Eric a déménagé à Los Angeles. Vous m'avez tous les deux laissée toute seule et tu as emmené mon fils.

Je respirais difficilement et les larmes me montaient aux yeux.

— Notre fils, me corrigea-t-il doucement. Et je suis revenu. Je suis revenu parce que je t'aime.

Il tendit la main vers la mienne, mais je ne la saisis pas. Il prit une inspiration avant de souffler lentement.

— Je suis revenu parce que je veux que ce mariage fonctionne. Que cette famille fonctionne.

Je pivotai, détournant le regard pour tenter d'organiser mes pensées. Ce n'était pas facile. Je savais qu'il le pensait réellement. Mais tout de même...

— On a tant progressé à Rome, dis-je en restant dos à lui. On a vraiment progressé.

Je me retournai pour être face à lui et le regarder à travers mes larmes.

— Je croyais qu'on était vraiment sur les rails, tu vois ? Mais maintenant qu'on est là et que les démons surgissent partout à San Diablo, je ne sais pas comment je suis censée gérer cette connerie chargée de testostérone. Enfin, sérieusement, Stuart, c'est trop. Surtout quand je dois découvrir certaines choses et que j'ai besoin qu'Eric soit là pour le faire. Je dois apprendre des choses sur lui, puisque cela fera une différence pour Allie.

Je secouai la tête avant de me dépêcher de poursuivre.

— Non, me corrigeai-je. Ça ne concerne pas simplement Allie. J'ai besoin de le savoir pour Eric, aussi. Parce que je l'aime, Stuart. Et tu vas devoir trouver un moyen de vivre avec.

Les mots semblaient se déverser de ma bouche et je craignais qu'ils blessent Stuart. Enfin, je ne pouvais le dire puisqu'il arborait son expression réservée au tribunal. Autrement dit, il n'arborait aucune expression. Il acceptait tout et ne trahissait aucune réaction.

— C'est ce que tu veux ?

Je clignai des yeux, surprise par la question.

— Quoi ?

— Tu veux que je trouve une façon de gérer ça ? Ou tu veux simplement que je parte ?

— Oh, Stuart.

Je m'écroulai sur le canapé avant de lui prendre les mains.

— Bien sûr que c'est ce que je veux. Je veux que tu sois là avec moi, et pas que tu t'en prennes à Eric. Mais tu dois comprendre que ça m'a fait du mal quand tu es parti et le fait que tu sois de retour à la maison m'a rappelé toutes ces émotions. Mais je ne suis plus en colère. Vraiment, je ne le suis plus.

Je scrutai son visage, lui laissant le temps de parler, mais il ne dit rien et se contenta de me tenir la main.

Je déglutis avant de poursuivre.

— Tu dis que tu veux qu'on soit une famille, mais si c'est le cas, alors tu dois comprendre qu'Eric en fait partie. Je t'aime, Stuart. Vraiment. Mais Eric fait également partie de nos vies et il n'ira nulle part. Il est le père d'Allie. Et, ajoutai-je alors que des larmes chaudes coulaient sur mes joues, la vérité brutale est que je l'aime aussi. Je suis désolée, mais c'est le cas.

— Il revient vivre ici, n'est-ce pas ?

— Oui.

— Je n'aime pas ça.

Ses paroles étaient impassibles, comme s'il me donnait la météo.

— Je sais. Mais honnêtement, Stuart, moi, j'aime ça. J'ai besoin d'aide. J'ai peur que les choses dégénèrent. Et j'ai peur que tout le mal se concentre autour d'Allie. Et je devais sortir aujourd'hui parce que j'ai besoin de réponses et on a essayé...

Je ne m'étais pas rendu compte que je pleurais jusqu'à ce qu'il passe les bras autour de moi et m'attire contre lui, me laissant plonger mon visage dans son épaule. Je n'aimais pas la façon dont ça se passait actuellement, et qu'il y ait cette étrange déconnexion entre nous. Avant qu'Eric revienne, il n'y avait aucune barrière. Du moins, pas jusqu'à ce que le premier démon passe par la fenêtre. Je voulais retrouver ce confort tranquille. Cette familiarité complète. Mais à vrai dire, même à l'époque ce n'était pas réel. Ce n'était pas réel parce qu'il n'a jamais vraiment su qui j'étais. Qui je suis. Je n'étais peut-être pas en service actif, mais je ne lui avais pas dit la vérité me concernant. Sur ce que j'avais fait, ce que j'avais connu, ce que je savais du monde. Et désormais, je ne pouvais qu'espérer qu'en sachant toutes ces choses, en ayant *vu* toutes ces choses, nous pouvions trouver une solution.

Je m'éloignai. La certitude que je *voulais* que ça fonctionne me procurait assez d'énergie pour lui faire face.

— On va faire en sorte que ça fonctionne, Stuart, dis-je. On va peut-être devoir se battre, mais on va trouver une solution. Et je ne vais pas nous abandonner.

Il m'étudia juste un instant, avant de hocher la tête.

— Je te crois.

Il tendit la main et la posa sur ma joue.

— Je veux la même chose, dit-il avant de s'interrompre à nouveau. Alors quand tu iras en patrouille, tu me le diras ? Même si j'ai simplement envie de savoir que ma femme est en train de combattre des démons ?

— Je te le promets. Et je te le dirai, si je suis avec Eric. Non seulement pour que tu saches que j'ai quelqu'un pour surveiller mes arrières, mais aussi pour que tu saches de qui il s'agit.

— Je ne suis pas jaloux de cette façon, dit-il.

— Qu'est-ce que tu veux dire ?

— Je te fais confiance, Kate. Tu ne le sais pas ? Je ne pense pas qu'il va se passer quelque chose entre vous deux. Je ne crois pas que tu ferais quoi que ce soit, même si tu le voulais. Et honnêtement, je ne pourrais t'en vouloir si tu le faisais. Je sais que tu l'aimes, qu'il était ton mari avant moi et que c'est l'une de ces situations que même un conseiller conjugal ne saurait gérer.

— Alors quoi ?

— Il peut être présent pour toi d'une manière que je ne peux pas.

Je lui pris la main.

— Peut-être, dis-je. Mais tu deviens assez fort pour jeter des couteaux.

Il rit.

— J'ai été chanceux quelques fois.

Nous sourîmes.

— Oui, c'est vrai. Mais tu as encore besoin d'entraînement. Sur ce point, et plus ou moins tous les autres.

— Merci beaucoup.

Je haussai les épaules.

— Je ne fais que constater.

— Le plus important est qu'il n'y ait plus de secrets, n'est-ce pas ?

— Oui. De mon côté. Et de ton côté. Si tu es agacé ou en colère, ne t'en vas pas. N'utilise pas tes projets immobiliers comme excuse pour partir et ne pas en discuter.

— D'accord.

— Waouh. Regarde, on est pragmatiques et on arrange les choses.

Il leva ma main et l'embrassa doucement.

— On a toujours été capable d'arranger les choses. Tu aurais pu tout me dire avant même qu'on se marie et on aurait tout réglé.

— J'imagine que je le sais maintenant, mais à l'époque, je voulais que tu connaisses une Kate différente. Je n'avais pas conscience qu'il n'en existait qu'une. Je ne suis que moi et j'aurais dû me rendre compte que tout finirait par nous rattraper.

Je pris une inspiration avant de soutenir son regard.

— Je suis désolée.

Le coin de sa bouche se tordit lorsqu'il secoua la tête.

— Ne le sois pas. Tout ce pour quoi je suis désolé, c'est le temps perdu. Tu aurais pu me le dire n'importe quand, j'aurais quand même aimé la véritable Kate. J'*aime* la véritable Kate.

Il m'attira contre lui et pendant un moment, nous restâmes assis là, sur le canapé. J'étais appuyée contre lui et profitais de son odeur masculine, avec un soupçon de sueur mêlée à son eau de Cologne, et une pointe de peinture et de plâtre.

— Kate ?

— Oui ?

— Tu te rappelles ce que j'ai dit sur le fait qu'il était temps de ne plus avoir de secrets ?

— Bien sûr. C'était il y a quatre minutes.

Son torse vibra quand il gloussa.

— Dans ce cas, souhaiterais-tu me dire autre chose ?

— Hmm ?

Je tentai de songer aux autres secrets que j'avais encore. Honnêtement, je fus surprise de découvrir que je n'en trouvai aucun.

— J'utilise toujours le thon le moins cher dans les gratins ?

Je réfléchis un peu plus longtemps.

— Et parfois, quand je te dis que je suis vraiment très douée pour faire mariner des steaks, c'est parce que j'ai acheté les morceaux les plus chers ?

— Que voulait dire Eddie quand il a affirmé qu'il ne

pourrait aimer Allie encore plus, même si elle était réellement son arrière-petite-fille ?

Oh.

Je m'éclaircis la voix.

— Oh, c'est vrai. Il y a ça, aussi.

Je m'éloignai de lui, remuai et me redressai, craignant qu'il y ait une explosion d'une minute à l'autre. Mais quand je scrutai son visage, il paraissait remarquablement calme.

— C'est un peu compliqué, mais pour faire court, d'après ce que j'en sais, Eddie n'est relié à personne dans cette famille. Mais après tout, il pourrait l'être.

— Et tout ça a commencé parce que tu devais le sauver de cette maison de retraite, et que tu devais lui trouver un endroit pour vivre où tu pouvais le surveiller. Tu as pensé que je ne le comprendrais pas, sauf s'il était le grand-père d'Eric ?

— Eddie te l'a dit ou tu as découvert ça tout seul ?

— Je n'ai pas fini premier de ma promotion en fac de droit pour rien, répondit-il.

— Tu n'es pas en colère ? J'aurais vraiment pu te le dire plus tôt, mais les seuls moments où j'y pense sont ceux où ça vient dans la conversation, et ce n'est manifestement jamais le moment idéal. Honnêtement, pour ainsi dire, c'est ce qu'il est. Il fait partie de la famille. S'il te plaît, Stuart, ne fais pas de crise pour ça.

— Dis-moi simplement : tu l'aimes ? Est-ce qu'Allie l'aime ?

— Tu sais bien que oui.

— Eh bien, j'imagine que ça répond à la question, n'est-ce pas ? Évidemment qu'il peut rester.

L'amour et le soulagement me submergèrent.

— Merci.

Je lui serrai la main et me levai.

— Je crois que je n'ai pas lancé le lave-vaisselle et je suis sûre qu'Eddie ne l'a pas fait.

Il m'attira vers lui.

— Tu as dit qu'Allie était chez Laura toute la nuit ?

J'acquiesçai.

Il m'attira contre lui et effleura ma lèvre inférieure avec son pouce.

— Chérie, dit-il. Je crois que la cuisine peut attendre.

10

Je bondis dans mon lit, ne sachant pas vraiment ce qui m'avait réveillée.

Mon cœur tambourinait dans ma poitrine. Je rejetai les couvertures en me levant et en jetant un coup d'œil à Stuart, qui dormait profondément.

J'attrapai mon couteau à cran d'arrêt sur la table de chevet, où je le rangeais à côté de ma crème pour les mains. Je passai ensuite les bras dans mon peignoir et quittai précipitamment la chambre. Je marquai une pause devant la porte, aux aguets. Je n'entendis rien et ne savais pas vraiment si c'était une bonne ou une mauvaise nouvelle. Peut-être que tout cela n'était que dans mon imagination ?

Je vérifiai la chambre de Timmy, ravie de voir qu'il était encore complètement assoupi sur son lit de bébé, et puisque je savais qu'Allie était chez Laura, je ne pris pas la peine de passer la tête dans l'embrasure de sa porte, surtout que je venais tout juste d'entendre un bruit d'éraflure au rez-de-chaussée. Je descendis donc lentement les escaliers, évitant les quelques marches grinçantes que nous prévoyions de réparer depuis des années, bien que nous n'ayons jamais mis ce plan en pratique.

Je trouvai Eddie en bas des escaliers, avec un couteau à steak fermement serré dans son poing.

Je m'apprêtai à lui demander ce qu'il se passait, mais il leva un doigt vers ses lèvres avant de me désigner le salon, dont seule une portion était visible depuis l'escalier. Je montrai cette direction pour indiquer que j'y allais en premier et il m'emboîta le pas.

Je n'avais pas peur — j'avais été en chasse bien trop de fois pour cela —, mais j'étais en colère. C'était ma maison. Mon foyer.

Ma famille.

Je combattrais les démons toute la journée si je le devais, mais qu'un démon vienne chez moi ? Cela faisait monter les enchères.

Quant à Eddie, je réalisai, et pas pour la première fois, à quel point il était agréable d'avoir un autre Chasseur à la maison. Toute ma vie, j'avais travaillé en tandem, et avant qu'Eric devienne David, j'avais manqué d'aide et de camaraderie.

Je fis un pas en avant, puis un autre. Je marquai une pause, ayant entendu un petit gémissement. Je surgis dans le salon en brandissant ma lame, et m'arrêtai quand le cri d'Allie me perça les tympans.

— *Maman* !

En une demi-seconde, j'évaluai la situation, me rendant compte qu'il n'y avait pas de menace démoniaque du tout. Simplement ma fille, recroquevillée au coin du canapé, un coussin serré contre sa poitrine.

Je jetai le couteau sur la table basse en m'asseyant à côté d'elle.

— Chérie, qu'y a-t-il ? Tu vas bien ?

Elle hocha la tête.

— Je vais bien. Seulement, je me sens... J'ai dit à Tante Laura que je me sentais mal. J'avais besoin de rentrer à la maison.

Je jetai un coup d'œil à Eddie.

— Ce n'est rien. Je m'occupe d'elle. Retournez vous coucher.

Il avança, ses cheveux gris ébouriffés par le sommeil pointant dans toutes les directions alors qu'il se concentrait sur ma fille.

— Tu as besoin de quelque chose, ma chérie ?

Elle secoua la tête et serra le coussin contre elle, manifestement un peu nauséeuse. Je fronçai les sourcils, me demandant quelle quantité de glace et de bonbons elles avaient mangé en regardant la télé pendant des heures. Beaucoup, je le savais, puisqu'il lui faudrait un mal de ventre monstrueux pour qu'elle rentre à la maison et ne dorme pas chez Mindy.

— J'ai simplement envie de dormir, dit-elle. Je peux aller me coucher, maman ?

— Bien sûr.

Je mis la main sur son front, mais il était frais.

— Tu as besoin de quelque chose pour ton ventre ? Un Spasfon ? De la soupe au poulet ? La mienne est célèbre, tu sais ?

En règle générale, je suis une horrible cuisinière, mais je suis très douée pour ouvrir une conserve et je garde toujours du bouillon de poulet dans le cellier.

Généralement, toute référence à ma nullité en cuisine la

fait sourire, mais cette fois-ci, elle se contenta de secouer la tête et de se lever du canapé.

— D'accord.

Je commençai à m'inquiéter à l'idée qu'elle soit véritablement malade et qu'elle ne souffre pas simplement des effets d'un trop plein de nourriture grasse.

— On va monter et te mettre au lit. On verra comment tu te sens demain matin. Si ça dure trop longtemps, on t'emmènera chez le médecin.

Elle acquiesça et, alors qu'Eddie nous regardait, je guidai ma fille dans l'escalier. Je lui jetai un dernier coup d'œil depuis le palier et vis l'inquiétude marquer son visage anguleux. C'était la première fois que l'un ou l'autre de mes enfants était malade depuis qu'il vivait avec nous et il n'avait jamais été père.

— Tout ira bien, dis-je. Ça ira mieux demain matin.

Il acquiesça, mais ne parut aucunement convaincu. J'aurais aimé avoir le temps de redescendre et de l'étreindre, simplement parce qu'il aimait également ma fille.

Je la mis au lit, la bordai comme je le faisais quand elle était petite, puis me penchai pour l'embrasser sur le front avant de partir vers la porte et d'éteindre la lumière.

— Maman ?

Je m'interrompis alors que je fermais sa porte. Elle se releva dans le lit, le chien marron aux oreilles retombantes qui avait été son jouet préféré lorsqu'elle était petite posé sur ses cuisses.

— Tu vas bien, chérie ?

Elle haussa une épaule, mais ne leva pas les yeux vers moi. Un nœud d'inquiétude se forma dans ma poitrine et tout le soulagement que j'avais ressenti précédemment s'échappa avec la même vitesse et la même force que si j'avais empalé un démon dans l'œil.

Je me précipitai vers le lit et m'assis à ses côtés.

— Tu vas encore arracher cette oreille, dis-je.

Je faisais référence à l'année de ses huit ans, quand elle emportait le chien en peluche partout en le tirant par l'oreille.

Elle croisa mon regard, ses yeux brillant à cause de larmes non versées.

— Si je le fais, tu peux le raccommoder, n'est-ce pas ?

Mon cœur se serra en réponse à la question tacite.

— Ça n'arrivera pas, dis-je.

— Mais si je le fais ?

Je remuai sur le lit pour me rasseoir au bord. J'éloignai sa main de l'oreille duveteuse et la serrai fermement. J'abandonnai ensuite tout le faux-semblant de cette conversation sur un doudou rembourré.

— Le Père Donnelly a dit...

— ... qu'il n'y a que du bon en moi. La force. La vitesse. Bla, bla, bla. Je sais ce qu'il a dit. Comment puis-je savoir s'il a raison ?

— Tu as peur, remarquai-je. Et tu en as totalement le droit.

Étant donné à quel point j'étais effrayée, je savais qu'elle devait être terrifiée.

— Mais le Père Donnelly est le meilleur expert que nous avons. Et ce n'est pas comme si tu avais un jour montré un quelconque signe de méchanceté.

Je m'obligeai à sourire et lui serrai la main.

— Je veux dire, parfois, j'ai cru que ta chambre représentait le genre de chaos qu'on peut trouver dans l'un des cercles de l'enfer, mais…

— Tu n'es *tellement* pas marrante, dit-elle avec ce ton « ma mère est une idiote » que je connaissais si bien.

— Peut-être que je le suis un peu ?

Sa bouche tressaillit et je m'obligeai à dissimuler mon soulagement quand elle inclina la tête et dit :

— Non. Pas même un peu.

— Et pourtant, je fais tant d'efforts.

J'attendis qu'elle en dise plus, mais elle demeura silencieuse.

— Que s'est-il passé ?

Elle se lécha les lèvres avant de prendre une inspiration.

— J'ai fait un cauchemar.

Je voulais me détendre. Je voulais que cela soit comme toutes les fois où, pendant ses années de primaire, j'avais dû aller la chercher à sa soirée pyjama parce qu'elle avait fait un mauvais rêve. Mais mon instinct me disait que ce n'était pas ce qu'il se passait aujourd'hui.

Peu importait ce qu'elle avait vu dans son sommeil, ce n'était pas simplement un cauchemar. C'était quelque chose d'important. Quelque chose d'horrible. Quelque chose qui allait m'effrayer autant que cela l'avait effrayée.

Je m'efforçai de garder la même expression lorsque je la regardai, prenant cette fois-ci ses deux mains et laissant le chien aux oreilles tombantes entre nous.

— Tu peux m'en parler ?

Elle se mordit la lèvre avant d'acquiescer. Elle ferma ensuite les yeux et commença à parler.

— C'était… c'était ce soir-là. Tu sais, le soir où nous avons fait sortir le démon de Papa. Et dans le rêve, c'était une matière noire et visqueuse qui roulait par terre et qui suintait vers Nadia. Seulement, elle ne ressemblait plus du tout à Nadia. Elle ressemblait simplement à Lilith. Ou, à ce que j'imagine de Lilith.

Je hochai la tête, l'encourageant à continuer.

— Enfin, je ne sais pas vraiment à quoi elle ressemble, j'imagine que personne ne le sait, mais j'ai fait plein de recherches et j'ai vu tous ces livres anciens avec des images de démons et tout. Elle était censée être belle et horrible à la fois, et c'est comme ça qu'elle était dans mon rêve.

Elle prit une inspiration tremblante avant de déglutir comme si elle retenait ses larmes.

— Mais maman, ça ne ressemblait en rien à ce que j'ai vu dans ces livres. Je crois... Je crois que je voyais ce à quoi elle ressemble vraiment.

Je grimaçai, mais pas à cause de ses mots. Elle me serrait la main et j'entendais presque mes os craquer.

— Ce n'est rien, chérie. Continue, raconte-moi la suite.

— C'est tout. J'ai juste... Je crois juste qu'elle revient. À mon avis, elle est déjà ici. Et j'ai peur qu'elle s'en prenne à nouveau à papa.

Je m'obligeai à conserver une expression neutre quand j'acquiesçai en faisant comme si ses mots ne me terrifiaient pas. Avant la patrouille à la plage, j'aurais probablement mis ça sur le compte d'un mauvais rêve. En revanche, à présent...

Eh bien, à présent, j'avais peur.

Consort.

Celui dont le sang noircit.

Les paroles du démon résonnèrent dans ma tête, me hantèrent... me terrifièrent.

J'avais envie de la serrer contre moi. De la rassurer en disant que même si c'était une prémonition, ça n'avait pas d'importance. Que nous allions arranger ça.

Mais ces mots seraient vides de sens. Puisqu'à chaque victoire, nous avions des pertes. Et comment étais-je censée savoir ce que nous allions perdre cette fois-ci ?

Je fis donc la seule chose possible. Je la serrai contre moi avant de chuchoter :

— Peu importe ce qu'il se passe, chérie, nous ferons face ensemble.

Puis, parce qu'elle était toujours ma petite fille, j'ajoutai :

— Je ferai en sorte qu'il ne t'arrive rien, ni à ton père.

Sur ces mots, elle rit.

— C'est sympa de le penser, maman, mais je suis assez grande pour savoir que tu ne peux pas faire cette promesse.

— Si, je le peux, répondis-je férocement. Je peux y arriver et je ferai tout ce qui est en mon pouvoir pour m'assurer que ce soit vrai. Mais tu as raison. Je ne peux pas faire mieux que ça. Tout ce que je peux promettre, c'est que je vais essayer.

Je la serrai contre moi avant de reculer pour être face à elle.

— Ça te suffit ?

Elle hocha la tête.

— Je t'aime maman.

— Je t'aime aussi, Al. Plus que tu ne le sauras jamais.

Elle déglutit avant de s'essuyer les yeux et de me regarder directement à nouveau.

— Eliza avait raison, tu sais.

— Eliza ?

— Ce couteau que j'ai lancé, celui qui a atterri dans l'œil du démon. Je ne suis pas si douée. Du moins, je ne l'étais pas. Je ne l'étais pas avant que nous allions à Rome. Je ne l'étais pas jusqu'à ce que nous allions dans la crypte. Mais il y avait quelque chose dans cette pièce...

— Quoi ? demandai-je même si je le savais déjà.

J'avais vu la façon dont elle avait couru, bondi et s'était frayé un chemin jusqu'au pilier.

— J'ignore comment, mais avant même que j'atteigne le pilier et que je ferme le portail, il y avait quelque chose dans cette pièce. On y est entré et j'ai senti quelque chose changer en moi. Je pensais que c'était la même chose pour papa et toi.

— Ça n'a pas été mon cas, dis-je.

Quant à Eric... eh bien, je n'en avais aucune idée.

— Voilà le truc, poursuivit-elle. Et si c'était le nœud du problème ? Et si les démons avaient toujours su que nous serions capables de fermer ce portail ? Et si c'était comme une très longue tromperie pour me faire descendre ? Pour que tout ça arrive afin que le démon plongé en moi sorte ? Et si je n'ai jamais été le résultat d'un plan élaboré par de bonnes personnes voulant combattre les démons, mais par de mauvaises personnes souhaitant que je sois un genre d'arme pour leur camp ?

À chaque mot, ma bouche s'asséchait davantage et mon cœur battait plus vite. Je me forçai à ne pas trahir ma peur alors que je secouais ardemment la tête et que je m'agrippais à ses mains.

— Non, déclarai-je fermement. Non.

— Mais...

Je secouai à nouveau la tête.

— Non. Tu es toi. Tu es quelqu'un de bien, Allie. Tu l'as toujours été. Rien n'a changé en toi. Peu importe ce que tu es maintenant, tu l'as toujours été.

— Mais si j'ai toujours été maléfique ?

— Tu veux l'être ?

Elle secoua la tête avec tant de force que le lit bougea.

— Eh bien, alors, tu as ta réponse. Si nous devons combattre quelque chose en toi, nous le ferons. Mais on s'en occupera. Je te le promets. Parce que tu es Allie. Tu es douce, intelligente, narquoise, dure à cuire et tu es parfois une emmerdeuse, mais tu es une bonne gamine et je t'aime.

Une unique larme coula sur sa joue lorsqu'elle acquiesça et passa le dos de sa main sous son nez.

— Ça a presque tué papa. On a failli le perdre.

— Mais on ne l'a pas perdu.

— Grâce à toi, dit-elle.

Je songeai à ce moment horrible où j'avais vu une lame glisser au plus profond de l'œil de l'homme que j'aimais. Je pensais qu'il allait mourir ce jour-là. Mais ça n'avait pas été le cas et c'était le plus grand miracle de ma vie. Néanmoins, je ne pouvais garantir que cela se reproduirait. Pourrais-je en faire de même avec Allie ? Pourrais-je laisser quelqu'un lui faire cela ?

Je n'en savais rien, mais à vrai dire, je ne le pensais pas. Et les démons qui vivaient dans l'éther autour de nous le savaient également.

Le temps progressait différemment que dans les autres dimensions. On me l'avait dit, mais je n'en avais jamais eu la preuve. En revanche, c'était désormais le cas puisqu'Eric me l'avait dit. Il avait été dans l'une de ces dimensions, après tout, et j'avais eu l'impression qu'il m'était revenu presque instantanément.

Ce qui signifiait qu'un long complot de démon ne serait pas si long que ça.

Mais rien de tout ça n'était le genre de choses que j'étais prête à dire à Allie. Pas encore. J'allais plutôt porter ses inquiétudes comme mon propre fardeau pendant un moment. Et d'une façon ou d'une autre, j'allais régler ça.

— On te soutient tous, ma chérie, dis-je enfin.

— Je sais. Mais...

— Quoi ? insistai-je quand elle se tut et haussa les épaules.

— J'imagine que j'ai peur que ça n'ait même pas d'importance. Puisqu'un jour, je vais devoir faire toute seule ce que toi, tu fais.

Je vis la peur dans ses yeux quand elle me regarda directement.

— Et maman, j'ai vraiment peur qu'en fin de compte, on perde tous.

11

— Ah, Katherine, dit le Père Corletti. Bien sûr que tu t'inquiètes.

Je l'avais appelé du bureau de Stuart après avoir quitté la chambre d'Allie. C'était le matin à Rome et j'avais été chanceuse de pouvoir le contacter. À l'instant où il avait décroché, mes larmes avaient commencé à couler avec autant de force que mes inquiétudes.

Je balançai tout, lui donnant des détails de nos rencontres démoniaques depuis que nous étions revenus à San Diablo. Il m'écouta comme il le faisait toujours et c'était un soulagement de partager mes inquiétudes avec lui, de le laisser porter une partie de ce poids horrible pour moi.

Je ne me souvenais pas d'un moment où le Père Corletti n'avait pas été là pour moi. Quand j'étais petite, je m'asseyais au bord de mon lit et il venait me parler la nuit. Je lui parlais des aventures de la journée, de mon enthousiasme et de ma terreur. La plupart du temps, il restait assis, en silence, et se contentait de m'écouter. Même sans conversation, cela me réconfortait de savoir que j'avais à la fois son oreille et son cœur.

Désormais, je me disais que j'aimerais y être. À Rome. Dans ces dortoirs. Être à l'époque où je ne comprenais pas à quel point nous étions des créatures fragiles. J'aimerais pouvoir le regarder dans les yeux et voir cet air rassurant rivé vers moi.

Ce soir, sa voix devrait faire l'affaire.

— N'écarte pas ta peur, dit-il. Mais n'oublie pas non plus que parfois, un rêve n'est qu'un rêve.

— Mais qu'est-ce que ça signifie ?

Il gloussa.

— Tu as toujours eu du mal à écouter, mon enfant.

Je levai les yeux au ciel. Ce n'était pas faux.

— Vous dites que je ne devrais pas m'inquiéter ?

— En tant que mère, une part de ton boulot consiste à t'inquiéter. Mais nous savons que Dieu a un plan et je ne pense pas qu'Allie ait fermé les portes de l'enfer pour rien. Je crois en elle, Katherine. En quoi crois-tu ?

Je fermai les yeux. Je croyais au pouvoir du bien. Je croyais en ma foi. Comment pouvais-je ne pas le faire ? N'avais-je pas été littéralement élevée dans les entrailles de l'Église ? Je croyais en ma famille, aussi folle et aussi tordue soit-elle, et je croyais que ce prêtre gentil, brillant et doux m'aimait comme une fille.

Toutefois, je savais aussi que de mauvaises choses arrivaient. Que le mal se battait férocement. Et s'il luttait maintenant pour ma fille, j'avais beau croire que nous allions gagner, je ne pouvais en être certaine.

— Alors tu dois t'armer de ce qu'il te reste, dit le Père Corletti quand je lui fis part de ma réflexion.

— Ma foi.

— *Si*. Crois au pouvoir du bien. Crois qu'Alison est la fille douce et merveilleuse que tu as toujours connue. Crois qu'elle a un dessein plus important à servir. Surtout, aie foi dans le fait qu'Allie, ta famille et toi vous traverserez cela ensemble.

J'acquiesçai. Peu importait ce qu'il se passait, Allie était ma fille. Je l'aimais. Et finalement, cela devrait être suffisant.

N'est-ce pas ?

Lorsque je me préparai pour la messe le lendemain matin, Allie était déjà levée et m'attendait impatiemment au rez-de-chaussée.

— Stuart est encore en train de s'habiller ? demanda-t-elle. On va être en retard !

Je fixai ma fille. N'importe quel autre jour, je me serais demandé ce qu'il se passait pour qu'elle soit si pressée d'aller à la cathédrale. Aujourd'hui, mon cœur se brisait légèrement puisque je le savais déjà... Lilith. Les démons qui m'avaient attaquée. Et cette essence démoniaque qui se tapissait en elle.

Je m'approchai et l'étreignis. Je fus soulagée quand elle haussa les épaules, d'un air purement adolescent.

— *Maman*.

— On a largement le temps, lui dis-je. Et Stuart s'occupe de Timmy, ce matin. Il l'habille et il descend. Tu as déjà mangé ?

Elle acquiesça avant de montrer la table où se trouvait

un bol de céréales à moitié mangées, avec une boîte de Frosties et le bol de Timmy orné d'un personnage de dessin animé.

— Tu veux que je prépare quelque chose pour Stuart ou pour toi ?

— Non, merci. Mais va chercher le journal pendant que je me prépare un bagel.

Je jetai un coup d'œil à l'horloge, soulagée de voir que nous avions encore pas mal de temps. Je criai ensuite dans l'escalier pour pousser Stuart et Timmy à accélérer.

Puisque les choses ne se passaient jamais comme prévu avec un bambin dans la maison, ce fantasme du *pas mal de temps* disparut rapidement. Mon plan, qui consistait à arriver à la cathédrale bien en avance afin de déposer Timmy au centre pour enfants avant d'aller à la messe, finit aux oubliettes.

Au lieu de ça, nous n'arrivâmes qu'avec cinq minutes d'avance, j'étais en sueur et je me sentais chiffonnée quand nous franchîmes le seuil et nous assîmes sur le banc d'église. Je tombai à ma place en soupirant, ravie d'être de retour dans le sanctuaire ce dimanche plutôt que d'être dans la salle de l'évêché.

San Diablo était une charmante petite ville coincée entre des collines et la côte californienne. Elle datait de l'époque lointaine où la Californie n'était pas encore un État — ou les États-Unis un pays, d'ailleurs. Des rituels païens s'y étaient déroulés des siècles avant que la ville fasse partie du sentier des missionnaires. L'un de ces groupes de missionnaires s'était finalement installé à l'endroit même où se tenait aujourd'hui la cathédrale, comme une étoile brillante sur l'une des plus hautes collines, point de convergence pour notre ville artistique et visiblement paisible.

Bien sûr, j'étais l'une des rares personnes qui comprenaient que même si la ville avait l'air paisible, des monstres y sommeillaient.

Il n'y a pas si longtemps, j'aurais cru le contraire. La cathédrale était spéciale puisque son mortier était infusé de reliques saintes. Pendant des années, Eric et moi avions cru que c'était la raison pour laquelle la ville avait une population démoniaque si limitée. C'était donc l'endroit parfait pour prendre notre retraite.

Désormais, malgré ces reliques, il semblait que la cathédrale — ou du moins la ville en elle-même — était un aimant à démons. Et j'ignorais totalement pourquoi.

Les rénovations de la bâtisse duraient depuis une éternité et cela signifiait que le beau sanctuaire était peu utilisé. Les services religieux étaient régulièrement organisés dans la salle de l'évêché. Aujourd'hui, j'étais ravie de constater que le sanctuaire était ouvert, même si la plupart des vitraux étaient couverts et que de nombreux bancs étaient condamnés.

La rumeur disait que le projet serait terminé à Noël et j'espérais ardemment que ce serait le cas. La salle de l'évêché était plutôt faite pour les buffets que pour la vénération, et ce sanctuaire qui m'inspirait autant d'émerveillement me manquait.

À côté de moi, Stuart pivota pour regarder dans ma direction.

— Quoi ? chuchotai-je.

Il secoua la tête et remua pour regarder une nouvelle fois devant lui. Mon estomac se retourna, puisqu'à ce moment, je compris ce qu'il faisait. Il regardait Allie comme pour s'assurer que des cornes ne lui poussaient pas sur la tête.

— Sérieusement ? chuchotai-je même si l'agacement était clair dans ma voix.

J'avais remarqué la façon dont son corps s'était crispé quand Allie et Eliza avaient franchi le seuil pour entrer dans la cathédrale devant nous. Mais, après tout, quand nous avions marqué une pause à côté de l'eau bénite, chacun de nous l'avait touchée et avait fait son signe de croix. Il ne s'était détendu que lorsqu'Allie l'avait fait sans que cela entraîne de combustion spontanée.

À présent, il me scrutait à nouveau, le visage marqué par la culpabilité. Il haussa les épaules.

Je laissai tomber. À vrai dire, je ne pouvais pas vraiment lui en vouloir. Après tout, je m'étais posé la même question et j'avais été immensément soulagée de voir qu'elle pouvait entrer à l'Église sans montrer de signe de gêne. J'imaginais qu'elle était également soulagée.

En même temps, je me rappelai que David avait été capable de le faire, ces premiers mois où Eric était revenu dans le corps du prof de chimie. Au fil du temps, le démon était devenu plus puissant et cela avait été de plus en plus difficile.

En revanche, ce n'était pas une chose à laquelle j'allais penser. J'allais plutôt faire ce que le Père Corletti avait dit. J'allais avoir foi.

La messe commença et un nouveau prêtre, le Père Joseph, se plaça derrière l'autel. Depuis la mort horrible du Père Ben, mon précédent *alimentatore* avant qu'Eddie prenne la suite, nous n'avions aucun prêtre permanent, et l'Évêque ou un flot constant de prêtres avait pris sa place. Je me demandais maintenant si ce jeune prêtre qui semblait tout droit sorti du séminaire serait une présence permanente ou s'il n'était qu'un autre religieux de passage.

Néanmoins, je n'y réfléchis pas très longtemps. Je me perdis plutôt dans la familiarité du rituel, les paroles du Père Joseph me rappelant les nombreuses raisons pour lesquelles je venais à la messe. Pour certains, c'était un rappel qu'il existait un monde au-delà du nôtre. Cependant, ce n'était pas pour ça que je venais, puisque j'y étais déjà confrontée tous les jours. L'Église était, pour moi, un rappel hebdomadaire du pouvoir du bien. De nos amis, de notre famille et de notre espoir.

C'était un rappel de ce pour quoi je me battais et même si protéger ma famille était au cœur de tout ça, cela allait bien au-delà. Il existait un monde rempli de personnes qui n'étaient pas au courant de toute l'histoire, comme moi. Et ceux qui avaient vu au-delà de ce voile avaient une responsabilité et devaient faire en sorte qu'il reste fermé. Afin que le reste de la population demeure en sécurité. Non pas parce que nous leur devions quelque chose, mais parce que c'était la chose à faire.

La messe passa rapidement et même si je m'en sentais coupable, je soupirai de soulagement lorsqu'Allie reçut la communion sans que le feu de l'enfer s'abatte sur nous. Après la messe, je lui demandai d'aller chercher Timmy alors que Delores, la coordinatrice bénévole de la cathédrale, me tenait la jambe dans la cour.

Professeure retraitée ayant une très bonne soixantaine, Delores Sykes ne ralentissait manifestement jamais. Elle avait créé un poste de coordinatrice bénévole à l'Église qu'elle occupait et gérait comme une machine bien huilée. Je l'aimais beaucoup, même si elle m'intimidait sacrément.

— Kate ! J'espérais vous voir ce matin. Je me demandais si vous étiez partante pour un petit peu de bénévolat.

— J'adorerai, mentis-je.

Je me souvins des cartons remplis d'insectes que j'avais dû trier la dernière fois que je m'étais portée volontaire.

— Mais ces derniers temps, je suis débordée à cause de ma famille.

Je baissai les yeux et jetai un coup d'œil à Stuart. Étant donné que mon mariage était à nouveau sur les rails, je devrais probablement me sentir coupable à l'idée de faire référence à notre séparation qui, je le savais, avait été le sujet de nombreux ragots. Mais j'étais prête à aller jusque-là pour éviter les araignées et autres créatures rampantes.

Son expression changea rapidement pour arborer une compassion flagrante.

— Ma pauvre. J'espère que les choses s'arrangent ?

— Absolument, dis-je. Mais ma famille a besoin de mon attention. Il faut cultiver son jardin et tout ça.

— Bien sûr, bien sûr, dit-elle.

Je m'attendais à ce qu'elle s'éloigne et aille harceler un autre paroissien innocent. Elle ajouta plutôt :

— Simplement, l'Évêque m'a fait remarquer que puisque vous aviez déjà une idée de ce qui se trouve dans les archives, vous pourriez gérer un nouveau comité pour organiser et améliorer la collection. Ce ne serait qu'un jour par semaine. Nous espérons pouvoir consulter la collection, voir ce qui manque et découvrir si nous pouvons acquérir d'autres objets en rapport. Comme vous le savez, certains donneurs éparpillent leur collection. Mais l'Évêque croit qu'il vaudrait mieux qu'elle soit réunie en un seul et même lieu. Et, comme vous le savez, San Diablo a le plus bel assortiment d'artefacts et de reliques en rapport avec l'Église de n'importe quelle institution catholique.

Je le savais. Je m'étais retrouvée coincée à faire des recherches dans les archives quand j'avais été dupée par un Haut Démon. C'était une longue histoire compliquée, mais avec une fin heureuse puisque je l'avais anéanti.

Toutefois, même avec cette fin heureuse, je n'avais jamais été ravie de fréquenter des insectes.

Pourtant, ce ne serait pas une mauvaise idée d'avoir accès aux archives, surtout pendant que j'essayais d'en apprendre plus sur la situation d'Allie. D'après ce que j'en savais, elle était unique. Mais je ne pouvais m'empêcher de me demander si c'était un signe. Si j'étais guidée pour prendre ce poste de bénévole.

Même si cette mission n'était pas d'ordre divin, je pouvais au moins utiliser ce poste comme une bonne excuse pour obtenir des livres du Vatican. C'était bien plus facile d'étudier le système de l'Église, plutôt que de passer par les courriers ordinaires. Et je savais que le Père Corletti approuverait. Surtout qu'il était devenu difficile d'avoir accès aux dossiers de la cathédrale depuis la mort du Père Ben, comme l'Évêque ignorait totalement qui j'étais.

Cela m'offrait également une opportunité géniale d'aider Allie avec son entraînement et Eddie avec ses recherches.

— Vous savez quoi ? J'adorerais. Je ne pourrai pas m'y mettre avant au moins une semaine car je suis en train d'organiser l'anniversaire de Timmy, mais vous pouvez compter sur moi pour coordonner cela.

Avec un large sourire, j'ajoutai :

— Je vais même recruter Allie et Eddie Lohmann comme premiers membres du comité.

— Oh, ma belle, je suis ravie de l'entendre.

Elle tendit les mains et serra les miennes.

— Et j'allais vous demander…

— Oui ?

Je tentai de dissimuler l'appréhension dans ma voix. Avait-elle entendu parler de rumeurs sur moi, concernant la chasse aux démons ? Pire, voulait-elle que je me porte volontaire pour une autre mission bénévole ?

— Eh bien, dit-elle en commençant à chuchoter. J'ai entendu dire que vous donniez des cours d'autodéfense pour les femmes.

— Oh ! Oui, c'est vrai. Bien que les leçons soient devenues moins régulières. J'espère les reprendre la semaine prochaine. Je me remets encore de notre voyage à Rome.

Elle se raidit.

— Eh bien, quand ce sera le cas, dites-le-moi.

Elle acquiesça fermement.

— Après tout, toute femme doit savoir botter des fesses.

Je me retins à peine de claquer une main sur ma bouche pour me retenir de rire. Je ne m'attendais clairement *pas* à ce que de tels mots sortent de la bouche de Delores.

— Oui, dis-je d'une voix tendue puisque je luttais contre mon rire. C'est absolument vrai.

C'était la stricte vérité. Seulement, je n'avais jamais imaginé Delores comme le genre de dame qui voulait être active et je pensais simplement qu'elle possédait une bombe de gaz lacrymogène dans son sac à main.

— Je vous enverrai un e-mail dès que je saurai le jour de

la prochaine session.

Elle sourit.

— J'ai hâte d'y être.

Elle se retourna et je fis demi-tour, secouant la tête en m'interrogeant sur les surprises que la vie nous réserve. Je m'apprêtais à sortir mon agenda de mon sac pour regarder et voir quand je pouvais planifier la prochaine session d'entraînement, lorsque je remarquai Allie et Eliza près de l'aire de jeux, au niveau de la balançoire. Cependant, Timmy n'était pas dessus. Elles se trouvaient simplement à côté des poteaux. Allie avait le regard rivé sur son petit frère, qui jouait tranquillement dans le bac à sable.

Elles n'étaient pas seules. Il y avait un garçon avec elles. Un grand brun, avec les épaules rejetées en arrière comme pour montrer qu'il avait la confiance d'un adulte. Il n'avait pas le dos voûté comme j'y étais habitué avec les adolescents. Surtout ceux qui discutaient avec les filles.

Je me rendis compte que j'avais croisé les bras et crispé ma mâchoire en le regardant scruter Allie... et ma fille le scruter en retour. En réalité, ma concentration était si intense que je manquai de sursauter quand Eliza dit à côté de moi :

— Pas mal comme messe. J'aime bien le prêtre.

Je n'avais même pas réalisé qu'elle avait quitté l'aire de jeux.

— Qui est-ce ? demandai-je.

Le Père Joseph ne m'intéressait absolument pas à cet instant.

Eliza ne fit pas semblant de mal comprendre.

— C'est Jared, dit-elle nonchalamment. C'est le mec de l'autre jour. Celui qui a chassé le démon.

12

— Elle l'aime bien, dis-je à Eliza.

À côté de moi, ma cousine haussa les épaules.

— Qu'est-ce qu'elle pourrait ne pas aimer ? Il est mignon et il a chassé un démon. Ce qui signifie qu'il sait déjà dans quel monde on vit. Ça fait de lui un petit ami plus approprié que la plupart des mecs de son école, je parie.

— Petit ami ?

J'entendis ma voix s'élever pour devenir un couinement. Elle haussa les épaules.

— Eh bien, c'est évident.

— Hmm.

Je reportai mon attention sur Allie, qui ignorait complètement qu'Eliza était partie et encore plus que je la regardais. Elle était focalisée sur cette conversation avec le garçon — *Jared*, me rappelai-je.

Je m'apprêtai à me retourner vers Eliza pour lui demander chaque minuscule détail à propos de cet adolescent, puisque je supposais que toutes les trois, elles avaient rediscuté de chaque information hier soir, avant qu'Allie rentre à la maison, mais Stuart s'était joint à nous.

— Eric n'était pas là, déclara-t-il sans préambule.

Eliza et moi échangeâmes un regard confus.

— Et alors ? s'enquit ma cousine avant que je puisse le faire.

L'attention de Stuart était rivée sur moi lorsqu'il répondit :

— Il *peut* entrer dans le sanctuaire, n'est-ce pas ?

— Sérieusement, Stuart ?

J'entendis l'agacement dans ma voix et tentai de le ravaler, mais je n'y arrivai pas vraiment.

— Tu étais là, tu t'en souviens ? Le démon est sorti de son corps.

— Mais sommes-nous en sûrs ?

Son regard dériva brièvement vers Allie avant de se reposer sur moi.

Je croisai les bras sur ma poitrine, mon humeur se gâtant.

— Oui, déclarai-je d'une voix glaciale. Évidemment que j'en suis sûre. Tu l'as vu se promener au Vatican, tu te souviens ? S'il peut y pénétrer, je pense qu'il peut gérer Sainte-Mary.

Il soupira, ses épaules s'affaissant par la même occasion. Il passa alors les doigts dans ses cheveux, chose qu'il faisait par habitude lorsqu'il était frustré.

— Je suis désolé. Vraiment, je suis désolé. C'est juste que je suis...

— Inquiet pour Allie ? Tu crois que je n'ai pas remarqué la façon dont tu l'épiais ?

— Alors tu n'es pas inquiète du tout ?

Je commençai à dire que je ne l'étais absolument pas, mais je me retins. Plus de secrets, n'est-ce pas ?

— Un peu, admis-je. Mais quel genre de mère serais-je ?

— Elle va bien, répondit loyalement Eliza. Elle s'est baladée dans tout le Vatican. Elle a reçu la communion, là-bas. Que voulez-vous de plus ?

— Exactement, dis-je à la fois pour moi et pour Stuart. Elle ne s'est pas tortillée. Elle n'a pas eu la tête qui tournait. Elle n'a pas vomi de bile. C'est Allie, Stuart. C'est notre fille.

— C'est vrai, dit-il en mettant les mains dans les poches de son pantalon. C'est vrai. Évidemment qu'elle l'est. Je suis désolé.

Ces mots étaient parfaits. Mais il ne me regarda pas en les prononçant. J'avais envie de lui en vouloir parce qu'il était inquiet. De déchaîner ma colère. Mais comment pouvais-je le faire ? Moi aussi, j'étais préoccupée. D'ailleurs, Allie l'était également.

— Les gars, dit Eliza en faisant traîner ces mots. Arrêtez, maintenant. Allie va bien. D'ailleurs, elle va probablement mieux que bien. Enfin, elle devrait recevoir de sérieux points bonus pour avoir fermé ce portail de l'enfer, n'est-ce pas ?

Elle nous regarda chacun à notre tour, Stuart et moi.

— Donc s'il lui est arrivé quelque chose, dans ce sous-sol, c'était du bon côté des choses. N'est-ce pas là l'essentiel ? Après ce qu'elle est, bien sûr. Ces religieux ont merdé avec Eric parce qu'ils essayaient de créer quelqu'un qui pouvait vaincre les démons, n'est-ce pas ? Et elle les *a* vaincus. Alors hourra pour les fous qui ont voulu créer ça. Je me trompe ?

— J'espère que tu as raison, dis-je. Et je crois dans mon cœur que c'est le cas.

Mais comment étais-je censée savoir si ma foi était justifiée ?

Eliza leva les yeux au ciel.

— Elle sait que vous vous comportez bizarrement à propos de tout ça ?

— On ne se comporte pas bizarrement, dis-je. On a simplement conscience de la situation. Tout comme Allie. Elle s'inquiète. Tu ne le savais pas ?

— Si, répondit Eliza. On en a discuté un moment hier, quand Mindy n'était pas là. Et je lui ai dit la même chose qu'à vous. Ne vous inquiétez pas. Elle est cool. Tout ira bien pour elle.

Mon sourire fut larmoyant lorsque je passai les bras autour d'Eliza et l'étreignis rapidement.

— Si je ne l'ai pas dit récemment, je veux que tu saches que je suis ravie que tu fasses partie de ma vie. Et je suis ravie de ne pas t'avoir tuée quand je t'ai rencontrée à Rome.

— Oui, pareil.

Pendant un instant, nous restâmes plantés là, en silence, nous souvenant de ces jours où elle mourait d'envie d'apprendre à me connaître tout en me trahissant secrètement dans l'espoir de sauver sa mère, la tante que je n'avais jamais connue.

Ça n'avait pas fonctionné pour ma tante, mais au moins, j'avais désormais une cousine. Un membre de ma famille qui partageait mon sang. C'était une nouvelle sensation, mais elle était agréable.

À côté de moi, Eliza s'éclaircit la gorge.

— Euh, écoutez, je devrais probablement retourner à San Diego aujourd'hui.

Une vague glaciale traversa mon corps.

— Quoi ?

Je me rendis compte que j'avais supposé qu'elle déménagerait de façon permanente à San Diablo. C'était probablement une idée idiote, puisqu'elle avait grandi à San Diego. Sa famille était peut-être morte maintenant, mais elle avait sûrement envie de retrouver ses amis.

Tout de même, je n'avais pas envie qu'elle parte, pour son bien ainsi que pour le mien et pour celui d'Allie.

— Tu crois que tu devrais être seule, en ce moment ?

— Oh, non. Je vais bien. Vraiment. Et je ne retourne pas vivre là-bas. Enfin, si ça ne vous dérange pas, je… j'envisageais de m'installer à San Diablo.

Je soupirai, surprise par l'intensité de mon soulagement.

— Évidemment que ça ne nous dérange pas. J'espérais que tu le ferais. Alors pourquoi dois-tu y aller aujourd'hui ?

Elle rougit légèrement et je me demandai s'il y avait un garçon dans sa vie. Je m'apprêtais à le lui demander, mais elle déclara ensuite :

— J'ai simplement des affaires à récupérer. Il y en a peut-être aussi dans les cartons de ma mère que tu voudrais. Des trucs sentimentaux et d'autres en rapport avec la chasse aux démons. Elle pistait ta mère, après tout.

— Je serai ravie de fouiller tout ce que tu as.

J'avais grandi en étant orpheline et désormais, je m'agrippais passionnément à tout morceau de mon histoire qui passait sur mon chemin.

— Je dois aussi aller chercher certaines de mes affaires. Je porte les mêmes vêtements depuis que j'ai quitté Rome. Je me suis dit que j'allais regarder les horaires du bus et y aller aujourd'hui.

— Tu en es sûre ? Je n'aime pas l'idée que tu te

retrouves seule. Pourquoi on n'irait pas t'acheter de nouveaux vêtements aujourd'hui ? D'ailleurs, tu pourrais probablement te créer ta propre garde-robe entre mes affaires et celles d'Allie.

— Oui, mais je veux vraiment avoir mes propres affaires. Et ça ne me concerne pas, n'est-ce pas ? Enfin, *celle qui est nouvelle* ? Est-ce que quelqu'un croit vraiment qu'ils veulent dire *nouvelle dans cette ville* ? On parle d'Allie, non ? Forcément.

— Raison de plus pour que tu restes ici.

Elle acquiesça.

— Je comprends que tu sois inquiète. Mais ce n'est pas comme s'il y avait un bon moment pour y aller. Les démons seront toujours là, n'est-ce pas ? Et ce n'est pas comme si tu allais la laisser se balader seule. Généralement, elle est avec Mindy et maintenant, j'ai l'impression que quelqu'un d'autre surveille ses arrières...

Elle venait de dire cette dernière phrase avec un coup d'œil en direction de l'aire de jeux, et je grimaçai. J'ignorais totalement quelle était l'histoire de ce mec, bien que je ne puisse nier qu'il était déjà venu une fois à la rescousse d'Allie. Cette simple information me donnait envie de lui faire confiance. Mais après tout, peut-être que cela faisait partie de son plan.

— Je ne dis pas que je pars pour toujours. Une semaine, peut-être. Il faut que je récupère mes affaires et que je contacte les amis de ma mère. Il faut aussi que je voie si je peux vendre la maison. Tout ça. Le Père Corletti m'a donné le certificat de décès et on a inscrit qu'elle avait fait une crise cardiaque. Je ne peux pas leur dire la vérité.

Elle renifla avant de me regarder avec des yeux emplis de larmes.

— Je vais organiser un genre de service funéraire pour la semaine prochaine. Vous pourrez venir ? Et peut-être que je pourrais vous suivre ensuite en rentrant avec ma voiture ?

— Bien sûr, répondis-je gentiment. Bien sûr que nous serons là pour toi.

— Je vais peut-être louper l'anniversaire de Timmy, dit-elle. Je n'en ai pas envie, mais...

— Je comprends. Tu dois t'occuper de certaines choses.

Je me molestais désormais mentalement, puisque je ne l'avais pas aidée à gérer tout ça, mais quand je l'avais rencontrée à Rome, elle paraissait déjà si indépendante que j'en étais venue à oublier comment elle s'était retrouvée seule.

— Quant à Timmy, il ne s'en rendra pas compte. Fais-lui un câlin et donne-lui une barre chocolatée quand tu reviendras et tout sera réglé entre vous deux.

Elle rit.

— C'est vrai. D'accord. Eh bien, je vais dire à Allie que je pars et je me mets en route.

— Pas en bus, non, déclara Stuart. Je vais t'y conduire.

Il me regarda.

— Je vais emmener Eliza à San Diego et passer la nuit à Los Angeles. La boîte a un bureau là-bas et je voulais m'occuper de certaines choses de toute façon. Après quelques réunions, je rentrerai à la maison.

— Vraiment ? demandai-je.

En règle générale, Stuart détestait les road trips.

— Ce n'est pas du tout un problème, dit-il.

— Ce serait génial, répliqua Eliza avant de se retourner pour me regarder. Je peux aussi renvoyer Stuart avec quelques cartons de ma mère. Des objets familiaux qu'Allie et toi pouvez étudier si vous le voulez. Ou alors, vous pouvez attendre que je revienne. Peu importe.

— D'accord.

J'étais toujours mal à l'aise à l'idée qu'elle ne soit plus là. Mais elle avait raison. Elle devait retrouver sa vie. Elle devait clore ce chapitre afin de pouvoir emménager ici, et le plus tôt serait le mieux. Maintenant que j'avais trouvé ma cousine, je voulais qu'elle reste là où je pouvais la surveiller.

— Vous partez quand ?

Eliza haussa les épaules.

— On ferait aussi bien de partir dès qu'on le pourra, dit Stuart. Le trajet prendra cinq heures.

— Ça ne me dérange pas, confirma Eliza. Il faut simplement que je dise au revoir à Allie et lui explique que je vais revenir.

— Et tu as ta propre voiture, là-bas, n'est-ce pas ? Tu l'as laissée à l'aéroport ?

Elle hocha la tête. Elle avait pris l'avion pour Rome depuis San Diego, mais elle avait changé son billet de retour pour venir avec nous à l'aéroport côtier desservant San Diablo et Santa Barbara, en faisant escale à Los Angeles.

Stuart se tourna pour me faire face.

— Ce qui veut dire que j'aurai besoin de toi au manoir lundi pour une livraison. Ça ne te dérange pas ? Bernie aura aussi quitté la ville.

— Bien sûr, dis-je. Je peux le faire.

À vrai dire, je voulais y retourner. J'avais été là quand Lilith avait ravagé cet endroit. Désormais, j'avais envie de me rappeler à quel point cette pétasse démoniaque pouvait être dangereuse.

— Alors c'est réglé ? s'enquit Stuart.

— Bien sûr.

Toutefois, je ne pouvais m'empêcher d'avoir l'impression que Stuart avait prévu autre chose. Que peut-être, peut-être, il évitait Allie. Cette peur parut encore plus probable quand ma fille arriva avec Jared à ses côtés. Au lieu de sourire pour la saluer, mon mari baissa les yeux comme s'il examinait ses chaussures.

Heureusement, Allie ne sembla pas le remarquer. Son visage était plutôt illuminé d'un éclat qui, je venais de l'apprendre, signifiait qu'elle avait rencontré un garçon mignon.

— Maman, on va à la plage, d'accord ?

— C'est qui, « on » ?

— Moi, Jared, Mindy et Eliza, j'espère ?

Ma cousine nous regarda chacune à notre tour.

— Désolée, Al. Je vais passer à San Diego pour empaqueter mes affaires, organiser les funérailles de ma mère et d'autres trucs.

— Oh. C'est vrai. Je suis désolée.

Eliza haussa les épaules.

— Eh bien, ouais, la bonne nouvelle, c'est que j'emménage ici de façon permanente.

— Ah oui ? C'est super !

Elle reporta son attention sur moi.

— Alors il n'y a que Jared, Mindy et moi. Je lui ai envoyé un message et elle est carrément partante, donc tu n'as pas le droit de dire non. On la décevrait.

— Allie...

Je lui lançai le Regard de Maman et l'associai au Ton de Maman.

— Je sais, je sais. J'aurais dû poser la question d'abord,

mais on était en train de tout planifier et c'est une journée magnifique, et...

— Tu ne crois pas avoir oublié quelque chose ? demandai-je.

Elle me fixa d'un air impassible et je jetai un coup d'œil en direction de Jared.

— Oh ! C'est vrai. Évidemment, dit-elle en s'éclaircissant la gorge. Maman, voici Jared. Jared, voici ma mère.

— Ravi de vous rencontrer, madame Connor, dit-il en parlant comme un adolescent parfaitement poli.

Jusqu'ici, tout allait bien.

— Ravie également. Comment...

Je m'apprêtais à lui demander comment il en était venu à s'approcher d'Allie, Mindy et Eliza hier, mais Allie fonça.

— Jared va aussi au Lycée Coronado. C'est le mec dont je t'ai parlé. Celui qu'on a rencontré sur la jetée hier soir, ajouta-t-elle en jetant un coup d'œil en direction d'Eliza.

Étant donné que Jared savait exactement ce qu'il avait fait sur la jetée hier soir, je me serais attendue à ce qu'elle soit moins mystérieuse, mais j'appréciai qu'elle se rende compte que notre conversation pouvait être épiée. Alors, félicitations à ma fille qui réfléchissait de manière raisonnable.

— Jared, j'apprécie ce que tu as fait pour les filles. Tu as ton permis ?

— Oui, madame. J'ai dix-sept ans, mais j'ai mon permis depuis deux ans. J'en ai eu un spécial à l'âge de quinze ans parce que mes parents ne conduisent pas et que je devais me déplacer. Je serai ravi de nous conduire à la plage et de les raccompagner à la maison.

— J'apprécie la proposition, lui dis-je. Mais pourquoi ne viendrais-tu pas à la maison dans une quinzaine de minutes ? J'aimerais avoir la chance d'apprendre à te connaître.

Ma fille baissa la tête, absolument mortifiée.

— Maman, est-ce vraiment…

— Oui.

Je comprenais sa frustration. D'autres amis de lycée l'avaient conduite à droite et à gauche cette année sans que je vérifie leurs antécédents. Néanmoins, ces amis ne vivaient pas avec un pied dans le monde des démons. Jared avait peut-être aidé les filles, mais avant que je lui fasse confiance pour les promener en voiture, j'allais avoir besoin de plus d'informations.

Je fouillai dans mon sac à la recherche d'une feuille de papier et d'un stylo, avant d'écrire notre adresse derrière un ticket de caisse.

— Tu nous y rejoins ?

— Bien sûr, madame Connor, dit-il.

Il nous fit un signe de la main et repartit vers sa voiture.

— Bon sang, maman ! dit-elle. Tu imagines à quel point c'était embarrassant ?

— Allie, chérie, le problème n'est pas les garçons. Ce sont les démons, ajoutai-je en baissant la voix pour que ce soit un chuchotement presque inaudible.

— Mais ça ne veut pas dire qu'il est impossible qu'il m'apprécie.

— Je suis sûre qu'il t'apprécie, mais j'ai besoin de…

— *Maman.*

Elle grimaça légèrement, comme si elle n'avait pas voulu crier si fort.

— Maman, j'ai simplement envie de… Oh, peu importe. C'est bon.

Elle jeta un coup d'œil frustré en direction de Stuart et d'Eliza, avant de faire demi-tour pour retourner vers l'aire de jeux où elle s'assit à côté de son frère.

Je soupirai, la culpabilité croissant en moi. À cet instant, je compris pourquoi elle était si frustrée.

Ce n'était pas une question de démon.

Ce n'était pas une question de garçon.

C'était une question d'adolescence et à cet instant, ma fille voulait se sentir comme une ado ordinaire, même pour un dernier moment qui s'éternise.

Puisque Delores me tint une nouvelle fois la jambe quand je repartais vers le parking, Stuart et Eliza arrivèrent avant nous à la maison. Je trouvai un petit mot de mon mari sur la table de la cuisine, m'indiquant qu'il m'enverrait par SMS son heure d'arrivée, demain. Je lui écrivis un message pour lui dire que je le tiendrais au courant de toutes les choses démoniaques quand il reviendrait à San Diablo. Bien qu'il me réponde avec un emoji sourire, j'étais certaine qu'il souriait surtout à l'idée d'être loin d'ici.

À vrai dire, je n'avais jamais souhaité que Stuart s'implique dans cette partie de ma vie. Bien sûr, je n'avais jamais anticipé que cette partie de ma vie viendrait frapper à ma porte dans ma maison de femme de banlieue. Maintenant que j'étais de retour dans le business de la chasse aux démons, je ne pouvais m'empêcher de vouloir qu'il soit totalement impliqué. Je voulais qu'il combatte pour le bien et me dise que nous allions trouver une solution. Qu'il me dise que nous allions être capables de protéger Allie et de l'aider à traverser ce qui arriverait.

Je n'avais pas envie qu'il la fuie tant il avait peur, toutefois, je ne pouvais m'empêcher de croire que c'était exactement ce qu'il faisait et de le craindre.

Je chassai ces pensées alors qu'Allie criait mon nom, sa voix stridente me terrifiant.

— Allie ?

Je me tournai et attrapai un couteau sur la table, abandonné après le petit déjeuner, alors que je bondissais quasiment dans le salon où je découvris qu'il n'y avait aucune crise démoniaque. *Cette* crise était un coup de son petit frère.

Le coupable hurlait par terre, clairement en colère à cause de la réaction de sa sœur face au lait chocolaté qu'il venait tout juste de renverser sur le tee-shirt blanc préféré de mon adolescente, sans parler de mon canapé beige.

— Maman ! Je viens tout juste de me changer !

— Ce n'est rien, dis-je calmement en récupérant Timmy pour le calmer. Va te changer. Je vais laver ton haut et je verrai ce que je peux faire pour le canapé. Et toi, monsieur...

Je tapotai le nez de mon fils.

— ... tu vas jouer calmement au coin.

— Le groupe ? demanda Timmy tandis que sa sœur soufflait, frustrée, avant de monter les marches d'un pas lourd.

— Ça, chéri, ce n'est pas calme.

Je le posai par terre.

— Livres de coloriage.

— *Non, non, non, non, non, non, non, non, non.*

Il s'était si bien comporté plus tôt que cette crise avait probablement été inévitable.

— *Si, si, si, si, si, si, si, si, si.*

Je m'accroupis en répétant encore et encore ce mot, aussi fort que lui. Ce n'était pas une tactique que j'essayais souvent et cela avait dû être suffisamment absurde pour le distraire et le pousser à obéir, puisqu'il écarquilla les yeux et éclata de rire.

— Des livres de coloriage ?

— D'accord, maman.

Un point pour l'équipe des adultes.

Je l'embrassai sur le front avant de tirer le panier où nous gardions les livres de coloriage et les crayons de couleur, sans parler de la couverture que je plaçai en dessous, dans un effort futile pour protéger la moquette. Pendant ce temps, je repartais vers la cuisine afin de prendre le Vanish et un chiffon, espérant ardemment que ceux qui avaient imperméabilisé le canapé avaient bien fait leur boulot.

— Vous auriez pu aider, vous savez, dis-je à Eddie qui avait assisté à cette tragédie au premier rang — aussi connu sous le nom de fauteuil inclinable.

— J'aurais pu, mais non.

Je levai les yeux au ciel. Il n'y avait aucun intérêt à le contredire.

Je jetai un coup d'œil aux escaliers pour voir si Allie revenait, mais je n'entendis et ne vis rien.

— Que pensez-vous de ce garçon ?

Bien qu'Eddie ait loupé la messe ce matin — *quel intérêt d'y aller si Rita n'est pas là ?* —, je l'avais mis au jus quelques minutes après notre retour à la maison.

Avant que nous partions à Rome, Eddie et Rita étaient plus ou moins devenus inséparables. Elle était même allée jusqu'à offrir un taser à Allie pour son quinzième anniversaire, un cadeau que j'avais trouvé parfaitement inapproprié avant qu'il prouve sa valeur lors d'une crise démoniaque.

— Je crois que je suis ravi que Rita m'ait posé un lapin, aujourd'hui, répondit Eddie à ma question sur Jared. Je veux rencontrer ce gamin qui a aidé Allie l'autre jour.

Sur ce point, nous étions d'accord.

— Pourquoi vous a-t-elle posé un lapin ?

Je fronçai les sourcils en regardant la tâche sur le coussin. D'après ce que je voyais, elle grandissait et ne rétrécissait aucunement.

— Bah, dit-elle. Elle a une cousine en ville ou quelque chose de ce genre. Une nièce, je crois. Peut-être un neveu. Je ne sais pas, je m'en fiche.

— Vraiment ? Vous êtes si proches, tous les deux. Vous ne voulez pas rencontrer sa famille ?

J'abandonnai et retournai le coussin, soulagée de voir que l'autre côté était propre et que je n'avais pas déjà utilisé cette technique sur ce coussin.

Eddie grogna et haussa les épaules. Je décidai sagement de ne pas insister, puisque je me disais que peut-être, c'était Rita qui ne voulait pas que sa famille rencontre Eddie. Et si c'était le cas, je comprenais pourquoi il était grincheux. Bien que, pour être honnête, être grincheux définissait Eddie en général.

La sonnette retentit et je me dirigeai vers la porte alors que les pas d'Allie tambourinaient dans l'escalier. Elle réussit à atteindre l'entrée avant moi, arborant désormais un tee-shirt rose et un short couvrant son maillot de bain.

— Tu es toujours d'accord pour qu'on aille à la plage, hein ? dit-elle en me regardant d'un air suppliant. Ça fait une éternité qu'un garçon ne m'a pas appréciée. J'ai demandé à Mindy de venir avec nous, mais elle a des répétitions pour la comédie musicale. Enfin, c'est moi qu'il a invité à sortir avec lui, alors s'il te plaît, laisse-moi y aller toute seule. S'il te plaît, mamounette, s'il te plaît.

Le *mamounette* finit de me convaincre. Cela faisait bien longtemps qu'elle ne m'avait pas appelée ainsi.

— Chérie, la dernière fois que tu es sortie, tu as été attaquée par un démon.

Même si, pour être honnête, *attaquée* n'était pas vraiment le mot qui convenait.

— Maman ! Pense à l'endroit où l'on vit et à qui on est. Primo, je sors constamment sans me faire attaquer. Deuzio, ce n'est pas comme si des affichettes annonçaient que j'avais d'étranges pouvoirs stylés, n'est-ce pas ? Et tertio, ajouta-t-elle avant que je puisse dire que cela aurait très bien pu être le cas, Jared sera avec moi et il a déjà prouvé qu'il sait comment gérer une situation avec des démons. Alors on sera tous les deux.

— Allie...

— Maman, répondit-elle avec le même ton.

— Faites entrer ce garçon, dit Eddie. On laisse le pauvre gamin à la merci de la météo.

Étant donné que c'était une magnifique journée californienne, je ne m'inquiétais pas trop de sa santé et de son bien-être, mais Eddie avait raison en ce qui concernait la politesse. Je hochai la tête en direction d'Allie, qui se précipita, reprit ses esprits et ouvrit la porte.

— Salut, dit-elle. Entre.

— Salut.

Son sourire était à la fois large et timide. Je lui accordai de bons points pour cela. Il me regarda alors et tendit une main, que je saisis.

— C'est un plaisir de vous revoir, madame Connor.

— Merci d'être passé. J'ai entendu parler de ce qui est arrivé sur la jetée. Je veux donc simplement apprendre à te connaître un peu mieux avant que vous alliez à la plage. J'ai, euh, l'impression que nous avons quelque chose en commun.

— Oui. J'imagine.

Je fis un signe vers le salon.

— Assieds-toi.

— Merci.

Il partit vers le canapé et je fus ravie d'avoir retourné le coussin.

— Ça sent bon, ici, remarqua-t-il.

Allie lui lança un sourire radieux.

— Des roulés à la cannelle, dit-elle.

Elle eut l'air fière, comme si elle avait elle-même malaxé la pâte et ne venait pas simplement de les sortir d'une boîte en carton.

— Je me disais que tu voudrais manger un morceau avant qu'on y aille.

Elle prononça cette dernière phrase avec audace, comme si j'avais déjà donné mon consentement.

— Ça m'a l'air délicieux, déclara Jared.

Allie le rejoignit sur le canapé tandis qu'Eddie resta dans son fauteuil inclinable. Je tentai d'avoir l'air détendue sur le pouf que nous utilisions habituellement comme tabouret. Timmy nous ignora tous puisqu'il coloriait sauvagement l'un de ces livres du Royaume des Animaux.

— Alors comment es-tu au courant pour les démons ? dis-je en sautant directement sur l'éléphant dans la pièce.

— Euh...

— C'est bon, mon garçon, dit Eddie. Nous sommes tous amis, ici.

— Alors, vous êtes au courant aussi ? demanda Jared à Eddie.

— Oui, répondit le vieillard. Et pendant que tu y es, pourquoi tu ne nous dirais pas ce que tu comptais faire en suivant notre fille, déjà ?

— Papy ! s'exclama Allie d'une voix teintée par l'humiliation.

— Non, non, dit Jared. Ce n'est rien. Enfin, je comprends pourquoi ta famille est si nerveuse. J'imagine que ça a l'air étrange.

— Et donc ? insista Eddie.

Je dissimulai mon sourire. Il n'avait pas souvent pu jouer au père, ou au grand-père d'ailleurs, au cours de sa vie, et j'appréciais son style.

Jared haussa les épaules, secouant plutôt son corps, avant de disparaître plus ou moins dans la veste qu'il portait par-dessus son haut.

— Oui, c'est juste que, vous voyez, mon clan aime faire profil bas.

— Ton clan, dis-je. Tu fais partie d'un gang ?

— Maman !

Je levai les mains.

— Désolée.

— Non, dit Jared. C'est ma faute. Je suis désolé. Je suis

simplement un peu stressé. Enfin, j'appréciais déjà Allie avant.

— Ah bon ? demanda-t-elle d'une voix montant dans les aigus.

— Oui. Évidemment. Pourquoi ne serait-ce pas le cas ?

Ils échangèrent un sourire et je retins le mien.

Eddie s'éclaircit la gorge.

— Oui, répondit Jared. Bon. Alors, j'ai un an de plus qu'Allie et je l'ai remarquée avant qu'elle quitte les pom-pom girls. Parce qu'elle est mignonne, c'est tout. Mais ensuite, on a commencé à entendre des choses. À propos d'une chasseuse de démons en ville, et j'ai été plus attentif.

— Pourquoi entendrais-tu parler d'une chasseuse de démons en ville ?

— Mes parents sont un peu dans ce business.

— Un peu ? Tu veux dire qu'ils sont solitaires ?

— Hein ?

— Pour qui travaillent-ils ?

Il secoua lentement la tête.

— Comment ça, pour qui ils travaillent ?

Alors il n'était pas impliqué avec la *Forza*. Ou alors ce gamin savait garder un secret.

— Oh, poursuivit-il. Je vois. Eh bien, mon arrière-grand-père a été tué par un démon. Il s'avère qu'il les chas-sait. Personne d'autre ne le savait, mais ils ont liquidé le reste de la famille. Alors mes parents ne travaillent pour personne. Enfin, à part eux-mêmes.

— Toute ta famille ? demanda Eddie.

Jared réussit à lever les yeux au ciel tout en fronçant les sourcils, ce qui était le summum du comportement adolescent.

— Vous voyez ce que je veux dire. Pas *tout le monde*, bien sûr. Mais c'est devenu une vocation familiale, vous comprenez ?

Je regardai Eddie et Allie, mes pensées s'envolant vers Eric et Eliza. J'avais beau détester l'admettre, je comprenais effectivement.

— Pourquoi n'as-tu rien dit ? demanda Allie.

— Je ne sais pas. Parce que c'est un énorme secret, j'imagine. Et puis, récemment, juste au début de l'été, on a entendu parler d'une chasseuse de démons qui était prise pour cible. On s'est dit que c'était vous, déclara-t-il en me regardant. Mais je voulais aussi surveiller Allie, parce que, eh bien, vous savez...

Il baissa les yeux vers ses chaussures.

Sauf que je ne *savais pas*. Voulait-il dire qu'il l'appréciait ? Ou qu'il savait ce qui la rendait unique ?

Je devais donc lui poser la question.

— Pourquoi ? Pourquoi as-tu eu l'impression que tu devais surveiller Allie ?

Ses épaules s'élevèrent avant de s'affaisser.

— Parce que c'est votre fille. Et si vous chassez... eh bien, comme je l'ai dit avant. Un démon a tué presque toute ma famille, même si la plupart d'entre eux n'étaient pas au courant de cette histoire. Et puis...

Son regard dériva vers Allie avant de se river vers le sol.

— Je l'apprécie.

Les joues d'Allies devinrent aussi roses que son tee-shirt.

— Je comprends, dis-je doucement.

Pour être honnête, j'aimais bien ce gamin. Il paraissait sincère et appréciait manifestement ma fille. De plus, si elle sortait avec quelqu'un, il était bon de savoir qu'elle ne lui cacherait aucun secret. Non pas que je sois prête à ce qu'ils commencent à sortir ensemble. Loin de là.

Le minuteur du four sonna et je me levai du pouf.

— J'ai besoin d'un café, déclarai-je. Et d'un roulé à la cannelle. Vous voulez poursuivre cette discussion dans la cuisine ? Allie, pourquoi n'irais-tu pas sortir les roulés du four pour les mettre sur la table ? Ça convient à tout le monde ou quelqu'un veut autre chose ?

— J'adorerais du café et un roulé à la cannelle, dit Jared. Pour être honnête, généralement, je ne me lève pas assez tôt pour aller à la messe. Mais je voulais parler à Allie.

— Je ne t'ai pas vu à la messe. Mais je t'ai remarqué quand je suis sortie, dit Allie en souriant.

— Ah non ? Je t'y ai vue. J'étais assis assez loin.

— Allie, les roulés. Eddie, vous venez ?

Le vieillard se leva de son fauteuil.

— Je me suis promis il y a quelques années de ne jamais refuser un roulé à la cannelle. Et je suis un homme qui tient ses promesses.

Allie éclata de rire.

— Viens, papy. Je vais te préparer une nouvelle tasse de café.

Il commença à avancer dans cette direction et je le suivis. Jared nous emboîta le pas, discutant paresseusement en disant à quel point c'était sympathique que nous le laissions sortir avec Allie et comme les roulés à la cannelle sentaient bon.

Notre salon se trouvait juste à côté de la cuisine, ce n'était donc pas un long trajet. Toutefois, les pièces étaient divisées par trois choses : le portail pour bébé actuellement ouvert, la séparation entre la moquette et le carrelage de la cuisine, et un buffet avec un miroir décoré où nous rangions la porcelaine de Chine.

Quand nous passâmes devant, je jetai un coup d'œil dans le miroir, par habitude. Ce fut à ce moment-là que je le vis.

Au même moment, j'entendis le petit gémissement étranglé d'Eddie et sus qu'il avait remarqué la même chose. Je m'agrippai à son bras, soi-disant pour l'aider à garder son équilibre, mais je voulais plutôt l'empêcher de faire ou dire quoi que ce soit.

Dès que nous arrivâmes devant la table, Jared hésita, comme s'il ne savait pas vraiment où s'asseoir. Je profitai de son hésitation pour tendre la main vers le plan de travail et attraper le manche de la spatule que j'avais abandonné là hier.

Puis, en un éclair, je fis volte-face et poussai le gamin si fort qu'il tomba dans une chaise. Je lui marchai sur les pieds afin qu'il ne puisse pas se lever et je le fis reculer avec une main ferme sur son épaule, avant de pointer le manche juste au-dessus de son petit cœur traître.

13

Maman !

— **M**a voix stridente d'Allie m'interrompit juste avant que je transperce le cœur de Jared qui ne battait déjà plus.

(D'accord, ce n'était pas entièrement vrai. Kate, la Chasseuse de Démons, savait qu'il ne valait mieux pas plonger de pieu dans le cœur d'un vampire énigmatique qui protégeait sa fille de démons déambulant sur la jetée. Kate, la Mère, n'était pas rationnelle quand elle songeait au fait qu'un vampire flirtait avec sa petite fille.)

— Tu crois que je n'ai pas remarqué cette brillance dans le miroir ? Parle, exigeai-je.

J'éloignai le pieu de quelques millimètres, mais autrement, je ne bougeai pas. Il voulait sortir de la chaise et me sauter dessus ? Il allait rencontrer le bout rond, mais toujours fonctionnel, de ma spatule.

— Je suis là pour aider, dit-il en levant les mains comme pour céder. Je le jure devant Dieu.

— Excuse-moi ?

Il haussa les épaules.

— Façon de parler.

Je mis le bout du manche dans son oreille.

— Une autre remarque prétentieuse et tu seras aussi abruti qu'un zombie. L'immortalité te paraîtra bien longue.

— *Maman*. Tu veux bien te détendre ?

— Je vous le promets, dit Jared en gardant les yeux rivés sur moi. Je veux simplement vous aider.

— N'importe quoi.

— *Maman !*

Cette fois-ci, je lui jetai un coup d'œil. Elle portait des maniques et tenait la plaque de cuisson avec les roulés.

— Il m'a sauvée, tu te souviens ?

— Allez, chérie, suit un peu ce qu'il se passe. C'est un vampire.

Elle se figea, écarquillant les yeux avant de reculer et de jeter la plaque sur la table de cuisine. Je remarquai d'ailleurs qu'elle ne s'embarrassa pas d'un dessous-de-plat.

— Attends. Quoi ? *Sérieusement* ?

Elle nous regarda chacun à notre tour, Jared et moi.

Il haussa les épaules, l'air penaud.

— Mais...

Elle fronça les sourcils en croisant mon regard.

— Mais on est en plein jour. Et le soleil est levé.

Clairement, ma fille avait encore beaucoup de choses à apprendre.

— Recule, gamine, dit Eddie.

Il avait contourné la table et utilisait désormais une fourchette, toujours sortie depuis le petit déjeuner, pour plonger sur son roulé à la cannelle. Il saisit une serviette dans le support et la déplia sur la table, avant de laisser tomber la pâtisserie gluante dessus. Il s'assit et leva les yeux vers moi.

— Si le gamin avait voulu lui faire du mal, il aurait eu de nombreuses occasions de le faire.

Puisque c'était vrai, je reculai. Rien qu'un petit peu.

— Mais ne te mets pas trop à l'aise, ajoutai-je à l'attention de Jared.

Je brandis la spatule et notai mentalement de garder un objet en bois aiguisé dans la maison. Enfin, sérieusement ? Des démons *et* des vampires ? Cette ville était clairement sur une pente descendante.

— Pourquoi n'as-tu rien dit ? s'enquit Allie en faisant un pas vers l'avant.

Elle recula ensuite, hésitant clairement sur la distance de sécurité à adopter avec cette créature.

Jared haussa les épaules.

— Quoi ? Je suis simplement censé dire : « Salut, je suis un vampire. Les démons veulent te tuer, mais tu devrais me faire confiance » ?

Allie nous regarda chacun notre tour, Eddie et moi, avant de se tourner vers Jared.

— Euh, peut-être ?

— Tu as quel âge ? demandai-je au garçon vampire.

— Je vous l'ai dit. Dix-sept ans.

— Ah oui ? insista Allie en inclinant la tête alors qu'elle le regardait de haut en bas.

— Réessayons, dis-je. Tu as quel âge ?

Jared plissa les yeux et me scruta.

— Cent vingt-sept ans, dit-il alors.

Je jetai un coup d'œil à Eddie qui haussa les épaules en déclarant :

— Ah. Tu es jeune, alors.

— Jeune ? s'enquit Allie.

— Ça explique le soleil, dis-je à Eddie.

— Allô ? nous interpella Allie. Vous allez m'inclure dans la conversation ou est-ce que je dois reprendre l'avion jusqu'à Rome pour avoir un cours sur les vampires ?

— Oui, toute cette histoire de vampire est un peu différente de ce à quoi tu es habituée, lui dit Jared.

Il nous regarda, Eddie et moi.

— Voulez-vous que j'explique ou préférez-vous vous en occuper ?

Je m'obligeai à ne pas rire. Je ne faisais toujours pas confiance à ce gamin, mais je l'appréciais.

— Tu t'en sors bien, jusqu'ici. Dis-lui simplement la vérité et tout ira bien.

— Oui, donc, le truc, c'est que les vampires ne sont pas exactement des démons.

Je commençai à lever un doigt, mais il leva la main pour m'interrompre.

— J'y viens. Ça remonte à très très très loin. Le premier vampire a été créé quand un homme en a tué un autre en lui tranchant le cou et en suçant son sang. Ce n'est pas ce qu'on fait habituellement quand on tue quelqu'un, et personne ne sait pourquoi il l'a fait. Bla, bla, bla, tout est supposément écrit dans des genres de livres magiques qui ont disparu depuis longtemps. Mais apparemment, le mec qu'il a tué était un démon et en lui suçant le sang, il a aussi aspiré le démon.

Allie secoua la tête, clairement hébétée par cette explication décousue. Elle ne dit rien, cependant.

— Bref, d'après la légende que personne ne peut véritablement vérifier, mais qui est probablement vraie, ce vampire originel s'est senti seul. Enfin, il y avait des démons qui se promenaient, comme ceux que vous chassez, dit-il en hochant la tête dans ma direction, mais ce n'était pas vraiment la même chose. Ils étaient différents, tu vois ?

— Comment ça, différents ? demanda Allie.

— Ce nouveau mec était toujours le même qu'avant que le démon entre dans son corps. Il n'est pas mort et n'a pas été ranimé par un démon. Et ce n'était pas que de la possession parce que le démon était juste là, il ne le contrôlait pas. Il ne faisait rien, en réalité. Il faisait simplement partie de lui. Et après un moment, le premier vampire s'est rendu compte qu'il était immortel. Et à cause de l'immortalité, tu peux te sentir sacrément seul.

— Continue...

Elle semblait un peu méfiante, mais intéressée.

— Je ne connais pas les détails, évidemment, puisque je n'étais pas là à l'époque, mais l'essentiel c'est qu'il a créé toute cette routine de morsure et de succion qu'Hollywood a assez bien reproduite, et il a engendré d'autres vampires. Le truc, c'est qu'il s'agit toujours du même démon originel. Il s'est simplement... je ne sais pas, dilué, j'imagine. Ce n'est pas comme si un nouveau démon arrivait de l'éther et envahissait chaque nouveau vampire. Donc c'est la personne originelle, plus quelques bouts de démon.

Il regarda Allie.

— Tu me suis, jusque-là ?

Je vis le regard hanté de ma fille et sus ce qui n'allait pas. Elle avait également une partie démoniaque en elle, après tout.

— Continue, dis-je au garçon.

— Oui, eh bien, c'est plus ou moins tout. Enfin, le côté immortel est assez cool, sauf que j'imagine qu'on s'en lasse après un moment.

Il me regarda en souriant.

— Je n'en suis pas encore là. Les cent dernières années ont été assez intéressantes.

— Et le sang ? demanda Allie. Tu survis en buvant du sang ?

Il secoua la tête.

— Oui et non. C'est surtout comme ça que le changement se produit. Après, le sang humain n'est pas simplement de la nourriture, c'est comme une drogue. Hollywood n'a pas bien compris cela.

— Le sang humain ?

— Oui, on n'a pas besoin de beaucoup de nourriture, mais il nous en faut un peu. Enfin, techniquement, je suis mort, mais j'ai quand même besoin d'énergie, n'est-ce pas ? Autrement, je regarderai simplement la télé tous les jours.

— D'accooooord...

— Je peux tout boire, à peu près. L'alcool ne me fait aucun effet. Et la seule façon de m'enivrer, c'est de boire du sang humain. C'est de là que viennent les histoires d'horreur. Considère ça comme une drogue hallucinogène ou quelque chose du genre. Ça peut vraiment faire péter un câble à un vampire, tu vois ?

Allie me regarda, les sourcils froncés.

— Tu bois du sang humain ? demandai-je.

— Non, presque jamais... quoi ? ajouta-t-il à cause de mon regard. Si je disais *jamais*, vous me croiriez ?

Il marquait un point.

— Continue.

— Bref, disons que vous entendez parler d'un nid de vampires qui se balade, qui tranche des gorges et tue des humains ? Eux, ce sont les accros. Et c'est mauvais. Quand j'ai besoin de manger, ce qui n'arrive pas si souvent, je prends du sang animal. Ça m'enivre un peu, mais ça n'a pas le même effet.

— Donc tu vas juste bien, la plupart du temps ? demanda Allie. Tu es comme un petit immortel brillant qui vivra pour toujours ?

— Oui. C'est plus ou moins ça.

Je remarquai qu'il parlait en baissant les yeux vers ses Converse.

— Ce sont tous des accros, déclarai-je lentement.

J'informais ainsi Jared que je comprenais et qu'en même temps, j'expliquais la vérité à Allie.

— Ils auront toujours cette envie urgente. Il y aura toujours ce risque. Et certains vampires la combattent mieux que d'autres.

Il leva les yeux vers moi, son regard dur et féroce. À cet instant, je vis le démon en lui.

— Je me bats, déclara-t-il. Je me bats ardemment. Et je ne suis pas du côté de ces démons. Je ne veux pas que cet endroit devienne un enfer sur Terre. Je passe encore de bons moments ici. Peu importe qui fait du mal à Allie, je ne suis pas de leur côté. Je veux la protéger.

Je ne le défiai pas. J'avais envie de le croire. Que Dieu m'en soit témoin, j'avais envie que quelqu'un soit de notre côté et si ce garçon était vraiment prêt à veiller sur Allie et à surveiller ses arrières, alors le fait qu'il ait la force d'un vampire n'était pas du tout une mauvaise chose. Mais je ne le laisserais s'approcher de ma fille que s'il me convainquait réellement que je pouvais lui faire confiance.

— Tu ne m'as toujours pas dit, pour cette histoire de soleil, dit Allie. Alors ce n'est qu'un tas de conneries qu'ils ont inventées pour les films ?

— Allie...

Elle leva les yeux au ciel.

— Sérieusement, maman ? J'ai un démon en moi, tu te souviens ? Je crois que dire *conneries* n'est pas si grave.

— Je t'assure que ça l'est.

Elle leva à nouveau les yeux au ciel et quand je vis Jared rire, je me dis que je l'appréciais encore plus.

— Oui, cette histoire de soleil, reprit-il. Alors, quand tu es jeune comme moi, tu peux marcher au soleil sans problème. Mais quand tu vieillis, il se passe plusieurs choses. Déjà, il est plus difficile de lutter contre l'envie de sang. Et ensuite, tu brûles au soleil. Plus tu vieillis, plus tu brûles, jusqu'à ce que finalement, tu sois transformé en chips si tu mets un pied dehors. Plus tu bois du sang, plus tu peux retarder ce changement. Donc c'est un cercle vicieux.

— Oh. Ça craint. Tu en es encore loin ?

Il secoua la tête.

— Je ne sais pas.

Il nous regarda chacun notre tour, Allie, Eddie et moi.

— Encore quelques siècles, j'imagine ? Mais je connais des vampires pour qui c'est arrivé à cent cinquante ans, environ. Pour d'autres, autour de mille ans. J'imagine que c'est différent pour tout le monde.

— Et pour te tuer ? demanda Allie d'une voix sévère et pragmatique. C'est un pieu dans le cœur ?

Elle hocha la tête en direction de ma main qui tenait toujours la spatule.

— Je pense que ma mère sait ce qu'elle fait, n'est-ce pas ? Ou Hollywood s'est trompé sur ça aussi ?

— Oui, un pieu dans le cœur.

Il écarta les bras et exposa son torse.

— Je n'ai pas envie que vous le fassiez, mais si vous avez l'impression d'y être obligée, je ne me battrais pas.

— Non. Continue de parler.

Je levai le manche de la spatule.

— Mais jusqu'à ce que je sois convaincue à cent pour cent, je garde ça à la main.

Le soulagement se lut sur son visage et il acquiesça.

— D'accord. C'est bien. J'aime cette idée.

— Allô ? dit Allie. Le soleil. On peut s'en tenir au sujet ? Donc tu peux marcher au soleil, sans problème ?

— Tu m'as vu au soleil. Sur la jetée. Au lycée. Et ouais, jusqu'ici, je ne ressens rien. Je ne bronze même pas, ce qui craint, mais j'imagine que c'est une bonne chose. Ça doit indiquer que le soleil a un effet sur nous et pour l'instant, je ne veux pas qu'il me fasse quoi que ce soit. Comme je l'ai dit, j'aime être dans ce monde. Bon sang, j'aime même le lycée.

— Et pour te tuer ? demande Allie. On est au courant pour le pieu. Et l'eau bénite ? Si on te plantait un truc dans l'œil, comme avec les démons ?

— Oui, le pieu fonctionne. Même si je dois admettre qu'à mon avis, vous auriez du mal à planter la spatule dans ma peau et entre mes côtes pour atteindre mon cœur.

J'inclinai la tête et baissai les yeux vers lui.

— Tu veux que je teste cette théorie.

— Vraiment pas.

Allie fit un mouvement de rouleau avec sa main, comme pour que la conversation se poursuive.

— Et ? La lame dans l'œil ?

— Non. Comme je l'ai dit, nous ne sommes pas comme les démons que vous connaissez. Aucun démon ne vit en moi, rien qu'un morceau de ce démon originel. J'imagine que c'est la raison pour laquelle la télépathie fonctionne.

— La télépathie ? Tu peux communiquer avec d'autres vampires ?

— Les anciens le peuvent. Pas moi. J'imagine que ça devient plus fort quand on vieillit. Comme si le démon en nous devenait plus mature ou quelque chose de ce genre. Je le ressens quand d'autres vampires sont dans le coin.

Je tapotai la spatule contre ma paume.

— Eh bien, c'est intéressant, dis-je. Alors combien de vampires vivent à San Diablo, en ce moment ?

— D'après ce que j'en sais, il n'y a que moi.

Il regarda Allie et haussa les épaules.

— Je suis un loup solitaire.

— Tu as mentionné tes parents, lui rappela Allie.

— Ils sont morts depuis longtemps, expliqua Jared. Je dois créer de faux parents pour l'école et tout. Ce n'est pas si difficile. Sur papier, ils existent totalement.

— Waouh, dit-elle avec le même émerveillement que s'il était une star de cinéma.

— Alors, dis-nous quelles sont toutes les façons de tuer un suceur de sang, exigea Eddie.

Il surveillait Jared avec ses sourcils épais froncés, et étudiait ce garçon, homme, vampire, peu importe.

— Fais-moi confiance, ajouta-t-il. Je les connais toutes.

Je m'assure simplement que tu nous donnes toutes les informations, mon garçon.

Jared commença à compter sur ses doigts.

— Le pieu et, comme je l'ai dit, il faut le mettre dans le cœur et non dans l'œil. Ça doit être du bois. J'ignore pourquoi, ne me le demandez pas. Nous brûler, ça fonctionne et d'après ce que j'ai vu, c'est assez déplaisant. Autrement, je ne pense pas qu'il existe autre chose.

— La noyade ? s'enquit Allie.

— Je ne crois pas. Je préférerais ne pas essayer.

— L'eau bénite ?

Je réprimai un sourire. Clairement, elle transformait cela en interrogatoire.

Jared secoua la tête.

— L'eau bénite dérange les vampires plus âgés. Plus ils vieillissent, pire c'est. Moi, je pourrais mettre ma main dans l'eau bénite et je ne ressentirais rien de plus qu'un picotement chaud. Mais ça ne va pas me brûler la peau.

— Ça craint carrément, dit Allie.

Jared haussa les sourcils, ce qui n'était pas étonnant.

— Excuse-moi ?

— Non, non, je ne dis pas que je veux te tuer. Je comprends que c'est probablement une bonne chose de ton point de vue. Je suis simplement émerveillée qu'Hollywood se soit totalement trompé. Enfin, honnêtement, ils pourraient engager un conseiller technique.

— Je crois qu'ils font ça pour que ce soit meilleur dans les films.

— Je ne sais pas, répondit-elle. J'ai vu ce film, il y a environ une semaine. Il y avait une horde de vampires qui...

— *Les enfants*, les interrompis-je. On peut rester focalisés sur le sujet ?

— Quel sujet ? demanda Allie, qui n'avait pas vraiment tort.

J'avais moi-même perdu le fil de la conversation.

— Lui, dis-je en revenant à la seule chose dont j'étais sûre. Nous essayons d'apprendre à connaître notre nouvel ami, Jared.

Celui-ci leva les mains en signe de reddition.

— J'ai répondu à tout ce que vous avez demandé, et je répondrai à toutes les autres questions qui vous passeraient par la tête, mais ça vous dérangerait de poser le pieu ? Je me sentirais plus à l'aise à l'idée de discuter avec vous si je n'avais pas l'impression que j'allais me faire empaler d'une seconde à l'autre.

J'acquiesçai. Cela paraissait plus que raisonnable et nous finîmes par nous installer autour de la table comme nous l'avions prévu à la base.

— Alors, tu ne manges pas ? Ou tu ne peux pas manger ? Parce que ces roulés à la cannelle sont vraiment bons, dit Allie en montrant les pâtisseries dont seul Eddie avait profité.

— Je peux manger. Simplement, je ne mange pas beaucoup. Ça me ralentit. Ça me rend mollasson.

Il nous regarda chacun à notre tour, Allie et moi.

— Donc, voilà. Vous avez une astuce pour attraper un vampire. Faites lui manger un repas lourd.

J'inclinai la tête et souris. Oui, ce gamin commençait à me plaire. *Gamin*. N'était-ce pas incroyable ? Ce mec avait presque un siècle de plus que moi et je le considérais toujours comme un adolescent.

— Dis-nous comment tu as été transformé, dis-je.

Allie se servit de la spatule pour retirer les roulés à la cannelle de la plaque et en mettre un pour chacun sur quatre assiettes.

— Ce que j'ai dit auparavant sur ma famille était vrai. Ils ont tous été tués par des démons. Mais je me suis échappé. J'ai cru que j'étais en sécurité, mais en réalité, j'étais en train de mourir. L'un des démons m'avait attaqué et j'avais griffé ma jambe sur un clou. Ça m'avait tranché le mollet et avait ouvert une artère, j'imagine. Tout ce que je sais, c'est qu'il y avait du sang partout.

Il se pencha et roula son jean, révélant une longue cicatrice irrégulière sur son mollet.

— Alors un vampire t'a transformé ? demanda Allie. Un vampire t'a sauvé la vie. Comment on les appelle ? Des seigneurs ?

Il secoua la tête.

— Non. Je n'ai pas de seigneur. Je suis un agent indépendant.

— Un agent indépendant ?

— Dans le monde des vampires, on est redevables envers la personne qui nous transforme, même si on n'en a pas envie. Si on se retourne contre le vampire qui nous a transformés, même s'il fait des trucs avec lesquels on n'est pas d'accord, ça tourne au vinaigre. C'est un monde avec des groupes définis. Un peu comme le lycée, j'imagine.

— Mais tu n'as pas de seigneur ? Comment ça fonctionne ?

Je récupérai mon roulé à la cannelle, fière de la manière dont Allie le poussait et lui posait les bonnes questions.

— Un démon lui a planté un pieu dans le cœur. J'ai fini

par tuer le démon. Je ne savais même pas comment le faire, à l'époque. C'était juste un coup de bol. Je ne savais pas ce que j'étais non plus. Je croyais simplement que j'étais malade à cause de la perte de sang, ou quelque chose comme ça. Mais je me suis évanoui et, quand je me suis réveillé, je mourais d'envie de boire du sang.

— Tu as bu du sang ? Je croyais que tu avais dit que...

— Je le répète, je ne savais rien. L'envie est toujours là. Elle est là, constamment. Alors ouais, j'ai bu. Il y avait quelqu'un dans ma ville. Un mec qui commettait des vols. Je l'ai attrapé. J'ai bu son sang. J'ai bu plus que je ne l'aurais dû et je l'ai tué. Et je n'aimais pas ça. Je n'aime pas...

— Quoi ? demandai-je.

— Ne pas avoir le contrôle, déclara-t-il. C'est ce que le sang provoque. Il nous retire notre contrôle.

— Tu as transformé ce mec ? Celui qui commettait des vols ? Est-ce que sucer son sang l'a transformé ou est-ce qu'Hollywood avait raison à propos du fait qu'il faut sucer chacun à son tour pour y arriver ?

— Non, ils ont plus ou moins raison. Le démon vit dans le sang, donc prendre leur sang ne suffit pas, en revanche ça fonctionne quand on les pousse à boire notre sang.

— Tu peux marcher sur un sol sanctifié ? Tu étais à la messe ce matin.

— Oui, bien sûr. Pour l'instant, en tout cas. Comme je l'ai dit, les choses changent lorsqu'on vieillit. J'ai rencontré un vampire qui avait plus de mille ans. Il n'est pas fou. Il a limité sa consommation de sang, mais il ne peut pas sortir au soleil, il ne peut pas rentrer dans une église, et l'eau

bénite le brûle carrément. Mais il se nourrit surtout d'animaux et ce n'est pas un barjot.

Il nous regarda, Allie et moi.

— Il y a beaucoup de barjots, dehors.

Il baissa les yeux un moment et je levai la main avant
qu'Allie puisse poser une autre question, puisque j'étais
certaine qu'il se demandait s'il devait nous faire une confes-
sion ou non.

Après un moment, je sus que j'avais raison.

— Le vampire qui m'a transformé, déclara-t-il doucement, il était habillé en prêtre. Il avait le col d'ecclésiastique
et tout, vous voyez ? Je ne le comprends toujours pas. Je ne
sais pas comment il aurait pu être prêtre.

— Eh bien, il devait faire semblant, déclara Allie.

— Oui, peut-être.

Jared haussa les épaules.

— Oui, il devait faire semblant, répéta-t-il.

Mais quelque chose dans sa voix me faisait penser qu'il
n'y croyait pas réellement.

Je croisai le regard d'Eddie. Je savais qu'il avait entendu
les mêmes histoires que moi. Des histoires de prêtres-
vampires. Ceux qui combattaient les démons en devenant
démons, se sacrifiant en fin de compte pour le bien
commun, mais en tuant leurs frères vampires par la même
occasion. Si c'était vrai et qu'il ne s'agissait pas simplement
d'une rumeur, certains d'entre eux auraient sûrement
succombé aux pouvoirs du vampire, sacrifiant leur devoir
d'éradiquer les créatures de sorte à en devenir une eux-
mêmes.

Cette idée me fit frissonner. J'avais géré de nombreux
vampires dans ma carrière. Comme Jared l'avait dit,

comparé aux démons qui infiltraient la société, ils étaient rares.

— ... ta force ?

J'avais perdu le fil de la conversation, mais je le rattrapai rapidement quand Jared répondit :

— Oui. Comme je l'ai dit, je ne bois pas de sang humain, donc je ne suis pas aussi fort. Mais je ne suis pas non plus un barjot. Je considère que c'est gagnant-gagnant.

— Pourquoi es-tu au lycée, déjà ?

— Qu'est-ce que je peux faire d'autre ? Je dois grandir, du moins, autant que je le peux. Enfin, je peux me faire passer pour quelqu'un de vingt-deux ou vingt-trois ans, peut-être, mais après je dois déménager et tout recommencer.

— Déménager ? s'enquit Allie. Tu habitais où avant ?

— Oui. Je peux acheter de faux documents. J'ai, sur papier, un parent qui n'est simplement jamais là. Comme ça, je peux m'occuper de toutes les questions bancaires. La plupart du temps, j'ai vingt et un ans. C'est plus facile de cette manière. Je n'ai que dix-sept ans, aujourd'hui, officiel-lement, parce que je voulais aller au lycée Corona. Et j'ai déménagé ici après Vegas. Il y a beaucoup de vampires à Vegas. Et ce ne sont pas tous des tarés.

— Tu as déménagé l'année dernière ?

— Oui, quelques mois avant la fin de l'année scolaire. Je suis venu ici en tant que deuxième année.

— Pourquoi ?

Cette fois-ci, c'était moi qui avais posé la question.

— J'ai entendu dire qu'on aurait peut-être besoin de moi. Qu'il y avait beaucoup de boulot. Beaucoup de démons.

— Qui te l'a dit ? demandai-je.

Il me regarda droit dans les yeux.

— C'est ce que j'ai entendu dire.

J'envisageai d'insister, mais décidai de ne pas le faire. La confiance demande du temps, après tout, et je comprenais pourquoi il ne me faisait pas encore confiance, tout comme je ne le croyais pas encore complètement.

— Tu n'as pas pris la peine de réduire la population démoniaque pendant que nous étions à Rome.

— Non.

— Pourquoi pas ?

— Je ne voulais pas risquer de me prendre un pieu dans le cœur. Il fallait que je puisse surveiller Allie, ajouta-t-il en la regardant dans les yeux.

Elle haussa les sourcils.

— Alors tu es simplement là pour être ma baby-sitter ?

Il haussa les épaules.

— Je veux combattre les démons. Je veux aider. Vous pouvez appeler et poser la question, mais je ne suis pas l'un de ces mauvais gars.

— Appeler et demander ?

Allie paraissait hébétée, mais je savais déjà ce dont il parlait. Curieusement, d'une manière ou d'une autre, il était connecté à la *Forza*. Et je pariais que son contact n'était pas le Père Corletti, mais le Père Donnelly.

— Pourquoi n'as-tu rien dit, avant ? demanda Allie quand Jared eut confirmé mes soupçons. Genre, l'année dernière ?

Il repoussa son roulé à la cannelle dont il n'avait toujours pas pris une bouchée.

— Je n'en sais rien. À cause de tout ça, peut-être ? Je

veux dire, ta mère est une chasseuse de démons. Qu'est-ce que tu es ? Une chasseuse de démons en formation ?

— Je... commença Allie.

— Son boulot est de me tuer, m'interrompit-il en me montrant du doigt. Il y a un démon en moi, après tout.

Allie me regarda, les yeux emplis de douleur et de peur.

— C'est ton travail ? C'est à ça que ça se réduit ?

— Oh, chérie, non, dis-je en sachant que sa question ne concernait aucunement Jared. Ce n'est pas du tout ce que signifie mon travail.

14

— Alors, qu'en pensez-vous, madame Connor ? demanda Jared. Est-ce qu'Allie et moi pouvons aller à la plage ?

— Excuse-moi ? dit Allie qui élevait la voix à cause de l'indignation. Tu viens de demander si tu pouvais sortir avec moi ?

Jared fronça les sourcils en regardant Allie, puis moi, avant de se reconcentrer sur ma fille.

— Je croyais que tu en avais envie.

— Oui, répondit-elle avec le ton sarcastique que je connaissais bien. Du moins, c'était le cas avant que tu te révèles être Dracula en mission.

— En mission ?

— Ça n'est peut-être pas si mal, ma fille, dit Eddie. J'ai travaillé avec un vampire, une fois. Une gentille fille. Un tigre dans la ch...

— Eddie ! l'interrompis-je avec un regard noir sévère.

— Eh bien, ouais, je dis simplement que les vampires

font de bons partenaires. Tout dépend s'ils aiment le sang, comme l'a dit le gamin.

— Ce n'est pas un gamin, lui fis-je remarquer. Loin de là.

Étant donné qu'Allie était intéressée par l'idée de fréquenter Jared et d'en faire son petit ami, il fallait que je tue cette idée dans l'œuf.

— Non, je ne le suis pas, déclara-t-il. C'est pour ça que je peux te protéger.

Il lança un regard sévère à Allie.

— Tu n'as pas à t'inquiéter si je suis dans le coin.

— Je n'ai pas besoin de ta protection.

Je pouvais entendre l'indignation se muer en furie.

— D'accord...

Il fit traîner ce mot comme un adolescent typique qui avait moins d'un siècle.

— Tu as probablement raison. Mais tu peux me poser des questions. J'ai probablement beaucoup de choses à t'enseigner.

— Je ne veux rien de ta part, pour l'instant.

Elle s'éloigna de la table et se leva.

— Je te verrai à l'école en septembre. Maman, je dois faire quelques trucs dans ma chambre.

Sur ces mots, elle quitta la cuisine en trombe et en soupirant.

De l'autre côté de la table, Jared nous regarda, les yeux écarquillés, Eddie et moi.

— Quoi ? Qu'est-ce que j'ai fait ?

Je combattis mon envie de secouer la tête. Ce pauvre garçon ignorant. Comment avait-il pu parcourir cette terre pendant plus d'un siècle et ne pas comprendre la population féminine ?

— Tu as eu dix-sept ans la majeure partie de ta vie et tu n'en sais vraiment rien ?

Eddie n'avait apparemment aucun scrupule à pointer du doigt les erreurs de ce garçon.

— Quoi ? Elle a besoin de plus d'entraînement. Elle doit se retrouver sur le terrain. Je peux travailler avec elle. Je peux l'aider. Je peux sortir avec elle et l'aider à vivre d'honnêtes expériences de chasse aux démons.

— Il y a tant de choses qui déconnent dans cette phrase, dis-je. Primo… non, oublions ce premier point.

Si je disais à ce garçon qu'Allie le considérait comme un petit ami potentiel, elle n'arrêterait jamais d'en parler.

— Ce que je veux dire, c'est que je ne te connais pas assez pour te laisser l'emmener en excursion pour chasser le démon, si vous n'êtes que tous les deux.

— Mais c'est le scénario parfait. On aura l'impression qu'elle sort avec un mec de son école. Vous voulez qu'elle ramène son amie ? Comment s'appelait-elle ? Eliza ? Celle de l'Église ?

— C'est ma cousine.

— Alors, elle est au courant ?

— Oui. Et elle pourrait t'abattre si nécessaire.

Il grimaça.

— Ce ne serait pas nécessaire. Mais invitez-la.

— Elle ne sera pas disponible pendant quelques jours.

Ses épaules s'affaissèrent sous le coup de la défaite.

— Écoutez, je veux simplement m'assurer qu'Allie est en sécurité. Si elle est ce que la rumeur prétend, elle va devenir importante.

Je réprimai un frisson.

— Qu'est-elle, selon toi ?

Il me lança un sourire tordu, l'air à nouveau tout jeune.

— Honnêtement ? Je ne sais pas vraiment. Une nouvelle race, j'imagine. Mais il est clair que la population démoniaque grouille à cause d'elle. Ils sortent pour elle, vous le savez, n'est-ce pas ? Parce que si vous ne le savez pas, vous le devriez. Elle a besoin de quelqu'un pour surveiller ses arrières, constamment. Et quoi de mieux qu'un petit ami ?

Je soupirai. Pour le meilleur ou pour le pire, je croyais ce qu'il disait.

— Écoute, ce n'était pas un plan stupide, du moins, si l'on suppose que je te fais confiance, ce dont je ne suis toujours pas sûre. Mais tu t'es peut-être tiré une balle dans le pied si ton but ultime est de sortir avec Allie pour la protéger et l'entraîner.

— Que voulez-vous dire ?

Les hommes. Certaines choses ne changent jamais.

— Jared... Tu ne comprends pas ? Elle t'apprécie. D'une certaine façon. Et elle pensait que tu l'aimais aussi de cette manière-là.

— Oh.

Il resta assis là un moment.

— Oh. Oui. Eh bien, j'imagine que c'est gênant.

Je soupirai. À côté de moi, j'eus l'impression qu'Eddie s'apprêtait à éclater de rire. Je lui lançai un regard sévère et il se calma immédiatement. Soupirant, je reportai mon attention sur Jared.

— Écoute... accorde-nous un peu de temps, d'accord ? Tu as un nunméro de téléphone ?

— Euh, oui, bien sûr.

Eddie rit de vive voix.

— C'est un vampire, pas un Luddite.

Un vif coup de klaxon interrompit la conversation avant que je puisse dire à Eddie que je ne demandais pas vraiment au garçon s'il était en phase avec la technologie.

— C'est mon chauffeur, dit le vieillard. Tu me tiendras au courant plus tard. Habituellement, je ne voudrais pas louper un bout de cette tragédie, mais ce soir, j'ai moi-même prévu un peu d'action.

Il remua les sourcils en se levant.

Il tapota ses poches, à la recherche de son portefeuille et de ses clés. Je reportai mon attention sur Jared.

— Tu devrais y aller aussi, dis-je. Je te contacterai. Il faut que je parle à Allie. Et il faut que j'en discute avec mon mari. Ensuite, il faut que j'en parle à son père. Tu comprends, n'est-ce pas ?

Il hocha la tête.

— Et après tout cela, il faut que j'en discute avec le Vatican.

Je lui lançai le genre de sourire qui aurait pu être à la fois une invitation et une menace.

— J'imagine que je suis juste l'une de ces mères trop protectrices.

— Oui, dit-il. Mais je crois que la plupart des mères ne demandent pas au Vatican de faire des vérifications sur des adolescents.

— Je n'ai pas travaillé directement avec ce vampire, me dit le Père Corletti. Mais je le connais. Au fil des ans, le Père Donnelly a développé un réseau d'espions. Ce garçon, ce vampire, en fait partie. Apparemment, il a même aidé votre monsieur Duvall, la version démoniaque, à faire passer la clé en douce de la Californie jusqu'à Rome.

— Vraiment ?

Nous avions rencontré Thomas Duvall à Rome et avions appris qu'il avait rejoint le camp des gentils une fois qu'il avait été empalé dans l'œil par l'un des méchants. Sa mission avait été de cacher la clé pouvant ouvrir le portail des enfers aux yeux des sbires démoniaques qui essayaient de le faire.

— Il a vraiment travaillé avec Duvall et ce contingent ?

— C'est ce que m'a dit le Père Donnelly.

— Le Père Donnelly ? répétai-je en sentant un poids se former dans mon estomac.

Je ne faisais pas confiance à cet homme. C'était lui qui avait travaillé avec les parents d'Eric dans le but fou d'engendrer le Chasseur de Démons ultime. Franchement, j'aurais cru qu'un prêtre savait qu'il valait mieux ne pas se prendre pour Dieu. Le fait qu'il ait joué ce rôle avec mon mari et ma fille m'agaçait d'autant plus.

— Je sais que tu ne lui fais pas confiance, *mia cara*, mais nous devons tous être pardonnés pour nos bévues. Son cœur était bon et son but, comme le nôtre, est de retenir le mal qui veut envahir ce monde.

— Peut-être, dis-je. Honnêtement, quand il s'agit de cet homme, je n'en suis pas toujours si certaine.

— Moi, si.

Je ne répondis rien.

— Katherine ?

— Je vous fais confiance, mon Père. Vous le savez. Mais je crois que vous vous trompez à ce sujet.

— Alors nous devrons accepter que nous ne sommes pas d'accord. Mais si tu me fais confiance, j'espère que tu m'offriras au moins le bénéfice du doute.

Je fermai les yeux, n'appréciant pas la tournure que prenait cette conversation. Parce que je faisais confiance au Père Corletti. Ce gentil prêtre était la personne qui ressemblait le plus à un père pour moi et je l'aimais de tout mon cœur.

S'il disait que je pouvais faire confiance au Père Donnelly, alors je ferais de mon mieux pour trouver une façon d'y arriver. Mais ça ne voulait pas dire que ce serait facile.

— Et ce vampire ? insistai-je. Vous ne le connaissez pas du tout ? Il n'est qu'un des espions du Père Donnelly ? Comment puis-je lui faire *confiance* ? Pour ce que j'en sais, il aurait pu duper le Père Donnelly.

Le gloussement rauque du Père Corletti me submergea.

— Je sais que tu n'as pas une haute estime du Père Donnelly. J'aurais aimé que cela se passe différemment, *mia cara*. Mais je dois te dire que tu peux faire confiance à ce garçon, puisque le Père Donnelly lui fait confiance.

Je ne l'avais pas voulu, mais je ricanai, incrédule.

— Je ne sais pas, mon Père. Je ne crois pas pouvoir y arriver.

— C'est l'une de tes plus belles qualités, Katherine. Tu as la foi et pourtant, tu ne prends pas le monde pour acquis.

Néanmoins, mon enfant, un jour ou l'autre, nous devons faire le choix de croire que non seulement le bien existe, mais nous devons le voir quand nous regardons le monde. Nous avons tous la capacité d'être une bonne personne, peu importe ce qu'il y a en nous.

— Vous le croyez vraiment ?

— Si Dieu a créé l'univers, alors Il doit avoir créé les démons également. Ainsi, la possibilité existe. Tu devrais le savoir mieux que quiconque.

Je fermai les yeux, songeant à Eric et à Allie.

— C'est le cas. Mais on parle de mon bébé. Et s'il... et si on avait tort. Et s'il... Et si on se trompait ? Et si Jared essayait seulement de la mettre à l'écart ? Qu'il essayait de la capturer ? Qu'il essayait de lui faire du mal ?

— Elle s'entraîne, dit le Père Corletti. J'ai vu ses capacités et Marcus m'a dit à de nombreuses reprises à quel point elle l'impressionnait. Ses aptitudes, sa force... Elle a surpassé ses attentes. Nous devons en apprendre encore plus, bien sûr, mais ta fille n'est pas faible. En fait, je crois que...

— Quoi ? À quoi pensez-vous ?

Je savais à quoi *je* pensais. Je songeais à ce qu'il venait de dire sur le fait qu'elle surpassait les attentes de Marcus.

Allie s'était entraînée avec lui pendant les semaines suivant la fermeture du portail et précédant notre retour de Rome. Je lui avais raconté ce que nous avions fait en termes d'entraînement à San Diablo, ce qui ne représentait franchement pas grand-chose.

Si elle avait surpassé cela, si elle avait été aussi forte et agile que dans cette salle dans les sous-sols de Rome, alors je pense qu'il était juste de dire que quelque chose lors de cette journée avait fait remonter à la surface des capacités qui sommeillaient en elle.

Mais j'ignorais si c'était pour le bien ou pour le mal. Comme le Père Corletti l'avait dit, je ne pouvais que croire. Je ne pouvais qu'avoir foi.

Et je choisis de croire que ses aptitudes étaient faites pour le bien.

Je me rendis compte que le Père n'avait pas répondu à ma question

— Mon Père ? Qu'en pensez-vous ?

— Je pense qu'elle est plus puissante que nous ne nous en rendons compte.

— Oui. Moi aussi.

Je soupirai.

— Alors pourquoi ça ne me réconforte pas ? ajoutai-je.

— Tu es sa mère, Katherine. Tu veux la protéger. Ça ne changera jamais. Mais tu ne peux pas toujours le faire. En fait, tu n'as jamais vraiment pu le faire. Tu ne pouvais faire que de ton mieux.

Je fermai les yeux.

— Vous dites que je n'ai plus d'excuses ? chuchotai-je.

— Peut-être.

— Peut-être ? Vous voyez autre chose ? Ce vampire adolescent a un siècle de plus qu'Allie, mais les gens vont penser qu'ils sortent ensemble. Et pour ne rien arranger, elle a un énorme coup de cœur pour lui.

Le Père Corletti gloussa.

— J'ignore comment te guider, à part en te disant qu'il a dix-sept ans tout en étant plus âgé que ça. Allie a quinze ans, mais elle est plus âgée également.

— Alors vous n'avez aucun problème avec ça ?

J'éloignai le téléphone de mon oreille et le regardai, bouche bée.

— C'est une adolescente. Elle a un coup de cœur pour un garçon plus âgé. N'est-ce pas souvent ainsi que cela se passe pour les lycéennes ?

Il n'avait pas tort. Mais en même temps, ce n'était pas comme si Allie avait un coup de cœur pour un professeur.

Comme pour répondre à ma question tacite, le Père Corletti poursuivit.

— C'est un vampire qui a plus d'un siècle et qui veut protéger une jeune femme avec des capacités incroyables. Ne crée pas de problèmes qui n'existent pas.

— Peut-être...

À vrai dire, autour de la table de cuisine, j'avais clairement eu l'impression qu'Allie avait un coup de cœur pour lui, mais Jared avait semblé réellement ignorant quand elle était partie en trombe.

Somme toute, je ne savais pas quoi penser. La seule chose dont j'étais certaine, c'était que le Père Corletti avait raison. Je ne pouvais protéger Allie pour toujours.

Il me fallait de l'aide pour faire mon travail, et c'était aussi son cas.

Au bout du compte, j'allais simplement devoir lui faire confiance.

Et ce n'est jamais aussi facile que ça en a l'air.

Je tapotai doucement à la porte d'Allie avant de l'ouvrir lentement.

— Salut, chérie. Je peux entrer ?

Je n'obtins aucune réponse, donc je décidai tout de même d'entrer. Il fallait que je prenne des nouvelles de mon bébé, après tout.

Je fis un pas à l'intérieur, puis un autre. La pièce était sombre, les volets fermés chassaient le soleil de ce dimanche après-midi. J'entendis ensuite le plus léger des bruissements de vêtements contre les draps, et je fis un petit pas sur le côté pour me rapprocher du lit. Je m'assis au bord, mon regard s'ajustant enfin à l'obscurité, et je la vis blottie sur le lit, en train de serrer son chien en peluche préféré.

— Je croyais qu'il m'aimait bien...

— Je crois que c'est le cas.

Elle remua et le matelas bougea alors qu'elle se relevait et appuyait sur le bouton de sa lampe de chevet tamisée. Même dans l'ombre relative, je voyais bien qu'elle avait pleuré.

— Il pense simplement que je dois être protégée. Mais je peux prendre soin de moi. Et pourquoi voudrait-il me protéger, déjà ? C'est un foutu vampire.

Je posai une main sur son genou pour l'apaiser.

— Comme il l'a dit, il aime ce monde. Tout comme un tas de démons, en réalité. Mais ça nous indique quelque chose, n'est-ce pas ?

Elle fronça les sourcils.

— Je ne sais pas.

— Si, Allie, tu le sais. Je sais que c'est douloureux. Je sais que tu apprécies ce garçon et désormais, tu ne sais même pas vraiment si tu peux lui faire confiance. Pour ce que ça vaut, je crois que tu le peux. Mais peu importe tes émotions, tu dois les réprimer. Tu dois penser comme une Chasseuse, chérie. C'est ce que le Père Corletti t'a dit, et Marcus aussi, n'est-ce pas ?

À la mention du prêtre et de l'entraîneur de la *Forza*, elle acquiesça.

— Oui. Tu as raison.

— Et donc ? insistai-je.

Elle soupira bruyamment, comme elle le faisait quand je lui demandais de vider le lave-vaisselle, même si elle préférait regarder la télé.

— Cela nous indique que peu importe la mauvaise chose qui se prépare, c'est du genre « fin du monde ». Comme ce que l'ouverture du portail aurait provoqué.

— Exactement, dis-je, aussi fière que possible de ma fille. Comment en es-tu arrivée à cette conclusion ?

Mon regard s'ajusta à l'obscurité et je la vis lever les yeux au ciel, évidemment frustrée de mon passage du mode maman au mode professeure. Néanmoins, elle ne se plaignit pas à voix haute. Elle déclara plutôt :

— Parce que c'est ce que tu as dit. C'est un vampire. Mais il aime ce monde. Ce qui signifie qu'il va combattre les autres démons qui veulent l'anéantir et transformer cet endroit en un genre d'horrible dimension infernale.

— Exactement.

— Et tu lui fais confiance ? me demanda-t-elle.

— Il a travaillé avec Duvall, dis-je. Le démon Duvall, je veux dire.

— Vraiment ?

Elle se redressa sur son lit.

— Eh bien, ça le met dans le camp des gentils. Tu en es sûre ?

— C'est ce qu'a dit le Père Corletti.

— Waouh. J'imagine que ça signifie qu'on peut vraiment lui faire confiance, déclara Allie.

— On dirait.

— Alors, j'imagine qu'on va le laisser jouer au baby-sitter avec moi, puisque c'est tout ce qu'il veut faire.

Elle renifla.

— Je croyais qu'il m'aimait bien.

Je tendis la main vers elle.

— Je le sais, ma chérie. Mais n'est-il pas un peu vieux pour toi ?

Elle retomba contre la tête de lit.

— Peu importe. Ça n'a pas d'importance. Il me voit simplement comme quelqu'un qu'il doit protéger. Ce n'est pas comme s'il m'appréciait.

— Hé, je t'apprécie. Et je sais que tu peux prendre soin de toi, mais je pense quand même que tu dois être protégée.

— Ce n'est pas exactement ce que je veux dire, maman.

— Ah bon ?

Elle soupira à nouveau et ne dit rien. Elle attendit simplement.

Il ne lui fallut pas longtemps.

— Tu le penses vraiment ? s'enquit-elle.

— De quoi ?

— Tu penses vraiment que je peux prendre soin de moi ?

Je tendis les mains et saisis les siennes.

— Oui. Mais ça ne signifie pas que tu as déjà tout appris. Sur la façon de te battre, bien sûr, mais aussi sur ça.

Je lui pris la main et la serrai contre son cœur.

— Tu es une enfant remarquable. Je suis vraiment fière de toi.

Elle sourit et son visage entier sembla s'illuminer.

— Merci, maman.

Nous échangeâmes un rapide sourire, avant qu'elle se mette à froncer les sourcils.

— Oh, non. Qu'est-ce que j'ai dit ?

— *Enfant.*

Je réprimai mon envie de rire.

— Eh bien, de mon point de vue, quinze ans, c'est toujours un enfant. Ou préfères-tu jeune femme ?

— Il n'est que dans la classe au-dessus de la mienne, mais il croit carrément que je suis une enfant.

— Une classe et environ cent dix ans de plus que toi.

Elle leva les yeux au ciel, comme si ces chiffres ne voulaient rien dire.

— Il n'y a rien de mal dans le fait d'aimer un mec qui est un peu plus mature.

— Allie...

Elle demeura silencieuse et des picotements d'avertissement dansèrent sur ma peau.

— Il est vraiment trop vieux pour toi, lui fis-je remarquer. Sans parler du fait que c'est un vampire.

Elle me fixa du regard, son expression ne trahissant aucune réaction.

Je soupirai et tentai de sortir l'artillerie lourde.

— En fait, tu vieillirais et lui non. Tu as vu *Highlander*, non ?

— Hein ?

— *Highlander*, répétai-je visiblement choquée par son regard impassible. Tu ne l'as vraiment jamais vu ?

— C'est l'un des très vieux films que tu aimes ?

— Très vieux ? Non. Mais il n'a pas été produit ces cinq dernières années, si c'est ce que tu veux dire.

— Il craint ?

— Allie !

— Alors ?

— Je comprends que tu ne sois pas de la meilleure des humeurs, mais ne critique pas l'un de mes films préférés.

Sa bouche tressaillit.

— Est-ce l'un de ces films qui n'existent qu'en VHS et que tu gardes dans un carton au grenier ?

— Là, tu es juste désagréable, dis-je.

Elle éclata de rire. Étant donné que j'étais venue pour lui remonter le moral, c'était une bonne chose.

— Il y a de bonnes scènes de combats. On pourrait les décortiquer. En plus, il y a Sean Connery, ce qui n'est jamais une mauvaise chose.

— Ah ouais ?

— Est-ce que je te mentirais ?

— Tu pourrais le faire.

— En fait, pourquoi n'irions-nous pas voir si on le retrouve ? Je suis sûre que je l'ai rangé quelque part, sinon, on peut le louer ?

— Une après-midi devant un film ? On peut préparer du pop-corn ?

— Pourquoi pas ? On va passer un samedi paresseux. Mais il faut que je couche Timmy pour sa sieste ou que j'aille voir si Laura veut bien le garder. Dans cette famille, il apprendra bien assez tôt à se battre et à utiliser des objets pointus, mais plus on pourra retarder cela, mieux ce sera.

— Je vais appeler Tante Laura et m'occuper de lui

pendant que tu trouves le film. Mindy peut venir regarder aussi ?

— Pourquoi pas ?

— Génial. Et maman ? ajouta-t-elle en se levant du lit. Je t'aime.

Je me dis que c'était là ce qui comptait réellement.

La demeure Greatwater de San Diablo était autrefois une demeure majestueuse qui était sérieusement tombée en décrépitude à cause de la négligence du propriétaire avant que mon mari et son partenaire en immobilier, Bernie Dorsey, l'achètent pour investir. Désormais, elle était franchement délabrée à cause des singeries de cette pétasse de Lilith qui avait tout mis en œuvre pour revenir sur Terre, mais également pour implanter son petit ami dans mon premier mari.

Bâtie durant l'âge d'or hollywoodien par un producteur de films légendaire qui n'avait pas lésiné sur les moyens, cet endroit était gigantesque, avec une immense entrée lumineuse grâce aux baies vitrées du sol au plafond qui offraient une vue magnifique. La maison en elle-même était située sur l'une des nombreuses collines de San Diablo, et l'horizon était incroyable, englobant à la fois la cathédrale Sainte-Mary et le cimetière de San Diablo, sans parler de l'océan au-delà.

Il y avait même un escalier à colimaçon partant du

balcon principal pour rejoindre le cimetière. Qui n'aurait pas envie d'avoir un accès direct à l'endroit où reposent les morts ? C'était certainement le cas de Theophilus Monroe, puisqu'il était le propriétaire ayant fait installer cet escalier. Membre de la famille du fondateur de la ville, Theophilus était un peu une brebis galeuse, puisqu'il s'essayait à la magie noire et avait aménagé plusieurs endroits du manoir.

Je n'étais pas venue ici depuis que nous étions rentrés de Rome, et maintenant, je traversais la maison, jugeant les dégâts. L'escalier abîmé, le balcon en train de s'effondrer, le parquet creusé et le carrelage arraché. Des marques de brûlures se voyaient sur les murs et le plafond, les fenêtres étaient fissurées et couvertes de bâches en plastique.

J'observai le tout, et même si elle était dans un état horrible, j'étais encore plus heureuse d'avoir décidé de venir aujourd'hui. Attendre une livraison était le moins que je puisse faire, surtout que je m'y sentais quelque peu obligée. Tous ces dégâts avaient été causés par des démons, après tout. Allie et Mindy étaient avec moi aujourd'hui, et cette dernière n'était pas revenue depuis ce jour horrible où nous avions bêtement cru que la chambre forte qui avait été construite afin de se protéger des démons serait assez forte pour nous protéger de monstres comme Lilith. Nous nous étions trompés, comme l'attestait clairement l'état de la maison.

— Waouh, dit Mindy en observant l'entrée. J'imagine que la chambre forte est dans un état encore pire.

— Tu étais là, lui rappela Allie.

Mindy acquiesça avant de passer ses bras autour d'elle.

— Je crois que mon cerveau en a bloqué une grande partie.

— Ça ne te dérange pas d'être ici ? demandai-je doucement. C'est parfaitement sûr, à présent.

Au moment où les mots sortirent de ma bouche, j'aurais voulu les reprendre. Lilith était derrière tous ces problèmes ayant causé tant de dégâts à cette belle demeure. Et elle reprenait désormais du service. Pouvais-je vraiment dire qu'un quelconque endroit était sûr ?

— Je vais bien, Tante Kate. Tout va bien.

Elle regarda en direction d'Allie.

— C'est le bazar à l'étage ?

— Je ne sais pas, ça l'est ? demanda Allie en me regardant.

À vrai dire, je l'ignorais.

— Pourquoi n'irions-nous pas le découvrir ?

Je jetai un coup d'œil à ma montre.

— J'ai au moins une demi-heure avant l'arrivée supposée de la livraison. Allons constater les dégâts dans le reste du manoir.

Je passai l'entrée et avançai vers un immense escalier menant au premier étage, Allie et Mindy me suivant en chuchotant. Je continuai de les entendre pendant que nous montions les marches.

C'est assez flippant, mais c'est aussi assez cool !

Je sais, hein ? Tu imagines toutes ces fêtes hollywoodiennes ?

Et ce mec barjot qui faisait de la magie noire ? Il organisait probablement des séances de spiritisme !

Je souris discrètement. Je ne savais pas vraiment si je devrais être ravie ou perturbée que ces deux filles trouvent cool la demeure flippante qui avait presque été détruite par un démon puissant, mais je décidai d'en être contente. Cela prouvait qu'elles étaient résilientes et il valait mieux ça plutôt que de juger qu'elles étaient folles.

— Tu viens, jeudi ? entendis-je Mindy demander à Allie.

Je résistai à l'envie de les regarder. Je continuai plutôt à les espionner alors que nous avancions sur le palier en direction de la salle de bal qui se révélait derrière une double porte au milieu du couloir.

— Tu plaisantes ? s'enquit Allie. Évidemment que je viens. Tu es la star d'une satanée comédie musicale.

Le jeudi était l'avant-première pour les amis et la famille. Le vendredi était leur jour de repos et le samedi était la grande première de la comédie musicale de la ville, *Into the woods*, dans laquelle Mindy avait le rôle principal de la femme du boulanger.

Je les écoutai parler, Allie disant à Mindy à quel point elle était enthousiaste pour elle, tandis que celle-ci lui répondait qu'elle avait hâte que sa meilleure amie et sa famille soient là pour l'avant-première et la grande première.

— Mon père vient même samedi. Tu y crois ?

Malgré la venue de Paul en ville, chose dont Laura ne serait pas ravie, je ne pus m'empêcher de sourire. À une époque, un fossé s'était creusé entre les filles. Allie avait réussi à intégrer le groupe des pom-pom girls, contrairement à Mindy. Pendant un moment, j'avais craint que le chemin entre nos maisons ne soit plus jamais utilisé. Puis, heureusement, nous nous étions rendu compte que Mindy était comme une mini-Celine Dion. Elle excellait à la chorale, obtenait des rôles dans la comédie musicale de l'école et trouvait sa voie. Mindy avait été un peu jalouse d'Allie et des pom-pom girls, tandis qu'Allie avait été un peu jalouse du chant de Mindy. Tout s'était équilibré au fil du temps.

Désormais, cependant, je devais me poser la question. Est-ce que le fait qu'Allie ait reçu des aptitudes spéciales de chasseuse de démons allait à nouveau changer la dynamique ? D'après ce que j'en savais, Allie devait encore parler de toute cette situation avec sa meilleure amie. Ce qui signifiait que, pour l'instant, elles étaient plus ou moins au point d'équilibre, selon le point de vue de Mindy. Elles étaient toutes les deux des adolescentes ordinaires apprenant à se battre. Toutefois, je ne pouvais m'empêcher de me demander comment cette révélation altérerait leur amitié. J'espérais que ce ne serait pas le cas, mais je savais qu'il valait mieux ne pas croire que la route serait facile.

Je marquai une pause devant les doubles portes et attendis que les filles me prêtent attention.

— Vous y êtes déjà rentrées ?

Elles échangèrent un regard et secouèrent la tête.

— C'est une pièce géniale, déclarai-je avant d'ouvrir les portes d'un mouvement exagéré. *Tada* !

— Waouh, dit Allie avec autant d'enthousiasme que je l'espérais. C'est immense.

Elle jeta un coup d'œil à la pièce vide qui, comme j'étais ravie de le voir, n'avait subi aucun dommage pendant la crise de colère de Lilith.

À vrai dire, la pièce n'était pas totalement vide. Il y avait des tables entourées de chaises renversées. Il y avait même quelques matelas par terre, même s'ils n'avaient pas leur place dans la salle de bal. Cet endroit avait sans doute été un refuge pour vagabonds au fil des ans.

Cette pièce était caverneuse et à l'arrière, elle s'ouvrait

sur une petite zone pour la préparation des repas. Des marches reliaient cette zone de service au tunnel souterrain permettant de rejoindre la cuisine à l'autre bout de la maison.

J'explorai cet endroit pendant que les filles restaient dans la pièce principale et s'entraînaient à garder la forme et à donner des coups de pied. Lorsque je revins, Allie venait d'exécuter un coup de pied en rotation et Mindy l'avait esquivé comme une pro.

— Bravo, les félicitai-je.

J'étais impressionnée qu'elles aient tant progressé lors de leur entraînement. Je notai mentalement de demander à Laura quand Cutter reviendrait. Non seulement je voulais qu'il recommence à travailler avec les filles, mais il fallait que j'organise les cours d'autodéfense que j'avais créés pour les femmes du quartier.

— Allie ! criai-je.

Je me rendis compte qu'elle était passée des coups de pied d'entraînement au lancer de couteaux, qu'elle transportait toujours sur elle, contre le mur du fond.

Elle me regarda, les yeux écarquillés.

— Quoi ? Ce mur est foutu.

J'avançai vers le mur en question et appuyai ma main dessus.

— Le plâtre est en parfait état. Tout ce dont nous avons besoin, c'est d'une couche de peinture, donc tu ne vas pas faire d'entailles et de trous dedans. Stuart nous punirait toutes les deux.

— D'accord, dit-elle avant de soupirer. Bref.

Je m'obligeai à ne pas sourire, mais je ne pus m'empêcher de me demander combien de mères avaient eu cette conversation avec leur adolescente.

— Et ces matelas ? s'enquit Mindy.

— Oui, dit Allie. On pourrait les aligner contre le mur et transformer cette pièce pour l'entraînement.

Nous n'avions pas rapporté de couteau d'Italie pour Mindy, mais Laura en avait acheté un pour sa fille pendant que nous y étions. Elle l'avait commandé sur Internet. Laura était une fan des commandes sur Internet.

— D'accord.

Honnêtement, j'étais ravie qu'elles restent occupées pendant que je descendais pour me charger de la livraison. Je jetai un coup d'œil à ma montre.

— Dépêchez-vous et je vous aiderai à vous installer. Et ne loupez pas le matelas quand vous jetterez le couteau.

— Mon Dieu, maman. On n'est pas nulles. On s'entraîne, tu te souviens ?

Je me souvins qu'Eliza avait été époustouflée quand Allie en avait récemment lancé un, pile dans l'œil d'un démon. Donc, ouais, j'imaginais qu'elle pouvait viser un matelas. J'espérais que Mindy avait au moins la moitié de ce talent.

Je commençai à les aider, mais mon portable sonna pour annoncer l'arrivée d'un message alors que les filles se précipitaient vers les matelas. Je marquai une pause pour sortir mon téléphone alors qu'elles attrapaient les extrémités de l'un d'entre eux et le mettaient sur le côté.

À l'instant où je regardai l'écran, un cri à nous percer les tympans secoua la pièce. Je levai immédiatement les yeux et vis que ce hurlement était celui de Mindy, qui reculait devant un homme barbu et maigre s'étant levé au milieu de la pile de matelas.

— Je m'occupe de lui, déclara Allie en prenant de l'élan et en se préparant à jeter son couteau.

— Arrête ! braillai-je. Tu es sûre que c'est un démon ?

— Maman !

Ses épaules s'affaissèrent néanmoins et je sus qu'elle n'en était pas encore convaincue.

— Qu'est-ce que je fais ? Qu'est-ce que je fais ?

— Qui êtes-vous ? demanda le possible démon.

— Vous êtes sur une propriété privée, dis-je. Vous devez la quitter. Ce n'est pas un centre pour sans-abri. Je suis navrée.

Le possible démon fronça les sourcils avant de hausser les épaules. Il semblait avoir la trentaine. Ses cheveux étaient sales et ses doigts, jaunes.

— C'est pas juste. Je trouve enfin un endroit où me protéger du temps et je me fais virer.

— C'est l'été, dis-je. Le temps est correct. Et il existe des abris au sud de la ville.

— Peu importe.

Il tendit la main vers la poche arrière de son pantalon, déballa un bonbon à la menthe et le jeta dans sa bouche. Il me lança ensuite un regard noir, avant d'en faire de même avec Allie qui brandissait toujours le couteau tout en articulant silencieusement « *menthe* » dans ma direction.

Ce n'était cependant pas suffisant pour le tuer.

— Ne vous mettez pas en colère, déclara le possible démon. Je m'en vais.

Alors qu'il passait devant nous, Allie glissa la main qui ne tenait pas le couteau dans sa poche arrière. Je souris, me rendant compte que je ne pouvais être plus fière lorsqu'elle sortit un spray et l'aspergea en plein visage.

Ma fille est venue préparée.

Le démon, parce qu'il s'agissait clairement d'un démon, laissa échapper des cris plaintifs alors que des papules apparaissaient sur son visage. Il plongea sur le côté avant de se diriger vers Mindy et de la tenir devant lui comme un bouclier.

— Vous ne comprenez pas ? demanda-t-il en se focalisant sur Allie. Je ne vous ferai jamais de mal. Mais cette petite pétasse ? Je lui briserai le cou sans hésiter.

Il pointa un doigt dans ma direction alors que je commençais à avancer vers lui.

— Toi aussi, Chasseuse. Si tu bouges, elle meurt. Et tu seras la suivante.

— Mais tu ne me feras pas de mal ? s'enquit Allie en faisant un pas vers lui. Pourquoi ?

Je me figeai, essayant de communiquer avec elle par télépathie pour qu'elle soit prudente et reste immobile. Un mauvais geste et Mindy mourrait.

Apparemment, je devais bosser sur mes aptitudes télépathiques puisqu'elle fit un autre pas.

— Dis-moi pourquoi.

— Vous le savez, répondit le démon.

Allie fit un autre pas vers lui.

— Non, je n'en sais rien. Que se passe-t-il ?

— N'approchez plus.

— Mais je ne comprends pas, déclara Allie. Pourquoi tu ne t'en prends pas à moi ?

Puis, avant que je me rende compte de ce qu'il se passait, Mindy ouvrit la bouche et laissa échapper une note si aiguë, intense et puissante que je fus émerveillée que les fenêtres ne se brisent pas. En revanche, le démon relâcha sa prise pour que Mindy puisse s'échapper au moment où Allie bondissait vers l'avant, sautait sur le démon et le faisait tomber sur le dos.

Un instant plus tard, son couteau se planta dans le mille et le démon fut libéré.

Et moi, seule Chasseuse de Démons de niveau cinq présente dans la pièce, j'étais restée plantée là, inutile, à les observer.

— Elles… quoi ? demanda Eric quand je lui racontai toute l'histoire moins de dix minutes plus tard.

Je lui avais envoyé un message pour qu'il vienne chercher le corps et je n'avais pu m'empêcher de lui faire une description très détaillée à l'instant où je l'avais vu.

— Apparemment, elles réfléchissaient à une façon de combiner leurs aptitudes. Utiliser la voix de Mindy comme distraction était leur plan préféré.

— Visiblement, ça a fonctionné.

— À merveille.

Je rayonnais de fierté.

— Elles voudront te le raconter, j'en suis sûre.

— J'ai hâte. Le corps est toujours à l'étage ?

— Oui. Les filles aussi. Elles s'entraînent encore dans la salle de bal.

Il fit un pas dans cette direction.

— Tu devrais peut-être attendre.

Je hochai la tête en direction des livreurs de carrelage qui m'avaient envoyé un message juste avant l'épisode du démon. Ils étaient actuellement en train de déposer à l'intérieur d'énormes paquets de carreaux de carrelage et de lattes de parquet.

— Je ne sais pas comment on expliquerait que tu transportes un corps.

— Ce n'est pas faux.

— Comment es-tu arrivé ici si vite, déjà ?

Son appartement était à l'autre bout de la ville. Je m'étais attendue à ce qu'il mette au moins trente minutes.

— J'étais déjà en route. Honnêtement, je m'attendais à voir Stuart.

Je haussai un sourcil.

— Pour un combat *mano a mano* ?

— Exactement le contraire. Je veux une trêve.

— Vraiment ?

Il fronça les sourcils dans ma direction.

— C'est un problème ?

Je secouai la tête avant de montrer un coin de la pièce quand l'un des livreurs croisa mon regard pour savoir où poser son paquet.

— Non, dis-je à Eric. Ce n'est clairement pas un problème pour moi.

— Tu es en train de dire que ça pourrait en être un pour Stuart ?

Je pouvais répondre à cette question de tant de façons et je ne savais pas vraiment lequel serait le mieux. Je commençai avec le plus évident.

— Je crois que Stuart s'inquiète un peu de la raison de ton absence à la messe d'hier.

Eric gloussa.

— Quoi ? Ton mari a peur que je ne puisse pas entrer dans la cathédrale ?

— Un peu. Mais je pense qu'il s'inquiète plutôt pour notre fille.

— Ce salaud...

J'entendis la colère dans sa voix. J'attrapai son poignet au-dessus de la main qu'il venait tout juste de serrer.

— Attends un peu. Tu veux une trêve, tu te souviens ? Il ne le comprend pas. Honnêtement, moi non plus. C'était douloureux pour toi de marcher dans la cathédrale vers la fin de cette histoire avec Odayne, tu te rappelles ? Et, oui, je sais qu'il y avait un démon en toi.

Je baissai la voix au cas où Allie écoutait, ou les livreurs, d'ailleurs.

— Mais il y a aussi quelque chose en elle. On ne comprend simplement pas ce que c'est.

— Est-ce qu'elle a eu un problème pour entrer dans la cathédrale ?

— Bien sûr que non, crachai-je. Absolument aucun.

Eric leva les yeux au ciel.

— Quoi ? demandai-je.

— Tu me fais tout un cirque pour m'expliquer exactement en quoi il est logique que Stuart s'inquiète et ensuite, tu deviens brusque avec moi quand je suggère que tu puisses être préoccupée.

— Notre fille n'est pas un démon. J'essaie simplement d'y réfléchir de manière logique.

La bouche d'Eric tressauta.

— Ne fais pas ça, Katie. Ça ne te va pas.

Je levai les yeux au ciel.

— J'en reviens à ma question de base. Pourquoi n'étais-tu pas à la messe ?

— Un imprévu, répondit-il.

— Un imprévu démoniaque ? demandai-je alors que la porte d'entrée s'ouvrait à nouveau et qu'un homme costaud poussait un chariot chargé de cartons.

L'homme en question s'arrêta brutalement.

— Démoniaque ?

— Vous avez dû mal comprendre. J'ai dit. Démo. Comme dans, on a fait des démos dans cette pièce.

Qui savait que mentir si facilement serait l'un de mes outils les plus précieux en tant que Chasseuse de Démons ?

Il jeta un coup d'œil autour de lui.

— Oui. Je vois ça.

Je signai son porte-blocs sans le lire, espérant que je ne venais pas tout juste de lui vendre la maison, puis je lui montrai un coin libre en espérant que c'était la dernière entreprise qui venait aujourd'hui.

— J'ai été attaqué, déclara Eric sans perdre une seconde une fois que le mec fut hors de portée de voix.

— Attends, tu me dis que les démons t'ont attaqué ? Sur la plage, ils t'ont appelé Sir.

— Je sais. Les démons sont de petits diables fourbes.

Je ricanai.

— Je crois qu'ils ont simplement un mauvais leader. La main gauche ignore ce que fait la droite.

— Je ne sais pas, déclara-t-il d'un ton plus sérieux, mais je n'étais pas ravi de me faire sauter dessus entre mon garage et mon appartement. Je n'ai pas de place pour un autre corps dans mon coffre, Kate. Pas jusqu'à ce que je puisse faire un saut au lycée.

— Pas même un ? Qu'est-ce que je suis censé faire avec ? Le mettre à l'arrière de mon monospace ? Pour l'emmener où ?

Son corps entier sembla s'affaisser lorsqu'il soupira.

— C'est un mec costaud ?

— Maigre. Je suppose que je peux le faire rentrer.

Il n'avait pas l'air content, mais je n'allais pas le contredire.

Alors que nous montions l'escalier, il me raconta le reste de l'histoire.

— J'ai fait un rêve, dit-il. Un rêve à propos de Lilith.

— Quoi, Lilith ?

Nous venions d'atteindre les doubles portes et je hochai la tête en indiquant que les filles étaient à l'intérieur.

— Je te le dirai plus tard.

Puisque cela ne paraissait pas urgent, j'ouvris la porte et nous regardâmes tous les deux les filles s'entraîner aux assauts. Elles s'en sortaient bien et j'étais fière de Mindy, qui progressait régulièrement. Mais les capacités d'Allie s'étaient exponentiellement améliorées.

Elle bougeait avec une rapidité et une forme qu'elle n'avait pas avant que nous allions à Rome, mais je savais que sa nouvelle expérience n'était pas le fruit de l'entraînement avec Marcus dans les entrailles du Vatican.

Que je le veuille ou non, je devais bien admettre qu'il était arrivé quelque chose à ma fille. Quelque chose qui l'avait changée. Néanmoins, je ne savais pas vraiment si c'était une bonne ou une mauvaise chose. Tout ce que je pouvais faire, c'était suivre mon instinct, comme le Père Corletti l'avait dit, et avoir foi que ma fille était fondamentalement bonne. Que toutes les aptitudes ou les pouvoirs qu'elle possédait actuellement lui avaient été donnés pour qu'elle puisse combattre les forces démoniaques voulant ravager notre monde.

Et non pas — *s'il vous plaît, Dieu, non* — pour qu'elle puisse rallier ses démons.

— Elles s'en sortent vraiment très bien, dit Eric à côté de moi.

— Je sais.

Nous échangeâmes un sourire en les regardant esquiver et parer, donner des coups de pied et effectuer des rotations ; leurs coups, leurs frappes et leurs grognements résonnant dans la pièce caverneuse.

Alors que je regardais autour de moi, je réalisai à quel point cette pièce était immense. Elles se déplaçaient sur toute sa surface et ne se cognaient jamais.

— J'espère que Mindy, Eliza et Allie pourront continuer à utiliser cet endroit avant que Stuart et Bernie le vendent. C'est presque poétique que des chasseurs de démons s'entraînent dans ce manoir alors que la raison pour laquelle elle est rénovée, c'est parce que des démons l'ont quasiment détruite.

— Oui, désolé pour ça, déclara Eric.

— Ce n'était pas ta faute, même si tu as l'impression que c'est le cas.

Il me prit la main et la serra.

— Merci.

J'acquiesçai en songeant à Lilith. J'aurais aimé qu'elle sorte complètement de nos vies. Mais étant donné ce que Jared avait dit, je craignais que nous affrontions encore cette vieille pétasse démoniaque déterminée.

J'avais envie de plaisanter. De dire à Eric que si je

pouvais m'en sortir pendant des soldes de Noël à soixante-dix pour cent, je pouvais survivre à ce que Lilith voulait nous jeter au visage.

Néanmoins, je ne pouvais le dire. C'était important et notre fille se retrouvait au milieu de tout ça.

Bien sûr, je pouvais plaisanter sur le fait que je perfectionnais mes talents diminués en m'entraînant au combat à l'épée avec des poignées Swiffer, mais ce n'était pas ce dont j'avais besoin. J'avais besoin d'épées enchantées et d'informations perdues. J'avais presque besoin d'une force inhumaine. J'avais besoin de chaque once d'entraînement que j'avais suivi dans ma vie.

J'avais besoin d'effectuer des recherches. J'avais besoin d'aide.

Je me rendis compte que j'avais tendu la main vers celle d'Eric et que cette aide était juste là.

Il serra fermement ma main et j'étais certaine qu'il savait à quoi je pensais. Notre petite fille se retrouvait au milieu de tout ça. Lui aussi, d'ailleurs. Et ni l'un ni l'autre, nous ne comprenions ce qu'il se passait.

Je savais que Stuart s'inquiétait à propos d'Eric. Qu'il s'inquiétait aussi à propos d'Allie. Mais j'étais convaincue qu'ils étaient aussi ignorants que moi.

Malheureusement, je ne savais pas vraiment si cela améliorait ou empirait cette situation.

Ce n'était pas une question que je pouvais examiner trop en profondeur, puisque les filles nous avaient remarqués et couraient dans notre direction. Allie appelait son père en criant et Mindy serrait les poings en félicitant leurs efforts, parce qu'elles avaient fait du bon boulot en bottant des fesses.

— Cet endroit est si cool, Tante Kate. Tu imagines s'il y avait des équipements, des matelas et tout ? Ça pourrait être l'un de ces endroits où les gymnastes vont vivre pendant qu'elles s'entraînent pour les jeux Olympiques. J'ai vu des documentaires, vous savez. Ces filles emménagent là-bas et elles s'entraînent encore et encore avant d'aller gagner une médaille d'or.

Les mots se déversaient de sa bouche et j'imaginai soudain une olympiade de Chasseurs de Démons. Si cela existait, j'avais le sentiment que nous étions en plein dedans.

— Ça craint vraiment que l'entreprise de Stuart et Bernie vende cet endroit et que Stuart ne l'achète pas, dit Allie. Ça aurait été trop cool de vivre ici. Tous ceux que je connais auraient pu venir ici pour des fêtes qui dureraient toute la semaine et, franchement, ce serait amusant, non ?

Elle nous regarda chacun notre tour, son père et moi.

— Vous imaginez ? On serait comme des stars de cinéma ou quelque chose du genre.

— Stuart allait l'acheter ? s'enquit Eric.

— Un caprice passager, déclarai-je. Je suis certaine que ça ne serait pas arrivé. Cet endroit est une demeure de prestige. Et maintenant, avec toutes les réparations, ce serait un investissement trop conséquent. Désormais, je pense qu'ils prévoient de la vendre à quelqu'un qui la transformera en hôtel.

— Ça craint, dit Allie.

Mindy confirma.

Honnêtement, maintenant que je me tenais là, je ne pouvais qu'être d'accord.

— Hé, madame !

La voix d'un livreur résonna dans la cage d'escalier.

— Les cartons sont tous à l'intérieur et quelqu'un veut vous parler, en bas.

Allie et Mindy recommencèrent leurs assauts, tandis qu'Eric et moi descendions pour trouver Jared au milieu d'un labyrinthe de cartons et de planches empilées.

— Jared, dis-je. Comment as-tu trouvé cet endroit ?

Il haussa les épaules. Son regard dérivant vers Eric.

— Ce n'était pas difficile.

Ce n'était pas exactement une réponse, mais je me rendis compte qu'il utilisait ses sens vampiriques pour suivre notre trace. Évidemment, il n'était pas certain qu'Eric soit au courant de cette situation. Ce qui n'était effectivement pas le cas. Pas encore.

Eric fit un pas pour se rapprocher, plissant les yeux, son corps crispé dans une posture de combat qui me surprit étant donné qu'il n'avait pas tendance à être revêche avec les adolescents. Surtout quand celui-ci étudiait au lycée où David Long enseignait.

— Je te connais, dit-il. Tu vas au Lycée Coronado.

— Oui.

Jared me jeta un coup d'œil méfiant. Je haussai les épaules.

— Euh, bonjour, monsieur Long. J'étais dans l'un de vos cours de chimie, l'année dernière.

— C'est vrai, dit Eric. Que fais-tu ici ?

À chaque mot, il se rapprochait jusqu'à finalement attraper le haut du bras de Jared pour l'attirer vers lui avec force.

— C'est quoi ce…

— Tu es un vampire, déclara-t-il d'une voix basse et dangereuse. Que fais-tu ici ?

Je vis sa main libre plonger dans sa poche arrière et même si j'ignorais ce qui s'y trouvait, je craignais que ce soit un objet en bois aiguisé.

— Non !

Je bondis et éloignai Eric.

— Tout va bien avec lui. J'ai déjà vécu ça. J'ai failli lui planter un pieu dans le cœur.

Eric me regarda avant de se tourner vers Jared.

— Tu en es sûre ?

— Absolument. Ses antécédents ont été vérifiés.

— Vérifiés ?

— J'ai parlé au Père Corletti. Il est cool. Il travaillait avec le démon Thomas Duvall.

Je ne mentionnai pas le Père Donnelly, puisque ce prêtre n'occupait pas une place très élevée dans la liste des personnes préférées d'Eric.

— Tu sais, l'étudiant de Pepperdine démoniaque qui essayait de nous donner la clé qui empêchait les enfers de se rouvrir.

— Oui.

Eric ne paraissait pas convaincu.

— Comment sais-tu que c'est un vampire, au fait ? m'enquis-je.

Eric fronça les sourcils.

— Ça a de l'importance ?

— Vous êtes Eric Crowe, déclara Jared en écarquillant les yeux. J'ai entendu parler de vous.

Eric se tenait parfaitement droit, sa posture affichant clairement que malgré ce que je venais de lui raconter grâce aux informations du Père Corletti, il ne faisait pas confiance à Jared. Pas encore.

— Mon nom est désormais David Long, comme tu le sais très bien. Que veux-tu, Jared ?

— Je veux aider Allie, déclara-t-il en me regardant.

Je demeurai silencieuse. S'il souhaitait avoir l'approbation d'Eric, il allait devoir l'obtenir lui-même.

Jared haussa les épaules, comme s'il avait lu dans mon esprit. Étant donné qu'il était vampire, je supposais qu'il l'avait peut-être fait. Certains le pouvaient, après tout.

— Je veux l'aider à s'entraîner, déclara-t-il. Je veux aider à la protéger.

— J'écoute, lui dit Eric.

— D'accord, alors voilà le truc. Lilith veut qu'elle meure. Elle sait qu'Allie est spéciale et pourrait lui faire du mal.

— Pourquoi tu ne me l'as pas dit avant ? m'enquis-je.

— Je ne sais pas. Je navigue dans le flou, comme vous. Vous ne m'avez pas fait confiance. Je me suis dit que je ne pouvais pas vous balancer ça dès le début, ce serait trop. Et je savais que vous alliez appeler pour vous renseigner sur moi. Mais maintenant que j'ai l'approbation de la *Forza*, je peux vous raconter les choses plus hardcore et vous saurez que je dis la vérité.

— Nous allons supposer que tu dis la vérité, déclara Eric. Les certitudes viendront plus tard. Les certitudes, ça se mérite.

— D'accord, dit Jared. Je promets que je gagnerai votre confiance.

— Nous verrons, déclara Eric.

Il me regarda.

— Il faut que je te parle.

Je hochai la tête et il montra Jared du doigt.

— Ne bouge pas d'un pouce.

Jared leva les mains en signe de reddition.

— Il n'arrive même pas à suivre les ordres les plus simples, me dit Eric.

— Laisse tomber, dis-je en l'attirant sur le côté.

Dès que nous fûmes hors de portée de voix — même si Jared était un vampire et avait donc une ouïe exceptionnelle, peut-être qu'il nous entendait quand même ? — je pris la parole.

— Que se passe-t-il ?

— Je t'ai dit que j'avais rêvé de Lilith, déclara-t-il.

— Oui ?

— J'ai rêvé qu'Allie était morte et que Lilith était penchée au-dessus d'elle.

Mon cœur tambourina dans ma poitrine.

— Alors tu le crois ? Quand il dit qu'Allie est celle qui peut arrêter Lilith.

— Eh bien, il a simplement dit que Lilith la voulait morte, ça correspond à mon rêve.

— Il a travaillé avec le Père Donnelly, dis-je.

Comment pouvais-je garder ce secret pour moi, à présent ?

Eric fronça les sourcils.

— J'imagine que le gamin pourrait quand même être fiable malgré cette marque noire.

Je ne répondis rien. Quand je pensais au Père Donnelly et me demandais s'il nous aidait ou nous mettait des bâtons dans les roues, je n'avais vraiment pas de réponse. Je savais ce qu'Eddie dirait, il ne faisait aucunement confiance à ce prêtre, mais je n'avais pas encore pris ma décision.

— À vrai dire, Jared est au Lycée Corona depuis presque un an. Il aurait déjà pu tuer Allie s'il le voulait.

— À moins que ça n'ait pas eu d'importance avant le voyage à Rome, me fit remarquer Eric. Elle a changé ce jour-là.

— Je sais. Mais il aurait aussi pu la tuer, ce jour-là, sur la jetée. Au lieu de ça, il a fait fuir l'autre démon.

— C'est vrai aussi, répondit Eric. S'il avait voulu qu'Allie meure, cela aurait été assez facile.

— Alors tu lui fais confiance ? demandai-je.

— Je dis qu'on pourrait lâcher un peu la corde et voir s'il se pend avec.

16

Dès que Jared entra dans la salle de bal, les filles nous supplièrent de sortir pour aller s'entraîner au lancer de couteau et au combat.

Eric et moi acceptâmes. Après l'avoir étreint pour saluer son « Oncle David » et le remercier, Allie mena Mindy et Jared dans l'escalier qui menait du balcon de la salle de bal à l'autre balcon plus large, un niveau en dessous.

Il avait été largement endommagé pendant la crise de Lilith, mais Stuart et Bernie avaient déjà apporté les réparations structurelles nécessaires aux deux balcons ainsi qu'à l'escalier en colimaçon menant au cimetière.

Les enfants prirent cette direction.

En ce qui concernait le cimetière, celui-ci était inhabituel. Non seulement sa localisation offrait une vue merveilleuse sur le Pacifique, mais il avait également été enchanté mystiquement des décennies plus tôt. D'après ce que j'en savais, il n'y avait pas toutefois d'enchantement actif pour le moment.

Je me dis que c'était une bonne chose.

Alors que les enfants s'installaient dans le cimetière et commençaient à s'entraîner avec leurs couteaux, Eric et moi les observâmes dans un silence agréable.

— Tu penses que ça va dégénérer à quel point ? m'enquis-je.

— Si Lilith est impliquée, ça pourrait être plus qu'horrible.

Sa voix était stable et il parlait sur le ton de la conversation, mais je le connaissais bien. Je savais ce qu'il avait traversé. Et je savais qu'il avait peur. Je ne pouvais lui en vouloir. Moi aussi, j'avais peur.

— On l'a déjà battue par le passé, lui dis-je. On la vaincra à nouveau.

Il pivota pour me faire face, exposant le bandeau sur son œil.

— Je te crois, dit-il. Mais à quel prix ?

Il tourna à nouveau la tête afin de pouvoir scruter le cimetière avec son œil gauche valide.

— Je n'ai perdu qu'un œil dans la bataille. Tu penses qu'on pourrait tenir le coup si on perdait notre fille ?

Je frissonnai et secouai la tête.

— Ne dis pas ça.

— Nous devons y penser.

— Non, déclarai-je fermement. Non, on n'y est pas obligés.

— Kate...

— Non.

Je pris une inspiration.

— Je comprends que tu aies envie que j'affronte la réalité. Mais je ne le peux pas. En ce qui me concerne, ce ne sera *jamais* ma réalité. Si c'est un problème pour toi, tu peux partir maintenant. J'ai besoin que tu sois à ton maximum, Eric. Il faut que tu saches que nous pouvons gagner. Si tu ne le sais pas, comment cela peut-il se produire ?

J'entendis la peur et la frustration dans ma voix, mais je m'en moquais. J'*étais* frustrée. Et j'*avais* peur. Mais j'étais aussi déterminée. Nous allions gagner cette bataille. Échouer, perdre Allie, cette idée n'avait pas sa place dans mon esprit.

— Nous allons gagner, dit-il. Nous allons gagner même si je dois me sacrifier pour qu'on y arrive.

Je fermai les yeux. J'avais envie de lui dire que ce ne serait jamais une possibilité. J'avais envie de lui dire qu'il ne pouvait pas faire ça.

Mais en réalité, évidemment qu'il le pouvait. Pour Allie ou pour moi, je savais que je ne pouvais l'en empêcher. Il se sacrifierait si c'était nécessaire. Je n'avais peut-être pas envie de le perdre, mais il s'en moquait. Il ferait tout ce qu'il faudrait pour protéger Allie. Pour me protéger. Même pour sauver le monde.

Et ce n'était que l'une des raisons pour lesquelles je l'aimais encore... et l'aimerais toujours.

— Tu n'y seras pas obligé, chuchotai-je en lui prenant la main et sachant qu'il comprenait.

Pendant un moment, il ne dit rien. Il hocha ensuite la tête en direction du cimetière.

— Ils sont doués.

— Oui. Je suis surtout impressionnée que Mindy s'en sorte si bien.

— Allie ne le remarque même pas. Ses yeux sont rivés sur ce garçon.

J'entendis à la fois de l'humour et de l'inquiétude dans sa voix.

Je soupirai.

— Elle a quinze ans. Je m'attends à ce qu'elle ait d'autres coups de cœur. Mais je préférerais vraiment que ce ne soit pas pour un vampire.

— Oui, c'est ce que disent toutes les mères, déclara-t-il en me faisant rire.

Je m'apprêtais à dire autre chose quand je vis un éclat rapide et blanc bondir derrière une grande pierre tombale. Il renversa Mindy et je vis le reflet du métal quand la créature — je supposais qu'il s'agissait d'un genre de démon en survêtement blanc — commença à agiter un couteau.

En un instant, Jared se projeta vers l'avant avec une telle vitesse que je faillis me demander s'il avait volé. Il poussa le démon et ils s'effondrèrent tous les deux alors qu'Allie se précipitait pour attraper Mindy par les bras et l'aider à se relever.

Une seconde plus tard, Jared avait planté le couteau du démon dans l'œil de celui-ci. Je vis la brillance familière de l'essence démoniaque quitter le corps, abandonnant le cadavre et la coquille vide derrière.

Je me rendis compte que ma main était engourdie tant Eric la serrait.

Jared s'approcha d'Allie et Mindy avant de parler à cette dernière. Je ne pouvais rien entendre, mais elle hocha la tête, encore plus bouleversée que lui.

Allie se jeta sur lui et l'étreignit. Il le fit en retour, une réaction qui me crispa, mais dans ces circonstances, c'était parfaitement logique.

Un instant plus tard, ils regardèrent tous les trois dans

notre direction, ne se rendant compte que maintenant que nous les observions.

— Hé, papa ! Tu as vu notre boulot avec le couteau ?

Dès que les mots franchirent ses lèvres, elle grimaça.

— Euh, je veux dire Oncle David. Désolée.

Eric se frotta les tempes.

— J'imagine que Jared connaît la vérité, maintenant, marmonna-t-il.

— Il connaissait ton nom, tu te souviens ? Il en sait beaucoup. Je veux savoir pourquoi.

— On peut aller en patrouille ? nous demanda Mindy. Tout ira bien pour nous. Vous l'avez vu. Jared s'en assurera.

Je regardai Eric.

— Qu'est-ce que tu en penses ?

— Oui, répondit-il lentement. Je pense que c'est bon.

— Vraiment ? Tu en es sûre ? J'hésite.

Il jeta un coup d'œil au cimetière avant de m'observer.

— Mindy est au courant ? Pour Allie, je veux dire ?

Je secouai la tête.

— Je l'ai dit à Laura, mais nous pensons toutes les deux que c'est à Allie de prendre la décision de le dire ou non à Mindy. Pour ce que j'en sais, elle ne l'en a pas encore informé.

— Il faut qu'elle le fasse. Allie n'est pas seulement une chasseuse de démons, désormais, elle est une cible pour eux. Encore plus que d'habitude. Mindy se retrouve au milieu des tirs croisés.

— Je suis d'accord. Je vais parler à Laura et Allie. Il faut qu'elle lui dise rapidement, sinon je le ferai.

Eric acquiesça pour montrer son approbation.

— Et le vampire ?

— Il doit être au courant de quelque chose. C'est lui qui a dit qu'Allie était celle qui pouvait anéantir Lilith. Je t'assure que ce ne sera pas grâce à sa note d'algèbre de l'année dernière. Ce qui signifie que des rumeurs doivent se répandre à propos d'une sauveuse prophétisée ou quelque chose dans le genre. À vrai dire, je n'en ai aucune idée. Mais il est au moins au courant de ça. À supposer que ce soit vrai.

— À supposer ?

— Eh bien, j'espère que c'est vrai. Si Allie peut tuer Lilith, c'est une très bonne chose. Et comme on l'a dit, il s'est passé quelque chose dans la crypte. Cette lumière. C'était comme...

— Comme si elle avait été désignée, termina Eric pour moi.

— Oui.

Pendant un moment, il se contenta de regarder les enfants. Il dit alors :

— Je vais patrouiller avec eux. Si ce vampire veut surveiller notre fille, j'ai besoin de savoir si je veux de lui pour faire ce boulot.

— Bien. J'aime cette idée.

Je descendis l'escalier avec lui et traversai le patio, suivant le chemin que les jeunes avaient emprunté. Nous passâmes à côté de Mindy.

— Tu ne viens pas ? demanda Eric.

Elle leva les yeux au ciel.

— Allie a dit qu'elle pensait que je devrais rentrer.

Elle grimaça.

— Je ne sais pas pourquoi. Je ne suis pas nulle et je me suis entraînée dur.

— Elle pense probablement à la comédie musicale, déclarai-je.

J'étais fière d'avoir trouvé un mensonge si raisonnable.

— Même si tu te tords simplement la cheville, ils engageront ta doublure. Tu dois danser, n'est-ce pas ?

— Oh. Oui. Mais elle aurait simplement dû le dire.

Je haussai les épaules.

— Tu connais Allie.

Ce n'était pas une véritable réponse.

En réalité, je pensais que peut-être Mindy ne connaissait pas Allie, après tout. Parce qu'il était clair pour moi que c'était un problème de garçon et non un problème de chasseuse. Mais à mon avis, Mindy le comprendrait assez vite.

— Amusez-vous bien, dis-je à Eric.

Je me demandai si l'enthousiasme de la patrouille avec son père allait compenser l'humiliation d'avoir un chaperon.

— Protège-les.

— Toujours. Et dis à Stuart que j'y suis allé. Rassure-lui sur le fait que je me baigne dans de l'eau bénite et que je mange des hosties pour le petit déjeuner. Il n'a pas à s'inquiéter de quoi que ce soit.

— Et ton rêve ? demandai-je une fois que Mindy fut à l'étage, hors de portée de voix. Je lui en parle ?

Il tendit la main et coinça une mèche de cheveux derrière mon oreille.

— Oui, Kate, je pense que tu dois le faire. Tu lui as dit que vous n'auriez plus de secrets, n'est-ce pas ?

Je l'avais dit, oui. Mais je ne m'étais pas rendu compte que c'était une habitude réellement difficile à perdre.

Je passai quelques heures seule, dans la maison, à marcher dans le labyrinthe de couloirs visiblement infinis. Je trouvai l'aile dans laquelle les employés vivaient auparavant. Je trouvai des portes secrètes qui menaient aux autres niveaux. Et je vis un petit jardin charmant derrière, sur le seul petit morceau de terrain qui n'était pas au même niveau que la demeure. Tout le reste était en dessous, et la seule chose qui passait pour un jardin était le cimetière en lui-même.

Je restai là un moment, entourée par des fleurs dans un jardin dans lequel l'herbe avait trop poussé. Je scrutai l'océan, émerveillée par cette magnifique journée. Comment pouvait-elle être si belle quand tant de danger bouillonnait autour de nous ?

Mon portable vibra pour signaler l'arrivée d'un SMS et je baissai les yeux pour voir qu'il s'agissait de Stuart. *Où es-tu ?*

Je répondis rapidement. *Le manoir. Jardin, derrière.*

Je viens tout juste de me garer. Retrouve-moi à l'intérieur.

J'entrai précipitamment et arrivai quelques instants après qu'il eut traversé le seuil. Il regardait les différentes livraisons et les inspectait à la recherche de dégâts.

— Merci d'avoir fait ça, dit-il. Je sais que ça t'a occupé une partie de la journée.

— Ce n'était pas un problème. J'ai aimé avoir l'occasion d'explorer cet endroit. Et les filles se sont entraînées dans la salle de bal. Elles ont même tué un démon.

— Eh bien, c'est ce que les gamins cool font de nos jours, rétorqua-t-il. Tout le monde va bien ?

— Ce n'est qu'une journée de boulot ordinaire.

Cela me valut un sourire alors que Stuart glissait les mains dans les poches de son costume.

— Bernie croit qu'un gang est venu de Los Angeles, a organisé une fête sauvage et a détruit le manoir.

— J'ai toujours su qu'il était naïf.

— Je crois qu'il n'arrive pas à imaginer ce que ça aurait pu être d'autre. Alors il opte pour ce qui fonctionne.

— Tu n'as rien trouvé de mieux ?

— Honnêtement, je n'ai même pas essayé.

Il regarda autour de lui et secoua la tête.

— Je t'ai dit une fois que je voulais acheter cet endroit pour nous, mais maintenant...

Il se tut en haussant les épaules.

— C'est à cause des frais ? Ou parce que tu vas encore partir ?

À la minute où les mots sortirent de ma bouche, je les regrettai. Nous avions déjà eu cette conversation à de nombreuses reprises. Mais je ne pouvais nier que la douleur était toujours présente.

— Kate... Je ne vais nulle part. Plus maintenant. Nous devons encore digérer de nombreuses choses, je le sais. Mais je connais l'histoire. Et maintenant, je sais à quel point ça peut être mauvais.

Ça peut toujours être pire...

Néanmoins, je ne le dis pas à voix haute.

— J'ai beau croire que ce serait incroyable de vivre dans un tel endroit, poursuivit-il, avec deux enfants à qui on devra payer l'université, ce n'est probablement pas la meilleure des idées.

C'était vrai, bien sûr. Toutefois, je ne pouvais nier qu'il y avait quelque chose de plaisant dans cette idée. Ce manoir avait peut-être été envahi par un démon et possédé par un occultiste fou, mais dans ses fondations, elle comprenait donc ce que nous devions gérer.

— ... certains investisseurs.

— Pardon, quoi ?

— Je disais que j'ai rencontré quelques investisseurs à Los Angeles ce matin. Ils envisagent de le transformer en hôtel de style spa pour ceux qui veulent s'isoler un peu.

— Oh.

J'étais plus déçue par la nouvelle que je n'aurais dû l'être.

— En fait, il est assez spacieux. J'ai fait tout le tour, aujourd'hui. On pourrait accueillir une petite armée, ici. Allie l'adore.

Cette dernière phrase n'était aucunement pertinente.

— Où est-elle ?

— Jared et elle sont allés patrouiller avec Eric.

— Jared ? Le vampire ?

— Euh, ouais.

Je l'avais mis au courant quand nous avions discuté au téléphone ce matin.

— Tu crois que c'est une bonne idée ?

— Non. Je pense que c'est une idée horrible, c'est pour ça que je la laisse faire... Évidemment que je crois que c'est une bonne idée, crachai-je. Tout comme Eric.

Il leva les mains.

— Je pose simplement la question. Je m'inquiète pour elle. C'est ma fille, aussi.

— Ah oui ?

Une fureur se mettait lentement à bouillonner en moi et j'étais assez fatiguée et inquiète pour ne pas essayer de la temporiser.

— Tu ne l'as pas prise dans tes bras depuis Rome.

— Bien sûr que si.

— Non. Tu ne l'as pas fait.

— Tu en es sûre ?

Je hochai la tête et il s'appuya contre l'une des piles de cartons, l'air légèrement vaincu.

— Je ne l'ai vraiment pas fait, n'est-ce pas ?

Ses mots n'étaient qu'un chuchotement, et quand il croisa mon regard, il paraissait perplexe.

— Elle a peur, dis-je en lui prenant les mains. Moi aussi. Toi aussi. Mais elle a sauvé le monde, Stuart. Tu ne penses pas que ça devrait compter ?

17

Stuart remplissait son thermos de café quand Eric passa le mardi matin.

Je le fis entrer et il me suivit dans la cuisine, où les deux hommes se saluèrent sans rififi ni sarcasme. En ce qui me concernait, c'était un bon présage pour le reste de la journée.

— Je t'ai appelé, dis-je quand Eric s'assit à la table. Je voulais savoir comment s'était passée la patrouille hier.

J'avais essayé d'obtenir des informations auprès d'Allie, mais tout ce qu'elle m'avait dit était que la patrouille avait été « géniale », que Jared « déchirait » et que chasser avec son père était « vraiment cool ». Elle avait ajouté en aparté qu'ils avaient tué cinq démons à eux trois. Elle m'avait ensuite affirmé qu'elle était trop fatiguée pour entrer dans les détails et était partie se coucher dans sa chambre.

Puisque j'avais cru qu'elle évitait peut-être d'en parler, j'avais jeté un coup d'œil par la porte quand elle n'avait pas répondu à ma frappe, quelques heures plus tard. Et oui, elle dormait à poings fermés. Il n'était même pas encore vingt heures.

Comme c'était une adolescente, même si elle s'était couchée tôt, elle dormait toujours profondément ce matin.

— Tout ce qu'elle nous a dit, c'est que ça s'était bien passé, déclara Stuart, mais qu'est-ce que tu en dis ?

— Pareil pour moi. Elle a été géniale. Et j'aime bien Jared. Aucun signe ne montre qu'il est maléfique. Je n'ai détecté aucune preuve qui montrerait que ce n'est qu'une manigance. J'ai l'impression que c'est un bon gamin qui a sincèrement envie de la protéger.

— Gamin, répétai-je.

— Tu vois ce que je veux dire.

— Super. Allie est enfin sur le point d'avoir un petit ami et c'est un vampire.

Je lui servis une tasse de café en soupirant, avant de remplir la mienne à ras bord tandis que Stuart ajoutait de la crème dans son thermos.

Le visage d'Eric se crispa.

— Je ne pense pas qu'elle soit prête pour les petits amis pour l'instant. Et je n'ai pas dit que je pensais qu'il s'intéressait à elle de cette façon. En plus, Jared a l'air d'être un sérieux atout pour nous, mais s'il pose une main sur elle, je lui enfoncerai moi-même un pieu dans le cœur.

— Pas si j'y arrive en premier, dit Stuart.

Ils échangèrent un sourire entendu.

Je levai les yeux au ciel.

— Je m'inquiète autant que vous de son statut de vampire, mais vous allez devoir vous faire à l'idée qu'elle a quinze ans. Les garçons vont faire partie de sa vie. Probablement une flopée. Faites avec.

Eric regarda Stuart.

— Ça ne te dérange pas si je vais droit au but et que je leur plonge un couteau dans l'œil ?

— Je connais le procureur du district. Je suis certain qu'on pourra tirer quelques ficelles pour que tu évites les accusations de meurtres.

— Les gars...

J'essayais de le dire d'une voix sèche, mais intérieurement, je faisais la roue. Les deux hommes de ma vie s'entendaient enfin. Pour ma part, c'était Noël.

— Elle s'en est vraiment bien sortie ? s'enquit Stuart.

— Elle a été merveilleuse, répondit Eric d'une voix emplie de fierté paternelle. Ce ne sont pas ses capacités à se battre qui m'inquiètent, c'est ce qu'il se passe dans cette ville.

— Les démons deviennent tatillons, dis-je en m'asseyant à la table alors que Stuart s'appuyait contre le plan de travail et haussait les sourcils.

— Les démons peuvent être tatillons ? demanda-t-il.

— Apparemment, oui, répondit Eric. Ces derniers jours, des démons m'ont appelé Sir et ont juré de me protéger. Et cinq minutes plus tard, un démon avec une lame aiguisée me saute dessus. Allie a vécu la même chose.

— C'est vrai, répondit Stuart. Le jour où elle a rencontré Jared...

Il se tut avant de reporter son attention sur moi.

— Le démon n'a pas dit qu'il n'allait pas lui faire du mal et que sa mère allait approuver son comportement ?

— Quelque chose de ce genre, répondis-je. Alors, qu'est-ce qu'il se passe ?

— Je n'en ai aucune idée, admit Eric. Pour être honnête,

je ne fais même pas confiance à ceux qui disent qu'ils ne vont pas nous faire de mal. Mais visiblement, on fait face à deux factions opposées de démons.

— Mais pourquoi Allie et toi, vous vous retrouvez au milieu ? s'enquit Stuart.

— Ça a un rapport avec Lilith, dis-je. J'en suis certaine.

— Je ne prétends pas que tu as tort, répondit Eric, surtout que je sais que tu as raison. Mais j'ai vraiment envie qu'on en finisse avec cette pétasse.

— Je ne peux pas t'en vouloir, dit Stuart avant de froncer les sourcils en songeant évidemment à quelque chose.

— Quoi ? demandai-je.

Il se tourna vers moi.

— Les démons t'ont protégée ou simplement blessée ?

C'était une bonne question.

— Ils m'ont simplement attaquée.

Stuart tapota le plan de travail, comme il le fait habituellement lorsqu'il réfléchit.

— Père, fille, dit-il. Le même sang.

Eric secoua la tête.

— Plus maintenant, répliqua-t-il en montrant son corps. Je m'y suis habitué, mais ce n'est pas moi.

— Le lignage démoniaque, si, insista Stuart. C'est pour ça qu'Allie est... comme elle est.

— Nous avons fait sortir le démon d'Eric, dis-je à Stuart. Tu ne peux pas l'avoir oublié.

Mon mari s'était effectivement retrouvé au milieu.

— Oui, eh bien, je n'ai plus d'idées. Et je suis en retard, ajouta-t-il en jetant un coup d'œil à l'horloge.

Il s'éloigna du plan de travail et m'embrassa pour me

dire au revoir. Cette fois-ci, c'était un baiser normal et non un des baisers passionnés dont il m'avait gratifiée en présence d'Eric à cause d'une jalousie extrême.

J'admettrais que j'aimais ce genre de baisers, mais aujourd'hui, j'étais ravie qu'il opte pour quelque chose de plus classique pour dire au revoir à sa femme. C'était au moins un premier pas, peut-être même un deuxième, pour que les hommes de ma vie trouvent enfin leur chemin dans cette forêt de folie.

Peu de temps après le départ de Stuart, Eddie entra dans le salon, ses cheveux pointant dans tous les sens et son menton couvert de barbe.

— Alors, la gamine s'en est bien sortie ?

Eric le confirma et Eddie acquiesça en nous rejoignant dans la cuisine.

— J'ai toujours su que ce serait le cas. Alors, vous allez la laisser chasser avec ce vampire sans chaperon ?

— Ne l'appelez pas comme ça, dis-je en soupirant. Si nous le laissons entrer dans nos vies, nous devrions au moins l'appeler par son prénom.

En sortant deux gaufres du congélateur et en les mettant dans le grille-pain, Eddie répondit :

— Bah. J'ai réparé ce collier pour elle, déclara-t-il. Obligez-la à le porter quand elle est avec ce garçon.

— Vous ne lui faites pas confiance ?

Il jeta un coup d'œil dans le grille-pain, comme si cela allait accélérer la cuisson des gaufres, puis il me regarda en haussant les épaules.

— En ce qui concerne cette gamine, je ne fais confiance à personne.

Son inquiétude pour elle me provoqua de petits picotements chauds, mais je ne voulais pas non plus la laisser sans protection. Si elle avait un vampire puissant pour surveiller ses arrières, c'était une bonne chose. Quand je le dis à Eddie, il haussa les épaules et grogna.

— Je ne peux pas dire que je suis en désaccord avec cela, je dis simplement qu'elle devrait porter le collier.

J'avais acheté le bijou auquel il faisait référence pour le dernier anniversaire d'Allie, chez *Mouchard*, un magasin qui venait du vieux matériel d'espionnage dans la Vieille Ville. Il s'agissait surtout de babioles et de petites choses sans valeur, mais il existait également du véritable équipement pour ceux qui le demandaient. Eddie avait suggéré qu'elle porte un traceur et sa suggestion s'était avérée essentielle pour lui sauver la vie. Malheureusement, il avait également été arraché de son cou. La chaîne avait été brisée et le traceur écrasé.

— Merci de l'avoir réparé, lui dis-je. Je vais lui dire que c'est important pour vous qu'elle le porte.

— Pour moi ? demanda Eddie.

— Elle vous aime, le vieux. Allez savoir.

Sur ces mots, il rougit et offrit même à Eric l'une de ses gaufres, ce qui était un signal clair de bonne humeur.

Eric la déclina, affirmant qu'il devait aller à l'école pour une réunion entre professeurs, maintenant que nous nous rapprochions du début de l'année scolaire.

— De plus, je dois désintégrer quelques corps dans le sous-sol.

Je grimaçai et poussai le yaourt que j'avais pris dans le frigo. Je le mangerai plus tard.

Après ce tourbillon d'activités matinales, les choses ralentirent. Eddie était allé retrouver Rita avant de travailler quelques heures à *Mouchard*. Allie lisait dans son lit. Mon ami Fran était passée prendre Timmy pour qu'il aille jouer avec Elena, me laissant seule avec un balai Swiffer, un aspirateur, un flacon de St Marc et un chiffon pour la poussière.

Ce n'était pas ainsi que je préférais passer ma journée, mais cela était devenu inévitable. Les moutons de poussière étaient en train de se rassembler en syndicat et Timmy avait commencé à écrire des lettres sur la table basse. Habituellement, ça ne me dérangerait pas trop, mais nous avions des invités samedi. Étant donné mes aptitudes horribles en termes de ménage, je me disais que mardi était une bonne journée pour entamer ce processus.

Avec un peu de chance, ma maison brillerait et serait présentable samedi, quand une horde de bambins allait tout détruire une nouvelle fois.

Une heure plus tard, Mindy franchit la porte à l'arrière et trotta à l'étage en me lançant à peine un signe de la main. Autrement, rien n'avait changé. Sauf que je me concentrais maintenant sur la cuisine et que j'étais en train de frotter la gazinière pour la faire briller. Comment elle était devenue si sale alors que j'utilisais le micro-ondes pour presque tout était l'un des mystères de l'univers...

J'avais désespérément envie de trouver une excuse pour ne pas travailler, mais les voix bruyantes et aiguës descendant l'escalier n'auraient pas été mon premier choix de distraction.

— Tu es sérieusement en train de laisser tomber notre journée de shopping pour aller en patrouille avec lui ? Et je ne peux même pas venir ?

— Je te l'ai dit. Tu n'aurais pas envie de te blesser avant de monter sur scène.

Je lui avais raconté l'excuse que j'avais inventée. Apparemment, elle l'avait trouvé bonne.

— Tu me rejettes à cause d'un mec, Al. On était censées apprendre à se battre ensemble.

La voix de Mindy portait jusqu'à la cuisine.

— Enfin, je comprends, tu es meilleure que moi, mais je ne suis pas nulle.

— Allez, Mindy. Ce n'est pas ça.

— Si. Laisser tomber ta meilleure amie pour un mec. Carrément nul.

— Tu ne comprends pas. Je…

— Quoi ? Qu'est-ce que je ne comprends pas ? Tu agis si différemment depuis que tu es revenue de Rome. Tu ne me parles pas, Allie. Qu'est-il arrivé à notre amitié pour toujours ?

— Je ne suis *pas* différente.

Sa voix était sévère et sèche. Je savais que Mindy l'avait profondément blessée par inadvertance. Je fis un pas vers l'escalier avant de m'obliger à m'arrêter. C'était une dispute que les filles devaient régler ensemble.

— Peu importe, dit Mindy. Tu sais où me trouver si tu veux qu'on passe du temps ensemble. Quant à ta chasse demain, bonne chance. J'espère que tu ne mourras pas.

Ces paroles étaient sympas, mais son ton était vache. De là où je me trouvais, près de l'évier, je la vis ouvrir la porte à l'arrière et disparaître dans le jardin. En même temps, Allie entra dans la cuisine en soupirant, puis se figea quand elle me vit.

— Tu as tout entendu ?

— J'ai entendu.

Elle s'assit devant la table.

— Elle est carrément déraisonnable.

— Ah bon ?

— Maman. Ne commence pas.

— Pourquoi ne lui as-tu pas dit ? C'est ta meilleure amie. Tu ne lui as pas dit non plus que Jared était un vampire, n'est-ce pas ?

Je me rendis compte que je ne l'avais pas non plus dit à Laura. Mais c'était une omission, ce n'était pas intentionnel. J'étais tellement habituée à ce qu'elle sache tout que j'avais oublié de la mettre au courant, ce à quoi je remédierais dès que je la verrais.

À la table, Allie laissa échapper un soupir de frustration digne d'une adolescente.

— Elle sait que je l'apprécie. Et si papa avait décidé qu'il était maléfique et le tuait ? À mon avis, je n'aurais vraiment pas voulu avoir cette conversation.

J'allai m'asseoir à côté d'elle.

— Allie, tu as besoin de tes amis. Mindy et toi, vous avez traversé de nombreuses épreuves et elle t'aime.

Ses épaules s'affaissèrent encore davantage, si c'était possible.

— Je sais. Mais...

Elle se tut, sans croiser mon regard.

— Mais ?

Elle s'enfonça sur sa chaise et soupira à nouveau, son attitude passant de l'abattement à la frustration adolescente.

— Maman. Tu sais ce que je suis. Ou plutôt tu ne sais pas ce que je suis. Et c'est le problème. Et si elle me regardait différemment ? Et si elle avait peur de moi ?

Mon cœur se brisa légèrement.

— Pourquoi serait-ce le cas ?

— Bah… Franchement, j'ai peur de moi.

Je tendis la main pour prendre la sienne.

— Oh, chérie. Je sais que c'est difficile, mais tu es toi-même.

— Oui. Je suis moi-même. Mais qu'est-ce que c'est ? Une tarée ?

— Non. Absolument pas.

Elle fronça les sourcils en éloignant sa main pour pouvoir serrer ses bras contre elle.

— Je ne sais pas. Peut-être que si.

Je ravalai mes larmes, détestant prendre conscience que je ne pouvais rien faire pour l'aider à part être là pour elle. Je ne pouvais mettre de pansement sur son bobo et des baisers magiques ne la guériraient pas plus qu'une sucette avant le dîner.

Tout ce que je pouvais faire, c'était croire que nous l'avions bien élevée et que nous resterions à ses côtés pendant qu'elle démêlait tout cela.

Je n'aimais pas cette sensation. Je voulais agir, régler tout ça.

Néanmoins, je savais que je ne pouvais rien faire. Et comme Allie, curieusement, j'allais devoir trouver une façon de vivre avec cette nouvelle réalité.

— Alors, tu as déjà fouillé dans les papiers d'Eliza ? demanda Laura, cette après-midi-là, alors que nous traversions la Vieille Ville en direction de *Mouchard*.

Je l'avais mise au courant de tout ce que je savais, de la

tragédie entre nos filles aux vampires en passant par les démons qui n'arrivaient visiblement pas à savoir s'ils voulaient tuer ma famille ou la vénérer. Je lui avais également parlé des cartons contenant des informations familiales qu'Eliza avait mentionnés. Stuart en avait rapporté un en revenant de San Diego.

— Il s'agissait surtout de papiers et d'objets quelconques, avait dit Eliza quand je l'avais appelée pour la remercier. Quelques photos de nos mères, ce genre de choses.

Ma gorge s'était serrée quand je l'avais à nouveau remerciée, mais je n'avais toujours pas ouvert le carton. Je n'avais aucune photo de mes parents et je ne voulais pas l'ouvrir avant d'être prête à gérer les émotions allant de pair avec ces photos.

Je ne le dis pas à Laura. Je lui expliquai plutôt que je n'avais pas eu le temps, puisque j'étais occupée à faire le ménage.

Laura s'arrêta dans la rue, posant la main sur son cœur.

— Retiens-moi. Je crois que mon cœur a loupé un battement à cause du choc.

— Tu es très marrante.

— Je détends simplement l'atmosphère. Tu vas bien ?

Ses mots étaient doux et je me rendis compte qu'elle savait exactement pourquoi je n'avais pas ouvert le carton.

— Je vais bien. Merci.

— D'accord.

Elle s'éclaircit la voix, et son ton s'allégea quand elle dit :

— Et le ménage ? Comment ça se passe ?

Je grognai.

— Si mal que ça ? Pourquoi ne m'as-tu pas appelé ? Je pourrais carrément t'aider à te préparer pour la fête.

— J'y ai songé, mais honnêtement, je voulais quelque chose d'abrutissant, qui m'empêcherait de m'inquiéter des démons ou de mon mariage, ou de la rivalité entre Eric et Stuart.

— Ou d'Allie ?

— Surtout d'Allie, avouai-je. Elle ne l'a toujours pas dit à Mindy. Pour Rome. Pour Jared, qui est un vampire.

— Je sais. Mindy pense qu'Allie se met dans tous ses états parce qu'elle a un coup de cœur pour Jared.

— Ça en fait probablement partie, même si elle ne me l'avouera pas. Mais le plus important, c'est qu'elle pense que Mindy va flipper. À propos de ce qu'elle est, je veux dire. Du fait qu'elle a été engendrée pour combattre les démons. Surtout que ça signifie qu'il y a quelque chose de démoniaque en elle. Elle craint la réaction de Mindy. Alors elle abîme leur amitié en tentant de la protéger.

Laura marqua une pause sur le trottoir avant de secouer lentement la tête.

— Je comprends, mais je pense que tout ira bien. Elle va peut-être tâtonner un peu au début, mais c'était aussi mon cas.

— Oui, mais je ne suis que moi. Je n'ai pas d'essence surnaturelle qui coule dans mes veines. Apparemment, c'est le cas d'Allie. Ça aurait changé quelque chose pour toi ?

— Je ne crois pas. Enfin, tu es toujours toi. Tu ne pourrais pas nettoyer une maison même si ça te sauvait la vie, et avant que tout le monde arrive, je veux vraiment vérifier tes plinthes.

— Pourquoi ne suis-je pas surprise ?

— Sérieusement, tu veux que je m'implique ? Je pourrais le dire à Mindy pour qu'elle ait un peu le temps de le digérer avant qu'Allie se décide à lui faire cette grande révélation.

J'y songeai.

— Non. C'est à Allie de lui raconter tout ça. Mais je crois que Mindy mérite de le savoir. Je voulais poser un ultimatum à ma fille. Dis-lui ou je le fais. Simplement, je ne l'ai pas encore posé.

— C'est difficile, confirma Laura. Tu le pensais quand tu disais que Mindy serait une cible ?

— Elle ne l'est probablement pas directement. Mais puisque toute cette histoire semble s'être transformée en concentration démoniaque dans cette ville autour de moi et de ma fille, ça te met hors de cause alors que Mindy se retrouve dans la zone cible.

— Eh bien, ça craint.

Je pris une inspiration.

— Peut-être que ce serait pour le mieux si elles s'éloignaient. Mindy serait plus en sécurité.

L'espace d'un instant, je craignis que Laura soit d'accord, mais elle finit par secouer la tête.

— Non. Elles sont meilleures amies. Une fois que Mindy aura compris, elle restera aux côtés d'Allie. Fais-moi confiance. Je sais ce que ça fait.

Je ravalai les larmes qui s'étaient accumulées dans ma gorge.

— Merci.

— Quant à la tragédie qui pourrait arriver si Allie avait un petit ami, vampire ou non, je n'en sais trop rien.

— Mentor, dis-je. Pas de petit ami. Je ne la laisserai pas

sortir avec un mec de dix-neuf ans, alors encore moins avec quelqu'un qui a dépassé le siècle.

— C'est son coup de cœur, alors.

Nous marchâmes un moment en silence, puis Laura soupira.

— Les adolescentes. On n'a même pas besoin d'ajouter des démons au mélange pour avoir une tragédie. On a de la chance d'avoir cette couche d'anxiété supplémentaire, hein ?

Je ris. Elle n'avait pas tort.

Lorsque nous arrivâmes à la boutique, nous avions décidé d'accorder quelques jours de plus aux filles pour qu'elles règlent cela. Avec un peu de chance, Allie avait simplement besoin d'un peu plus de temps pour surmonter sa nervosité et le dire à Mindy. Je lui accorderais cette marge. Mais si Mindy ne le savait pas lors de la fête d'anniversaire de Timmy, samedi, j'allais insister sur le fait qu'Allie devait le lui dire, sinon Laura le ferait. Surtout que lui dissimuler cette information pouvait s'avérer dangereux.

La petite cloche tinta alors que nous ouvrions la porte et ce bruit était anachronique étant donné que le magasin était plein à craquer de technologie de pointe.

— Ne me dis pas que notre fille a encore perdu son collier ?

— Non, répondis-je. D'ailleurs, elle ne l'a pas perdu la première fois. Elle l'adore. Les démons le lui ont arraché.

Eddie ricana.

— Ça signifie qu'elle le perdra encore. Quand les démons arrêteront-ils de lui courir après ?

— *Eddie.*

— Quoi ? Comme si tu ne le savais pas déjà ? C'est la vie. Ça a toujours été comme ça et ça le sera toujours.

Je le savais, bien sûr. Avant qu'Eric et moi prenions notre retraite, les démons avaient été une partie quotidienne de mon existence. Ils étaient même là chaque heure.

Mais j'avais toujours souhaité quelque chose de différent pour Allie. N'est-ce pas ?

Le problème était-il qu'elle était soudain plongée jusqu'au cou dans les affaires de la famille ?

Ou étais-je plus préoccupée par le fait que je ne comprenais pas quel était le plus grand rôle qu'elle avait à jouer dans ce monde vague où nous vivions ? Un monde que la plupart des gens ne voyaient pas, mais que ma famille percevait avec tant de clairvoyance ?

— Vous passez juste dire bonjour ? s'enquit Eddie en m'arrachant à mes pensées. Je ne vois pas de sachets de pâtisseries dans vos mains, donc vous ne m'apportez pas mon déjeuner.

— Nous sommes là pour vous demander votre aide, déclara Laura. Nous sommes en mission.

— Ah oui ?

Son regard scintilla sous ses sourcils broussailleux.

— Alors comment puis-je vous aider ?

— On a besoin de quelque chose qui nous permet d'écouter Allie et Jared, déclarai-je.

Le visage d'Eddie prit une teinte rouge et il éclata alors de rire.

— Oh, bon sang. La gamine va vous passer un savon quand elle découvrira ce que vous faites.

— Mais elle ne le découvrira pas puisque vous n'allez pas le lui dire, et votre équipement est si génial que nous serons assez loin pour qu'elle ne nous remarque pas. N'est-ce pas ?

Il ricana.

— Ah oui ?

— Vous avez quelque chose de ce genre, n'est-ce pas ? J'en vois tout le temps dans les films. Un casque qui amplifie le bruit ou des micros qui fonctionnent comme des télescopes et que les méchants dirigent vers la fenêtre pour entendre les conversations à l'intérieur. Ou, je ne sais pas, quelque chose ?

Je me rendis compte que, peut-être, j'avais regardé trop de films et que mon plan consistant à écouter les discussions de ma fille et de son protecteur vampirique allait être anéanti. Toutefois, Eddie gloussa d'une voix grave et dit :

— Oui. Je surveille vos arrières.

Alors que Laura et moi partagions un sourire victorieux, Eddie se pencha derrière le comptoir. Je l'entendis fouiller dans le placard avant qu'il réapparaisse un instant plus tard avec un carton brillant, dont le couvercle se relevait pour dévoiler le contenu à l'intérieur.

Je jetai un coup d'œil et vis un objet d'environ cinquante centimètres, très fin et gris argenté.

— Comment fonctionne-t-il ?

Il nous expliqua les instructions, à Laura et moi, et c'était assez simple en réalité. Tout ce que nous avions à faire, c'était l'allumer, mettre les écouteurs, puis viser le récepteur vers les enfants. (Même si *enfant* n'est vraiment pas le mot approprié pour Jared et il fallait que je m'en souvienne.)

Une fois encore, Eddie disparut derrière le comptoir avant de se relever avec un petit paquet.

— Des écouteurs supplémentaires, déclara-t-il. Pour que Laura puisse écouter aussi.

— Merveilleux, répondis-je. Je le prends. Combien ?

Eddie balaya cette question d'un geste de la main.

— Tu surveilles notre petite. Disons juste que c'est un cadeau de la maison.

— Dois-je vous rappeler que vous n'êtes pas réellement propriétaire de cet endroit ? Vous travaillez ici à temps partiel, Eddie. Pensez-vous vraiment que votre patron sera d'accord ?

Il gloussa.

— Laisse-moi m'inquiéter de ça.

Puisque j'étais plus que ravie de ne pas avoir à expliquer à Stuart pourquoi un paiement pour un équipement d'espionnage apparaissait sur notre relevé de compte, je ne protestai pas davantage. Je mis la boîte dans l'un des sacs de shopping marron neutre que proposait la boutique, dis au revoir à Eddie puis partis espionner ma fille avec ma meilleure amie.

Nous marquâmes une pause juste devant le magasin.

— Où sont-ils ? s'enquit Laura.

Je fouillai dans mon sac à la recherche de mon portable avant d'activer l'application traquant le collier. J'avais récemment appris que je pouvais également pister son portable, mais étant donné que ma fille était quelque part en train de botter des fesses, je savais qu'il était probable qu'elle l'ait aussi découvert. Et ce portable qu'elle aimait pourrait facilement se perdre ou être écrasé si elle le gardait dans sa poche arrière.

De plus, le collier avait été un cadeau de ma part. Un rappel que je l'aimais. Et que je ferai toujours attention à elle.

Je m'attendais à constater qu'ils étaient à la plage, et je

fus surprise de découvrir qu'ils étaient au parc, à quelques pâtés de maisons, à l'extrémité est de la Vieille Ville.

— Oh, on peut facilement y aller à pied, déclara Laura.

Elle jeta un coup d'œil à la rue avant de montrer du doigt une petite galerie d'art.

— Il y a une allée entre la galerie et ce petit café, et si on peut l'utiliser pour rejoindre l'autre rue, on peut passer prendre une glace dans cette boutique mignonnette. On aura le temps de la finir avant d'arriver au parc.

L'allée n'était pas vraiment faite pour être un lieu de passage, et elle était remplie de poubelles ainsi que de caisses pour bouteilles de lait. Il faisait aussi plus froid ici, les bâtiments de chaque côté la maintenant à l'ombre et lui conférant un aspect sinistre.

— Eh bien, c'est charmant.

— Fais-moi confiance, dit Laura. C'est un raccourci vers la glace. Ça en vaut la peine.

Nous fîmes quelques pas supplémentaires et je m'arrêtai ensuite pour ajuster les sacs de shopping dont les poignées m'entaillaient les bras. Se faisant, j'entendis des pas derrière nous.

Je fis volte-face. À ce moment même, je me sermonnai mentalement, puisque j'aurais vraiment dû être plus attentive. Je me retrouvai alors face à une femme au visage familier, avec une expression maussade, juste derrière moi. Je tentai de me souvenir où je l'avais vue auparavant, mais avant que je puisse la replacer, elle bondit sur moi.

C'est à ce moment-là que je me souvins.

Et, bon sang, je *savais* que j'aurais dû empaler l'Aigrie ce jour-là, à la caisse.

18

—Il ne doit pas y avoir d'obstacles, dit l'Aigrie.

Elle se pencha vers moi alors que je relevais mon index.

— *Kate* ?

Je me figeai, mon doigt à un millimètre de l'Aigrie. *Ce n'était pas Laura.*

— Oh mon Dieu, Kate !

Je jetai un coup d'œil par-dessus l'épaule de l'Aigrie et vis mon amie Fran en train de me regarder, bouche bée, alors que Laura se précipitait pour la rejoindre. Son cri avait fait sursauter le démon, qui n'avait clairement pas anticipé qu'il y aurait quelqu'un derrière elle. Ainsi, j'eus une fraction de seconde pour changer mon geste.

Au lieu d'empaler le démon avec mon ongle aucunement acrylique, j'écrasai ma paume contre son visage, l'éloignant de moi avec force. Je fis ensuite basculer mon poids en roulant sur la droite. Je relevai ma jambe gauche pour la frapper, mes mains sur le béton m'offrant un effet de levier.

Bam. Je la touchai en pleine poitrine et elle tituba en

arrière alors que Laura se plaçait d'un air protecteur devant Fran.

— Dégage, dis-je.

J'étais désormais debout, avec mon couteau à la main.

— Si tu ne le fais pas, ajoutai-je à cause de la présence de Fran, j'appelle les flics.

Le démon me montra ses dents jaunes avant de se retourner et de piquer un sprint dans l'allée.

— Kate ! Pourquoi l'as-tu laissée partir ?

— Elle était ivre, mentis-je. Elle s'est énervée quand je lui ai accidentellement donné un coup avec mon sac de shopping.

Je grimaçai, espérant que l'appareil d'espionnage ne s'était pas cassé quand je l'avais fait tomber.

— Je crois qu'elle doit juste dormir pour que ça passe. Et, honnêtement, je n'ai pas envie de gérer toute la paperasse et les conséquences.

Et n'était-ce pas l'euphémisme de l'année ?

— Je n'arrive toujours pas à y croire. Mais mon Dieu, Kate ! C'était encore plus impressionnant que ce que Cutter et toi, vous nous avez montré en cours.

— Merci, dis-je. J'imagine qu'on peut dire que c'était une démonstration sur le terrain.

Fran était l'une des mères dans la classe d'autodéfense pour femmes que j'avais créée. C'était également une bonne amie, même si elle était loin de Laura en termes de hiérarchie. Puisque sa fille, Elena, et Timmy avaient le même âge, nous nous étions liées d'amitié au fil des après-midis de jeux et des fêtes d'anniversaire. Et maintenant que sa mère, Rita, sortait avec Eddie, je supposais que je la verrai encore plus souvent.

Je fronçai les sourcils, me demandant quelles vérités connaissait Rita. Elle avait vu Eric perdre son calme une fois, lors de l'anniversaire d'Allie, mais d'après ce que j'en savais, elle le pensait soupe au lait ou drogué, et n'imaginait pas qu'il était démoniaque. Honnêtement, je n'étais pas sûre que ce soit un avantage.

Je notai mentalement de demander à Eddie où ils en étaient. Pour l'instant, je supposai que Fran ignorait l'existence des démons.

— Waouh, répéta-t-elle. Désolée, mais mon cœur tambourine toujours.

— Tout va bien, maintenant, dis-je.

Ce n'était pas vrai. L'Aigrie était toujours en liberté et j'espérais que j'avais pris la bonne décision en la laissant partir. Après tout, j'aurais pu la tuer et dire ensuite la vérité à Fran...

— Kate va bientôt commencer à animer plus de cours, déclara Laura. Je dresse une newsletter. Tu es dessus.

— Génial. J'ai hâte. Et en parlant d'impatience, Elena a hâte d'être à samedi.

— Timmy aussi. Je crois que les enfants vont bien s'amuser.

Hier, nous avions regardé toutes les décorations pour sa fête et il vibrait presque d'excitation à cause de son trop-plein d'énergie.

— C'est pour ça que je suis venue, ici, en fait. Dans l'allée, je veux dire, me dit Fran. J'étais dans le magasin de jouets et je t'ai vue derrière la vitrine. Je voulais te poser une question sur le cadeau de Timmy. J'ai vu une petite boîte adorable remplie de livres de coloriage avec des monstres. Je la trouvais adorable, mais je voulais m'assurer que ça ne te dérange pas. Certains enfants n'aiment pas les monstres mignons. Ils restent trop effrayants.

— Non, dis-je. Ça m'a l'air génial.

Après tout, en ce qui me concernait, je pensais que plus il en savait sur les monstres, mieux ce serait.

— Que voulait-elle dire par *pas d'obstacles* ? s'enquit Laura une fois que Fran était retournée à la boutique de jouets et que nous nous précipitions au parc.

Nous allions renoncer à la glace pour que je m'assure que l'Aigrie ne se pointe pas devant Jared et Allie afin de leur faire passer un sale quart d'heure.

— Je n'en ai aucune idée, admis-je. Ça a un rapport avec Allie ?

Mon esprit partait évidemment dans cette direction, mais uniquement parce que, en ce qui me concernait, tout le monde démoniaque avait un rapport avec ma fille dernièrement.

Je devais tout de même reconnaître que ma réflexion était peut-être un peu étriquée. Je m'inquiétais pour elle, oui. Je ne comprenais pas ce qui lui était arrivé, c'était vrai. Mais ça ne signifiait pas que tout ce qui arrivait dans le royaume surnaturel tournait autour de ma fille.

— J'imagine que nous devons effectuer des recherches.

Laura sourit.

— Quoi ?

Elle haussa les épaules.

— Je suis une véritable empotée quand il s'agit de me

battre, mais en ce qui concerne la recherche, je suis une experte.

— C'est vrai, confirmai-je. Mais on n'a pas vraiment de point de départ, n'est-ce pas ?

Elle haussa les épaules.

— Eh bien, je vais tâtonner. Qui sait, peut-être qu'on aura de la chance.

En parlant de chance, nous avions réussi à trouver Allie et Jared sans avoir besoin de consulter à nouveau l'application de traçage. Ils étaient exactement au même endroit qu'auparavant, près de la petite mare aux canards au centre du parc. C'était une excellente localisation pour deux raisons. Tout d'abord, il n'y avait presque personne aujourd'hui, à part quelques personnes faisant leur jogging sur le chemin longeant la mare. La plupart des promeneurs étaient au terrain de football ou à l'aire de jeux. Et, deuxièmement, la mare aux canards se tenait près d'un bosquet d'arbres et de plantes en fleurs qui nous offraient un camouflage parfait.

J'eus un peu l'impression d'être une mère tout droit sortie d'un film comique lorsque Laura et moi essayâmes de nous cacher derrière les troncs. Toutefois, Jared et Allie semblaient si plongés dans leur conversation qu'ils ne regardèrent même pas dans notre direction.

Je notai mentalement d'en parler à Allie. Elle devait être plus consciente de son environnement. Enfin, pour l'instant, son attitude indolente concernant sa sécurité était un avantage pour moi.

Laura et moi mîmes les écouteurs et je les visai ensuite avec l'appareil, ayant le sentiment d'être James Bond.

Quelques instants plus tard, je l'avais correctement placé et Laura et moi pûmes entendre la conversation.

— … si embarrassée. Je sais, c'est stupide, mais je pensais que tu étais vraiment au lycée et que tu m'appréciais. Je n'arrive pas à croire que je suis en train de te dire ça, ajouta Allie. Enfin, je pensais que tu devais savoir pourquoi j'ai agi comme une peste l'autre jour.

— Je comprends. Et je suis flatté. Et, honnêtement…

— Quoi ?

Il secoua la tête.

— Rien.

— C'est bizarre ? D'avoir l'air de quelqu'un de dix-sept ans, mais d'être beaucoup plus vieux ?

— Oui. Un peu. Je ne sais pas.

Jared haussa les épaules.

— Je suis simplement moi-même. J'ai vécu un long moment… enfin, pas *vécu*… et j'ai vu un tas de choses, mais finalement, je suis qui je suis. Les gens changent vraiment à ce point-là au fil des ans ?

— Je ne sais pas, déclara Allie. Je ne peux en juger que sur quinze ans. Tu es le seul à avoir vécu assez longtemps pour que je te pose la question.

Même de loin, je vis le sourire qu'ils échangèrent. Je voyais également que la différence d'âge n'avait aucunement temporisé le coup de cœur d'Allie. Ce qui signifiait que je devais ajouter la « discussion au sujet des hommes plus âgés » avec ma fille à ma très longue liste de choses à faire.

— Écoute, lui dit-il. Je suis flattée que tu me voies de cette façon. Si je ne pensais pas que ta mère allait me planter un pieu dans le cœur…

Il fut interrompu par le vif couinement d'Allie lorsqu'un homme faisant son jogging dévia du chemin et lui sauta dessus. Je commençai à courir dans leur direction, mais Laura me tira en arrière et je regardai ma fille esquiver l'homme comme une experte alors même que Jared attrapait le démon par l'épaule et le faisait pivoter.

Deux autres démons se joignirent à la mêlée et je retins mon souffle, subjuguée, quand Jared et Allie travaillèrent en tandem, dans un ballet violent au cours duquel ils firent preuve de techniques de combat qui me rendirent fière.

Ils s'occupèrent du premier, puis du deuxième assaillant, les deux démons repartant dans l'éther sans même qu'Allie et Jared ne se mettent à transpirer. Enfin, honnêtement, j'étais presque certaine que les vampires ne transpiraient pas.

Jared était sur le point de s'en prendre au dernier démon quand celui-ci parla.

— Il ne peut revenir. Il ne peut retrouver sa compagne.

— Repars en enfer, salaud.

Jared planta une branche dans l'œil du démon. Je vis celui-ci s'élever dans l'éther et, à nouveau, j'eus envie de courir vers eux.

Une fois encore, Laura m'arrêta.

— Ne fais pas ça, dit-elle. Tout est sous contrôle. Allie doit savoir qu'elle peut s'en sortir toute seule. Et qu'elle peut faire confiance à Jared.

J'acquiesçai. Elle avait raison.

Eric et moi n'étions plus les seuls à surveiller les arrières d'Allie. Ce garçon, cet homme, la surveillait également.

Je ne comprenais pas pourquoi, mais à cet instant, ça n'avait pas d'importance. Il l'avait sauvée et il aurait toujours ma gratitude.

— Tu vas bien ? demanda Laura une fois que Jared et Allie s'étaient éloignés du lac.

J'acquiesçai. J'avais repris mon souffle en songeant à mon passé et à ma famille. En me souvenant du rythme de travail avec Eric et les autres combattants de mon équipe. De la façon dont nous nous étions entraînés dans les salles de la *Forza*, sous le Vatican. Cela avait été intense, mais l'entraînement m'avait sauvé la vie plus d'une fois.

D'ailleurs, il avait sauvé le monde.

Je me tournai vers Laura et une autre idée me vint en tête. Une pensée qui prenait simplement forme.

— Cutter revient en ville ? demandai-je.

— Oui. Tard ce soir. Pourquoi ?

— Tu penses qu'il pourrait nous retrouver au manoir, demain ?

— Bien sûr. Pourquoi ?

— Je te le dirai demain, lui promis-je. Mais je crois que j'ai une idée très intéressante.

Puisque Cutter avait des cours toute la journée, il n'était disponible qu'à la première heure. Ce qui expliquait pourquoi j'étais réveillée et présente au manoir bien plus tôt que ne le devrais en plein été, quand les enfants n'avaient pas besoin de se lever tôt. C'était surtout injuste puisque Timmy dormait enfin ces jours-ci et que la plupart du temps, je pouvais rester merveilleusement assoupie jusqu'à huit heures au moins.

Ce qui n'était donc pas le cas aujourd'hui. Il était sept

heures et demie et je déambulais, vaseuse, dans l'entrée, jetant des coups d'œil en biais aux entrepreneurs qui étaient éveillés, guillerets, et travaillaient dur.

Laura était avec moi, tout aussi éveillée et guillerette, et Cutter était à ses côtés, avec un regard aussi brillant.

Je m'agrippai un peu plus à mon café et tentai de ne pas montrer à quel point je préférerais retourner dans mon lit.

— Stuart ne vient pas ? demanda Cutter.

Je secouai la tête.

— Je voulais avoir votre avis là-dessus avant d'en parler avec lui. Mais il faut qu'on attende...

Je m'interrompis quand Eric entra par les portes ouvertes.

— C'est bon. Il est là.

— Oui, répondit Eric. Mais pourquoi est-il là à cette heure ? Ça doit être important puisque tu es levée et habillée.

Après toutes ces années, il me connaissait encore si bien...

— Venez avec moi et je vous dirai ce que j'ai en tête.

Je les guidai, montant l'escalier pour partir directement dans la salle de bal où les filles s'étaient entraînées hier.

— Vous l'avez tous déjà vue avant, bien sûr. Et je crois que vous avez aussi tous vu les quartiers des anciens serviteurs, n'est-ce pas ?

— Pas moi, répondit Cutter.

Je les emmenai donc dans l'aile non loin et leur montrai la rangée de pièces suffisamment grandes pour accueillir deux lits simples ainsi qu'une commode, une table et même quelques objets personnels.

Dans certaines pièces, il y avait encore de vieux lits

miteux. Nous prîmes un instant pour nous asseoir, Eric et moi, et regarder Cutter et Laura installés face à nous.

— C'est comme un dortoir, dis-je. Vous ne trouvez pas ?

Eric me jeta un coup d'œil en biais.

— Kate, que se passe-t-il ?

— Joue le jeu. C'est un dortoir. N'est-ce pas ?

Je les regardai à tour de rôle et ils haussèrent les épaules, comme s'ils n'étaient pas certains de savoir ce que je voulais entendre comme réponse.

— Il y a six chambres à cet étage. Ça permettrait d'accueillir douze personnes. Et il y a une flopée de chambres d'amis dans cette maison, donc on pourrait en faire venir d'autres.

— Tu songes à un hôtel ? demanda Laura. Ce serait haut de gamme, mais avec ces chambres ce serait comme une auberge de jeunesse.

— Non. En fait, c'est Mindy qui m'a donné l'idée.

— Mindy ?

— Enfin, l'essentiel de l'idée.

Je regardai Cutter.

— Tu crois que cette salle de bal pourrait être transformée en centre d'entraînement ? Avec des matelas, des sacs de frappes et tout le toutim ? Et les salons pourraient être transformés en salles d'entraînement pour le tir à l'arc, le lancer de couteaux et des trucs ce de ce genre ?

Il fronça les sourcils.

— Tu me demandes d'installer un centre d'entraînement ici ?

— Non, pas vraiment. Enfin, si tu étais intéressé à l'idée de t'entraîner et de participer, ce serait génial. Pour l'instant, je veux simplement avoir ton opinion.

Je les regardai tous les trois, sentant l'enthousiasme monter en moi.

— Je vous ai tous dit que le Père Corletti pense que je devrais commencer à entraîner des Chasseurs de Démon. Apparemment, ils ont découvert de nombreux chasseurs potentiels dans le sud-est de la Californie. Et si la *Forza* les guidait jusqu'ici et que nous les entraînions ?

Je scrutai leurs visages, mais seul Eric répondit :

— Continue.

— D'accord. Eh bien, je pense que la *Forza* devrait acheter cet endroit. Je pense que je devrais le transformer en centre d'entraînement. Un centre complet dans lequel on pourrait vivre.

Je haussai les épaules.

— Bref, c'est l'idée. Qu'en dites-vous ?

Ils se regardèrent, tous les trois, mais personne ne prit la parole.

— Vous détestez l'idée ? Vraiment ? Je la trouvai assez géniale.

— Non, répliqua Eric d'une voix rauque. Honnêtement, je trouve ça brillant. Et tu pourrais carrément compter sur moi pour l'entraînement.

— Vraiment ?

Il me prit la main et je sus qu'il songeait à notre jeunesse. Au temps que nous avions nous-mêmes passé dans les dortoirs.

— Absolument.

Nous retournâmes dans la salle de bal pour que Cutter puisse y jeter un nouveau coup d'œil, maintenant que je lui avais dit comment je voulais la réaménager.

— Honnêtement, Kate, je crois que cet endroit est aussi

parfait que possible. La salle de bal sera facile à transformer. Les jeunes seront dans les dortoirs. Ils vivront ensemble, donc il y aura un esprit de camaraderie.

— Ce serait presque comme la *Forza de l'Ouest*, déclara Eric.

J'éclatai de rire.

— *Forza*, la suite, déclara Laura d'une voix grave comme dans une bande-annonce. Cette fois-ci, les problèmes deviennent personnels.

— Je suis vraiment ravie que vous pensiez que c'est une bonne idée, déclarai-je quand j'eus arrêté de rire et que je pus à nouveau respirer. J'avais peur que vous disiez que je voyais trop grand, que j'avais les yeux plus gros que le ventre.

— Eh bien, c'est peut-être le cas, déclara Eric. Mais je te soutiens. Et on peut aussi déplacer ma collection de livres ici.

Eric était le bibliothécaire préposé aux livres rares à la bibliothèque publique de San Diablo avant de mourir. À cause de ce qu'il était et de ce qu'il essayait d'apprendre à son sujet, il avait réuni une collection assez conséquente de livres rares, notamment sur les démons et la démonologie. J'avais supposé qu'il utilisait les fonds de l'institution, mais il avait en fait acheté les livres tout seul ou grâce à un compte dédié à la recherche à la *Forza*.

Avoir ces manuscrits ici, si nous entraînions des chasseurs de démons, serait une aubaine, mais je ne voyais pas comment cela pouvait arriver. Ils appartenaient à la bibliothèque à présent.

— Non, répondit-il quand je le lui fis remarquer. Mon testament autorisait la bibliothèque à les garder pour toi, mais c'est finalement à toi de prendre la décision quant à l'endroit où iront ces livres.

— C'est *ta* décision, dis-je.

— Non. Eric est mort. David Long n'a aucun droit sur eux.

Je ne répondis rien. Il savait parfaitement que je ferais ce qu'il voulait de ces manuscrits rares.

— Ça m'émoustille, admis-je alors que nous discutions tous les quatre des possibilités.

— Nous pouvons aussi organiser tes cours d'autodéfense pour femmes ici, déclara Cutter. Ce n'est pas très pratique pour moi, mais si je suis consultant ici quoiqu'il arrive...

Je secouai la tête.

— Non. Je veux que ça reste distinct. Et nous devrons nous arranger pour avoir un genre d'accréditation d'école privée. Je me dis qu'avec ses études de droit, Stuart pourra s'occuper de ça. À supposer qu'il soit partant pour toute cette idée. Et le Père Corletti, bien sûr.

— Je suis sûr que ce sera le cas, répondit Eric.

Au rez-de-chaussée, les entrepreneurs étaient toujours au travail. Nous zigzaguâmes entre eux, essayant d'éviter leur équipement et les piles de carrelage alors que nous nous dirigions vers la sortie. Nous avions presque atteint la porte quand l'un d'eux se jeta sur Eric avec un pied de biche à la main.

Cutter, avec le genre de mouvement qu'il ne montre pas en classe, donna un rapide coup de pied et le mec s'étala après avoir été heurté en plein mollet.

Il se mit à grogner par terre.

— Idiot. Ta confiance est mal placée.

Eric l'attrapa par le col et le souleva. Cutter resta immobile quand Eric fut nez à nez avec le démon.

— Qu'est-il arrivé aux créatures qui font une révérence devant moi ? Celles qui m'appellent Sir ?

— Je ne ferai jamais de révérence devant vous. Mais si vous me tuez, un autre viendra. Il ne s'élèvera pas. Il ne le peut pas. Nous ne pouvons pas le laisser faire.

Laura me regarda.

— Qu'est-ce que ça signifie ?

Je secouai la tête. Je n'en savais rien. Autour de nous, les autres ouvriers nous fixaient. Je voyais l'envie de sang dans les pupilles d'Eric et je savais qu'il souhaitait plonger quelque chose d'aiguisé et de pointu dans l'œil du démon, mais ce n'était ni le moment ni l'endroit. Et j'espérais grandement qu'il s'en rendait également compte.

Après cinq bonnes secondes, Eric jeta le démon par terre.

— Dégage d'ici avant de perdre un œil.

J'eus l'impression que le démon allait à nouveau attaquer, mais il se retourna ensuite et se précipita vers la porte en criant.

— Il ne peut pas s'élever, il ne le fera pas...

Cutter me regarda, respirant difficilement et saisissant la main de Laura.

— C'était un petit gars mystérieux, hein ?

— Oui, répondis-je. Ils le sont presque toujours.

19

— Alors, tu aimes vraiment l'idée ? demandai-je à Stuart alors que nous sirotions notre café à la table du petit déjeuner le lendemain matin. Enfin, tu penses vraiment que ça a du sens ?

— Tu es sûre de vouloir assumer ça ? s'enquit-il. Enfin, mon rôle est le plus facile. La paperasse, les chèques et les documents à signer. Tu prends une sacrée responsabilité, Kate.

— Mais je ne serai pas seule. Tu aideras avec le côté administratif, non ? Et Eric entraînera et aidera avec les opérations générales. Cutter aidera aussi. En plus, le Père Corletti enverra d'autres personnes pour nous aider avec l'entraînement.

— Je trouve que c'est une excellente idée, déclara-t-il. Mais qu'est-ce qu'on fait pour le lycée ? Allie va-t-elle s'impliquer totalement dans ta nouvelle académie ? Ou restera-t-elle au lycée Coronado ?

— Ce sera la *Forza de l'Ouest* pour Allie, dis-je. Mais on

fera aussi venir des enseignants académiques. J'ai le sentiment que ce seront les cours qu'elle tentera de sécher.

Il acquiesça lentement.

— Ça me paraît logique. Et pour Mindy ?

Je grimaçai. Honnêtement, je n'y avais pas réfléchi. Et à cet instant, mon cerveau était très, très fatigué. J'avais passé la plupart de mon temps, entre deux heures du matin et maintenant, au téléphone avec le Père Corletti, à lui parler ainsi qu'à Marcus de cette idée et des aspects pratiques pour que nous puissions la mettre en œuvre.

— Je ne sais pas, déclarai-je honnêtement. Elle s'en sort bien sur le terrain, mais je pense qu'elle serait vraiment géniale si elle s'entraînait pour devenir *alimentatore*. Enfin, Laura déchire sur le plan de la recherche. Telle mère, telle fille ?

— Alors l'école enseignerait également ce genre de choses ? s'enquit Stuart. L'histoire, la démonologie, tout ça ?

— Oui. En plus des cours académiques ordinaires.

Toutefois, si cette école se rapprochait un tant soit peu de mon expérience, il y aurait plus de combats et moins de cours magistraux, sauf pour ceux qui choisissaient la voie des *alimentatores*.

— Comment vas-tu recruter les instructeurs académiques ?

Je soupirai.

— Stuart, cette idée m'est venue hier. Je n'ai pas encore pensé à tout. Mais tu as raison. Il va falloir qu'on recrute. On aura besoin des accréditations. Et j'espère vraiment que mon mari organisé et plein de ressources s'en occupera.

— J'ai des réunions toute la journée, mais je vais y réfléchir. Je te le promets.

— Ah oui ?

Il se leva avant de m'embrasser sur la joue et d'emporter sa tasse de café vers l'évier.

— Je ferai n'importe quoi pour toi. Tu le sais, n'est-ce pas ?

— Qu'est-ce que tu fais pour maman ? s'enquit Allie en arrivant dans la cuisine, pieds nus et arborant son pyjama orné de lapins.

— Stuart va étudier les aspects légaux d'une idée que j'ai eue.

Je ne pouvais m'empêcher de sautiller sur ma chaise.

Allie jeta un coup d'œil à Stuart, haussant les sourcils.

— Maman meurt d'envie de me dire ce que c'est. Ça n'est pas trop grave ? Vous pouvez me le dire ? C'est un secret ?

Je ris.

— Non, je crois que tu peux être mise au courant, mais tu dois aussi comprendre que ça n'arrivera peut-être pas. Un million de choses doivent se mettre en place pour que ça se fasse.

— Quoi ?

Désormais, elle paraissait réellement intéressée. Elle tira une chaise et s'assit à la table, avant de prendre une des tartines que je m'étais préparée.

— Que se passe-t-il ?

— On envisage de transformer le manoir Greatwater en centre d'entraînement. *La Forza de l'Ouest.* Une véritable école privée pour entraîner les chasseurs.

— Waouh. C'est tellement cool.

Elle écarquilla les yeux et parut aussi étourdie que moi.

— Pendant que vous planchez là-dessus, je vais aller au bureau.

— Merci, chéri. Le Père Corletti a dit que tu pouvais commencer à préparer les papiers pour que la *Forza* achète le bâtiment.

— Je m'en charge, répondit-il.

— Alors ça va vraiment se faire ? demanda Allie.

— L'achat de propriété, oui. Mais qu'on puisse créer un pensionnat ou non... eh bien, c'est une autre histoire. Tu aimerais ?

— Tu plaisantes ? Bien sûr.

— Tu comprends que ce serait ta véritable école ? Tu n'irais plus au lycée Coronado.

— Oh.

— Et ?

Je la regardai prudemment.

— Je peux le supporter, dit-elle lentement. Mais Mindy ?

— Eh bien, ce serait à Mindy et Laura de prendre une décision, non ? Mais même si elle décidait de rester à Coronado, vous vivriez quand même l'une à côté de l'autre.

— Mais tu as dit que ce serait un pensionnat.

Je bredouillai, parce qu'elle avait raison, et pourtant je n'avais pas du tout songé à cette perspective. Je me demandai si Stuart y avait réfléchi. Allions-nous vendre cette maison et emménager dans le manoir ? Après tout, les employés et les instructeurs vivaient généralement sur place, également.

Puisque je n'en savais rien, je déviai la conversation.

— On réglera en temps et en heure, déclarai-je avec

probablement plus d'impatience que je ne l'aurais dû. Nous devons discuter d'un million de détails.

— Mais...

Je levai une main.

— Je suis restée debout toute la nuit à parler au Père Corletti. Sérieusement, chérie. On peut discuter des détails plus tard.

— Peu importe.

Néanmoins, elle ne me répondit pas avec l'agacement d'une adolescente. Elle s'était lassée de cette conversation et était prête à passer à autre chose. Je me dis que c'était une bonne chose.

Elle se leva et se versa une tasse de crème avec un soupçon de café avant de revenir à la table.

— Je peux aller patrouiller avec Jared aujourd'hui, hein ?

— Oui. Mais tu dois faire attention. Surveille ton environnement. Sois toujours en alerte.

— Maman. Tu n'as pas besoin de me le dire chaque fois que je vais en patrouille. Je ne vais pas l'oublier accidentellement et devenir imprudente et stupide parce que tu ne me rappelles pas que je dois faire attention.

— Je veux juste m'en assurer, déclarai-je.

C'était effectivement une adolescente et ces choses valaient la peine d'être répétées.

Elle leva les yeux au ciel avant de sourire.

— Il vient me chercher dans une quinzaine de minutes, donc il faut que j'aille m'habiller.

Elle but une autre gorgée avant de froncer les sourcils.

— Ça doit être vraiment étrange de devoir faire renouveler son permis tous les dix ans environ parce que tu as exactement la même tête qu'à l'âge où tu l'as obtenu.

— Oui. C'est une question que je me suis toujours posée, déclarai-je sèchement.

— J'essaie d'apprendre. C'est ce que tu as dit, non ? Je suis censée être constamment en train d'apprendre. C'est ma vocation maintenant.

— Apparemment, tu es plus douée pour étudier quand ta vocation implique un garçon.

Elle se contenta de sourire.

— Allie. Il est trop vieux pour toi.

— Je sais, maman...

Elle s'éloigna alors de la table et quitta la pièce, me laissant sourire dans ma tasse de café. Il *était* trop vieux pour elle et elle le savait. Il le savait également et je pensais qu'il le respectait. Mais j'allais clairement les surveiller tous les deux dans un avenir proche.

Une fois que j'eus bu plus de café qu'un humain ne devrait en consommer en une seule matinée, je recommençai à nettoyer la maison puisque j'avais encore une montagne de choses à faire avant samedi. Je laissai la télé allumée en m'affairant, alors que Timmy était déjà levé, nourri et installé devant *1, rue Sésame*.

Il chantait tandis que je nettoyais et cette matinée parut aussi normale que possible. Eddie finit par descendre se préparer une gaufre, avant de me dire qu'il sortait pour retrouver Rita au petit déjeuner.

Je jetai un coup d'œil à la gaufre et décidai de ne pas insister.

— Vient-elle samedi pour la f-e-t-e de Qui Vous Savez ?

demandai-je en restant mystérieuse puisque Qui Vous Savez n'était qu'à quelques mètres.

— D'après ce que je sais, oui. J'imagine qu'elle ne voudrait pas louper ça.

Il parlait d'un air nonchalant, mais je voyais qu'il avait hâte qu'elle vienne ici pour jouer à l'hôte de maison en se vantant de son arrière-petit-fils.

Une fois qu'il franchit la porte, je reportai mon attention sur Timmy.

— Il n'y a que toi et moi, gamin. Tu veux m'aider à nettoyer ?

— Elmo, répondit Timmy en montrant l'écran.

Cela ne se passait-il pas toujours ainsi ? J'étais mise de côté à cause d'un monstre. Bien qu'il soit adorable et mignon.

À la fin de l'après-midi, j'avais presque tout fait, à part passer l'aspirateur dans le salon, ce que je ne voulais pas faire pour ne pas déranger Timmy, qui était passé de la télé à un jeu tranquille avec ses animaux en peluche sur le canapé. Puisque l'aspect « tranquille » était la clé, je ne voulais pas mettre en rogne les dieux bienveillants qui m'avaient offert ce moment de paix.

Je profitai de cet instant à la table de la cuisine pour feuilleter un magazine, et lorsque je levai les yeux, je vis Mindy à la porte arrière. Je me levai pour la faire entrer, m'attendant à voir Laura derrière elle, mais elle était seule.

— Allie n'est pas là. Elle est partie patrouiller avec Jared.

Mindy se mordit la lèvre inférieure et pencha la tête, croisant les bras sur sa poitrine. Avec mon talent aiguisé pour lire le langage corporel, je compris qu'elle était agacée.

— Elle m'a dit qu'elle voulait qu'on se fasse les ongles

aujourd'hui. Elle devait faire les miens ce matin pour qu'ils soient vernis et cool pour le spectacle.

— Peut-être qu'elle s'est mélangé les pinceaux avec les horaires, dis-je en sachant bien que ma fille avait simplement oublié.

Sa meilleure amie avait été chassée de son esprit par le pouvoir d'un mec mignon.

— Je n'arrive pas à croire qu'elle est encore partie en patrouille et ne m'a pas emmenée. Le problème n'est pas qu'elle veut éviter que je sois blessée et que ma doublure prenne ma place, j'en suis certaine.

Puisqu'elle avait sans doute raison, je demeurai sagement silencieuse.

— Je me suis entraînée, Tante Kate. Et je suis douée. Oui, Allie est meilleure, mais elle s'est plus entraînée. Et elle a probablement hérité de bons gènes de ta part, aussi.

— Je crois qu'elle a plus hérité de son père, déclarai-je sèchement.

Mindy haussa les épaules.

— Oui, peut-être.

Elle me scruta.

— Ils sont vraiment allés patrouiller ensemble ?

— Je suis désolée, mais oui. Tu veux passer du temps ici ? Je peux te payer pour t'occuper de Timmy pendant que je finis le ménage.

Elle regarda mon fils qui était le modèle même de l'enfant très bien éduqué.

— Je serai payée pour surveiller *ça* ?

Je ris.

— J'ai peur que l'enfer se déchaîne si je le fais changer de pièce pour passer l'aspirateur. J'espérais avoir un tampon.

— Je vais le surveiller. Pas besoin de me payer. Tu veux que je l'emmène à la maison ?

— Tu ferais ça ? Ce serait génial.

Alors que nous commencions à réunir quelques affaires qu'elle emporterait pour lui, elle marqua une pause et me regarda.

— Je peux te dire quelque chose, Tante Kate ?

— Bien sûr que oui.

— Je ne sais pas si je lui fais confiance. À Jared, je veux dire.

Je ne savais pas vraiment si j'entendais une alarme sonner dans ma tête ou si j'étais agacée contre ma fille, qui n'avait clairement pas raconté toute la situation à sa meilleure amie.

— Pourquoi pas ? demandai-je.

— C'est probablement juste une impression. Je crois qu'il est...

— Quoi ?

Elle secoua la tête.

— Je crois simplement qu'il n'est pas ce qu'il prétend.

Elle n'avait pas tort à ce niveau. Et j'imaginais que cela signifiait également que j'avais eu raison : Mindy avait les instincts qu'il fallait pour devenir une bonne *alimentatore*.

J'envisageai de lui dire toute la vérité dans l'instant, mais je voulais offrir à Allie un jour de plus pour faire ce qu'il fallait. Et, honnêtement, je n'étais pas certaine que c'était le genre de choses que Mindy devait avoir en tête avant d'endosser l'un des rôles principaux de la comédie musicale.

Je n'étais pas actrice, mais à mon avis, la partie démoniaque de votre meilleure amie et son coup de cœur pour un vampire étaient le genre de choses pouvant vous faire oublier les chansons et les chorégraphies.

Ou peut-être que je trouvais simplement des excuses pour me taire.

Peu importaient mes raisons, je finis par dire :

— Je vais être honnête, Mindy. On a assez bien vérifié ses antécédents. Tu sais qu'il va au lycée Coronado, donc Eric a pu fouiller dans ses dossiers.

Prononcer le nom d'Eric apaisa une partie de ma culpabilité. Mindy ne savait peut-être pas tout, mais elle était au courant de la véritable nature du père d'Allie.

— D'accord. Eh bien, tant mieux. Vous venez ce soir, n'est-ce pas ?

Elle paraissait à la fois enthousiaste et toute jeune. J'avançai vers elle pour l'étreindre.

— Évidemment que nous venons. Je suis si fière de toi. Allie l'est aussi.

Elle sourit et ne me contredit même pas.

Elle baissa ensuite les yeux vers Timmy et lui prit la main.

— Tu es prêt ?

— Prêt ! répondit-il.

Elle me lança un dernier sourire avant de guider mon petit gars de l'autre côté du jardin, en direction de sa maison.

Soudain, je me retrouvai seule, mon mari et mes enfants étant sortis de la maison. Certes, Timmy était juste de l'autre côté de la rue, avec la fille de ma meilleure amie. Mais Allie faisait des choses d'adulte, et bientôt, ce serait aussi le cas de mon fils.

Plus j'y songeais, plus je me rendais compte que mon

rôle dans ce monde changeait également. Je ne serais plus vraiment une maman ou une chasseuse de démons. Désormais, j'allais devoir former une nouvelle génération. Pas mes enfants, mais mes étudiants.

C'était un travail important, peut-être le plus important de tous, puisque nombre de choses étaient dissimulées dans ce monde. Des choses maléfiques. Je le savais bien. Et il fallait que je m'assure qu'il existait d'autres personnes pouvant protéger l'humanité lorsque ma génération de Chasseurs prendrait sa retraite.

J'observai ma maison, me sentant mélancolique alors que j'essayais de décider ce que j'allais faire ensuite. Je m'apprêtais à tout laisser tomber et à aller prendre un long bain quand mon portable sonna.

Je l'attrapai, ravie de voir qu'il s'agissait d'Eliza.

— Salut, cousine. Tu penses revenir quand à San Diablo ? Tu as déjà choisi une date pour la cérémonie ?

— Pas encore. Tu as besoin de moi là-bas ? C'est un peu la folie ici, pour être honnête.

— C'est un peu la folie ici aussi, lui dis-je. Apparemment, Allie est la seule qui peut vaincre Lilith et toute une flopée de démons essaie de la tuer.

— Alors les choses sont plus ou moins habituelles, lança-t-elle.

Je ris.

— Plus ou moins.

Je songeai à ce qu'elle venait tout juste de dire.

— Comment ça, c'est la folie à San Diego ?

— J'ai eu un accident.

— Quoi ? Tu vas bien ?

— Je vais bien. Je promets que je ne suis pas morte. Je

ne suis pas un démon en costume d'Eliza. Mais j'ai la jambe cassée.

— Tu étais en voiture ?

— Non. J'étais sur un passage piéton. Un mec m'a percuté. Honnêtement, si je n'avais pas été entraînée, j'aurais probablement été tuée. Simplement, j'ai mal atterri quand j'ai sauté pour esquiver. Je me suis cassé le tibia droit. Ça devrait guérir proprement, mais je ne peux pas conduire pour l'instant. Je suis vraiment déçue parce que je pensais revenir à San Diablo pour l'anniversaire de Timmy. Mais je ne peux pas.

— Je suis vraiment désolée. Et Stuart n'a pas le temps de venir te chercher. Le spectacle de Mindy est ce soir et...

— Ne t'inquiète pas. Sérieusement. C'était juste une idée qu'un conducteur imprudent a anéantie. Tu as assez de choses à faire. Et je dois encore faire des cartons. En parlant de ça, tu as regardé celui que j'ai demandé à Stuart de rapporter ?

— Je suis désolée. J'étais débordée, dis-je en jetant un coup d'œil au carton que j'avais rangé sous la table à côté du canapé.

— Ne t'inquiète pas. Ce n'est pas comme s'il y avait quoi que ce soit d'important là-dedans. Attends-moi et on verra ça ensemble. Bien que je ne sache pas quand ce sera. Stupide jambe. J'avance si lentement, maintenant.

— J'aimerais qu'on puisse te faire venir facilement.

— C'est bon. À vrai dire, Timmy ne remarquera même pas mon absence à la fête. La semaine prochaine, on trouvera une solution. Je reviendrai et je lui ferai un énorme câlin. J'ai vraiment hâte de revenir. Vous me manquez tous, Kate.

— Toi aussi, tu me manques. D'ailleurs, je comptais t'appeler aujourd'hui.

Je lui fis un résumé de mon idée pour le centre d'entraînement, espérant qu'elle serait enthousiaste à l'idée de s'inscrire et je fus soulagée quand elle le fut. Au point même où elle couinait presque de joie.

— Je ferais le tour de mon appartement en dansant, si je le pouvais. Stupide plâtre. C'est super. C'est une si bonne nouvelle. Et la localisation est parfaite.

— Avec toutes les bizarreries occultes qu'il y a eu par le passé, ça paraît étrangement parfait. C'est comme si on transformait quelque chose de mauvais en quelque chose de bon.

— En parlant de bizarrerie occulte, l'une des raisons pour lesquelles je t'appelais, c'est que j'ai une sensation étrange.

— Comment ça, étrange ?

— Je ne sais pas, comme s'il allait se passer quelque chose de mal. Et ensuite, tu me dis qu'Allie est la seule à pouvoir vaincre Lilith. Ou, du moins, que les démons semblent penser que c'est le cas. Enfin, ce n'est pas rien, n'est-ce pas ?

— Oui. Je dirai bien que c'est important.

— Eh bien, ça paraît peut-être fou, mais j'ai eu le sentiment que la personne qui m'a heurtée avec cette voiture me visait. Que ce n'était pas réellement un accident. Et maintenant que j'y pense, eh bien, et s'ils essayaient de s'en prendre à quiconque protège Allie ?

Mon sang se glaça soudain.

— Je ne trouve pas ça idiot du tout, répondis-je en pensant aux attaques contre Eric et moi.

Contre Jared, également.

— Je ne trouve *vraiment* pas ça idiot.

— Oh, mon Dieu. Alors vous devez être prudents. Promis ?

— On est prudents, la rassurai-je.

Je me demandai à quel point cette déclaration était exacte. Ma fille patrouillait avec un vampire, après tout.

Je mis Eliza sur haut-parleur afin de pouvoir lancer l'application de traçage. Ils étaient toujours au parc. Le même où se trouvaient Eddie et Rita. J'envoyai un rapide message au vieillard, lui demandant d'aller à leur localisation pour être sûre que tout allait bien.

— Kate ?

— Pardon. Je suis simplement ton conseil.

Je lui expliquai ensuite ce que je venais tout juste de faire.

Elle rit.

— Désolée de te rendre paranoïaque. Dis-moi ce qu'Eddie te répond.

Le SMS du vieillard arriva immédiatement.

Déjà avec la gamine et le vampire. Vont bien tous les deux.

— J'imagine que tout va bien.

— Pour l'instant, répliqua Eliza. Mais j'écoutais le journal ce matin. Tu sais qu'il va y avoir une pluie de météorites en pleine journée, cette semaine ? Les ariétides ou arachnides ou quelque chose de ce genre. Je ne sais pas. Mais l'air et le feu sont les éléments de Lilith.

— Comment le sais-tu ?

— Ma mère lisait dans les cartes de tarot et elle s'intéressait à l'astrologie et à l'astronomie. Je ne sais pas si ça veut dire quelque chose, mais je ne peux m'empêcher de penser que c'est le signe que Lilith mijote quelque chose.

J'y réfléchis. L'air et le feu. Les météorites et l'atmosphère.

Et ma fille était au centre de tout.

À seize heures, Allie et Timmy étaient de retour à la maison, sains et saufs. Dans une famille normale, cela n'aurait même pas été un événement remarquable, mais dans mon foyer, on pouvait le célébrer.

À dix-sept heures, je commençai à me préparer à aller au théâtre. À dix-neuf heures, Laura était dans le salon et sirotait un verre de vin. Je me joignis à elle. Nous attendions Allie et Stuart, ce dernier étant revenu précipitamment du bureau une demi-heure plus tôt.

Eddie restait là pour garder Timmy et Rita se joindrait à lui. Ils ne voulaient pas louper le spectacle de Mindy, mais ils prévoyaient de faire l'impasse sur l'avant-première pour se rendre uniquement à la grande première.

— Tu es nerveuse ? demandai-je à Laura.

— Absolument pas, dit-elle en hochant la tête pour me donner sa véritable réponse.

Je ris.

— Elle sera géniale. Elle a une voix incroyable.

— Mais la question est : peut-elle jouer la comédie ? demanda Eddie.

Laura pâlit légèrement.

— Il ne faut pas simplement savoir chanter sur une telle scène.

Il gloussa et la montra du doigt avant de conclure :

— Ne sois pas une mère poule. Elle fera ce qu'elle peut et elle fera de son mieux.

— Je sais. J'espère simplement que son mieux est suffisant pour qu'elle reçoive une standing ovation.

Je souris. Je devais admettre que j'étais un peu jalouse. J'aimais ma fille et j'étais extrêmement fière d'elle, mais je ne la verrais jamais sur scène. Enfin, après tout, je ne savais pas s'il y avait mieux que de l'avoir vue effectuer un coup de pied rotatif dans la tête d'un démon qui était alors tombé sur le dos avant qu'elle lui plante une lame dans l'œil dans un mouvement fluide. Franchement, ce genre de choses rendait une mère fière.

En parlant du loup, ma fille descendit les marches à pas lourds dans une petite robe d'été et pieds nus. Je haussai les sourcils et en réponse, elle leva les yeux au ciel.

— Mes chaussures sont dans le placard du couloir, dit-elle. Je ne vais pas y aller sans.

Je jetai un coup d'œil à Laura qui me sourit en retour.

— Tu es très jolie. Mindy est ravie que tu viennes.

— J'espérais que Jared puisse venir aussi, dit-elle de manière appuyée en me regardant.

Je levai les mains.

— Je n'ai rien fait pour le décourager, déclarai-je.

Ce que je n'ajoutai pas, c'était que j'étais soulagée qu'il ait décliné l'invitation d'Allie en disant qu'il devait s'occuper de certaines choses ce soir, mais qu'il se joindrait à elle avec joie, samedi, pour la première publique.

Allie regarda sa montre et commença à sautiller.

— Il faut qu'on y aille. Où est Stuart ?

Rapidement, l'homme en question apparut dans l'escalier, élégant dans l'un de ses costumes décontractés. Il se dépêchait également, vérifiant sa montre et nous observant toutes.

— Il faut vraiment qu'on y aille.

Laura et moi nous regardâmes, luttant pour ne pas sourire. Je secouai la tête, comme pour lui signaler de ne rien dire à mon mari. Nous nous entassâmes dans le monospace et partîmes à la salle des fêtes. Heureusement, le trajet fut bref et il fut facile de nous garer puisque c'était une avant-première. Et, petit avantage, puisque Mindy jouait l'un des rôles principaux, on nous avait donné des places aux premiers rangs.

Je m'assis entre Laura et Allie, tandis que mon mari était de l'autre côté de ma fille. Il se pencha et me regarda, souriant lorsque le rideau se leva. Je serrai la main de Laura avant de m'enfoncer sur ma chaise pour regarder le spectacle.

Into the woods avait toujours été l'une de mes comédies musicales préférées, mais alors que je regardais ce conte de fées commencer, puis être suivi par le récit de ce qu'il se passait après le « ils vécurent heureux », je ne pus m'empêcher de faire des parallèles avec ma propre vie. Avec ce qu'Allie vivait, surtout. Elle avait appris que sa mère avait une vie secrète, une vie spéciale. Et elle avait désespérément voulu en faire partie.

Son souhait s'était réalisé, mais ce qui était arrivé ensuite était plus difficile que ce qu'elle aurait pu imaginer. Ma petite fille traversait également des péripéties et je ne pouvais qu'espérer que finalement, elle en sortirait indemne.

Mes pensées profondes et philosophiques s'envolèrent alors que le spectacle progressait. La voix de Mindy emplit le théâtre, claire, forte et belle. Elle et le garçon qui jouaient le boulanger étaient parfaits ensemble. Ils chantaient, dansaient et paraissaient si professionnels que j'oubliai presque qu'elle n'avait que quinze ans.

Plus d'une fois, je me penchai vers Laura pour lui chuchoter à quel point j'étais impressionnée. Quant à Allie, elle couinait et applaudissait à la fin de chacune des chansons de Mindy. Quand le rideau tomba, nous nous levâmes d'un bond et applaudîmes tous les acteurs pour leur performance incroyable, même si je savais que, tous les quatre, nous applaudissions surtout Mindy.

Lorsque le rideau retomba, Allie se tourna vers moi et passa ses bras autour de moi avec enthousiasme, avant de m'enlacer fermement.

— Elle a été géniale. J'ignorais qu'elle pouvait faire ça. Oh mon Dieu, je me sentirais humiliée sur cette scène. Et je chanterais comme un hamster étranglé.

— Mais un hamster étranglé mignon.

— Oui. Je ne suis pas sûre que ce soit suffisant. Oh, mon Dieu, je n'arrive pas à croire qu'elle ait été si bonne.

— Il faut que tu ailles lui dire, lui intimai-je. Les avant-premières sont faites pour ça.

Comme pour souligner mes mots, le rideau se leva et les acteurs vinrent sur scène, le producteur sortant et disant au public que nous pouvions monter et discuter avec les jeunes. Allie bondit littéralement sur la scène, ce qui me fit grimacer puisque ce n'était pas vraiment le chemin adapté pour monter. Mais puisqu'elle étreignait Mindy, je décidai de laisser tomber.

Au début, Mindy parut totalement paniquée par cette immense démonstration d'attention, mais elle éclata ensuite de rire. Même de là où j'étais assise, je voyais que ma fille s'extasiait longuement.

Elles s'enlacèrent encore et encore. Je vis ensuite l'expression d'Allie changer et s'assombrir, avant qu'elle fronce les sourcils. Mon sang se glaça et je me penchai vers Laura.

— À cet instant, j'aurais vraiment aimé avoir cet amplificateur de voix.

— Je suis d'accord avec toi.

Mais ce n'était pas un moment que nous pouvions régler pour nos filles. Mindy inclina alors la tête et guida Allie dans les coulisses où nous ne pouvions pas les voir. Je ne pus que rester assise là, mon estomac retourné alors que je me demandais quel était le sujet de leur conversation et comment leur amitié allait y survivre.

20

— **M**a fête, ma fête, ma fête !

Sorti tout droit de son bain, Timmy courut tout nu dans sa chambre, agitant les mains au-dessus de sa tête comme le gamin de *Maman, j'ai raté l'avion* et gloussant comme un fou.

— Ce n'est pas vraiment ta fête encore, mon petit, dis-je. Encore quelques heures. Tu as quel âge aujourd'hui ?

Il leva trois doigts.

— Trois ! J'ai trois ans, maman !

— C'est vrai, petit gars. Tu grandis si vite. Comment est-ce arrivé ?

Je tins la serviette ouverte et il s'y précipita. Je finis de le sécher avec le tissu éponge, avant d'enrouler son corps dans la serviette et de le serrer contre moi.

— Promets-moi que tu ne grandiras pas trop vite, d'accord ?

— D'accord maman. Je suis assez grand aujourd'hui.

Il pencha ensuite la tête en arrière et me sourit. Je l'attirai contre moi avant de me baisser vers lui et d'inspirer son odeur de bébé propre, me disant que j'aimerais ranger ces souvenirs dans une boîte tout comme je stockais les vieilles photos.

— Tu es assez grand pour t'habiller tout seul ? demandai-je quand je brisai notre étreinte.

— Oui, oui, maman !

Il s'éloigna rapidement avec un salut impressionnant, puis tendit la main pour que je tape dedans, ce que je fis avec enthousiasme.

— D'accord, chéri. Tu t'habilles pendant que ma maman va rendre la maison jolie pour ta fête. Descends quand tu es prêt, mais tu ne touches pas à ce qui concerne la fête, d'accord ? On veut que ce soit joli pour tes amis. Compris ?

Il me fit un nouveau salut militaire et je le laissai faire, me disant que je pourrais envoyer Stuart ou Allie si notre petit gars mettait trop de temps.

— Je t'aime, mon bébé.

— Moi aussi je t'aime, maman.

Ces mots merveilleux suspendus dans l'air, je partis vers les escaliers et découvris qu'Allie versait des bretzels et des gâteaux apéritifs dans des ramequins pour les invités.

— Je peux faire quoi d'autre ? demanda-t-elle.

Je regardai autour de moi et évaluai ce qu'il restait à faire. Ces derniers jours, j'avais récuré la maison du sol au plafond. Au point où nous étions, nous pourrions manger par terre. Et je défiais quiconque de trouver un mouton de poussière, du moins, au rez-de-chaussée.

J'avais même décalé la gazinière et nettoyé derrière, dévoilant ainsi un environnement sombre et gras encore plus terrifiant que certains repaires démoniaques. Croyez-moi.

En plus du nettoyage, j'avais couvert le rez-de-chaussée de décorations pour la fête. J'étais sûre que Laura — ou n'importe quelle amie maman — aurait pu le faire avec plus de finesse, mais le résultat final était un éventail de couleurs et de dessins criards qui ferait tourner la tête de n'importe quel bambin.

Lentement, je tournai sur moi-même. Je devais encore mettre les verres, les assiettes et la nappe Nemo. Laura apportait le gâteau. J'avais un tas de briquettes de jus de fruits.

En d'autres mots, tout s'assemblait miraculeusement.

Les sacs cadeaux des enfants n'étaient toujours pas faits, donc je me demandai à Allie de s'en occuper. Tandis qu'elle remplissait les sacs sur le thème de Pixar avec des bonbons, de petits cahiers de coloriage et des babioles, j'installai d'autres banderoles et des autocollants de poissons sur les carreaux de nos portes-fenêtres.

Je regardai ensuite la pièce. Dans l'ensemble, j'étais impressionnée. J'étais également épuisée. À vrai dire, j'avais probablement fait plus d'efforts que nécessaire pour notre liste d'invités relativement petite. Il n'y avait que les enfants du groupe de jeu de Timmy, ceux des mamans de mon cours d'autodéfense et ceux qui jouaient avec lui à la garderie pendant la messe plutôt que de prendre le risque d'interrompre l'office. Ce service de la cathédrale nous sauvait la vie et j'étais horrifiée de savoir qu'il n'était pas proposé dans chaque église du globe.

Tout cela pour dire que ce serait une fête d'anniversaire lors de laquelle les adultes auraient le temps de discuter

— avec des mimosas ! — et les enfants auraient quelques activités organisées. Cela s'annonçait vraiment amusant.

La seule chose que j'avais prévue était de chanter Joyeux Anniversaire et de manger du gâteau à quinze heures, puisque Timmy allait avoir trois ans. Autrement, les gamins avaient quartier libre. Ils avaient différentes options, bien sûr : un stand de jeu pour lancer des balles à grain, un bac à sable et de nombreux camions et ballons pour jouer dehors, mais j'avais surtout envie qu'ils se comportent comme des enfants, quelque chose qui choquerait assurément mon ennemie jurée, Marissa, qui planifiait chaque événement avec un timing précis.

Somme toute, je m'attendais à une après-midi calme. Honnêtement, je devrais savoir qu'il ne faut pas tenter le Destin.

Une fois les décorations terminées et les sacs remplis par Allie mis hors de portée des petites mains, je l'appelai dans la cuisine.

— Alors ? demandai-je en plaçant la nappe et en sortant les assiettes en carton et les couverts. Quand vas-tu me le dire ?

Elle cligna des yeux, n'ayant apparemment aucune idée de ce dont je parlais.

— Mindy ? Vous avez discuté au théâtre. Ça fait deux jours et tu n'as rien dit.

Certes, j'avais été follement occupée avec la préparation de la fête et mes tâches concernant le manoir. Mais je n'avais pas voulu la brusquer non plus.

En revanche, à présent...

Eh bien, que ce soit la chose à faire ou non, je ne pouvais plus le supporter. Ma curiosité me tuait. Je supposais que les filles étaient sur de bons rails étant donné qu'elles s'étaient étreintes et avaient couiné sur la scène, mais je souhaitais désespérément en avoir confirmation.

— Tout va bien, maman, dit Allie.

— Vraiment ?

Elle soupira.

— Je lui ai dit que tout était ma faute. Que j'avais agi comme une pétasse.

Elle baissa les yeux vers la table, avant de me regarder en haussant les épaules.

Je m'obligeai à ne pas faire de commentaire sur le langage qu'elle venait d'employer.

— Continue.

— Je lui ai dit que je n'avais pas voulu la repousser et que ça ne concernait pas Jared, pas vraiment.

Elle prit une inspiration.

— Je lui ai ensuite parlé de ce truc démoniaque en moi et de la lumière dorée à Rome. Et du fait que nous pensons que c'est la raison pour laquelle je suis plus rapide, maintenant. Plus forte.

Elle haussa à nouveau les épaules.

— Elle savait déjà ce qui était arrivé à papa, donc elle a compris. Et je lui ai tout dit. Ce qu'il se passe dans ma tête, je veux dire.

— Tu vas m'en parler ? demandai-je gentiment. Tu vas me dire ce que *tout* signifie pour toi ?

Elle saisit une serviette Nemo et commença à la déchirer en minuscules morceaux. Je faillis lui faire une remarque, car nous n'en avions pas beaucoup et je n'avais pas envie de repasser l'aspirateur, mais je me mordis la langue.

— Je n'en sais rien. J'imagine que je me suis laissée

prendre par toute cette histoire de « je suis la Chasseuse de Démons la plus cool ». Mais après tout, quand je me suis rendu compte que ça faisait aussi de moi une cible, j'ai eu peur. Pour moi, mais surtout pour Mindy.

— Je comprends.

— Je me suis dit que j'étais meilleure qu'elle dans ce domaine — pour combattre, je veux dire. Et c'est vrai. Mais ce n'est qu'un truc, tu vois ? Tout s'est mélangé dans ma tête. Je voulais la protéger, mais en même temps, je pensais que je n'étais pas comme elle. Et puis...

Elle se tut et haussa les épaules.

— Et ensuite ? insistai-je.

— Et je l'ai entendu chanter, ensuite. Je veux dire *vraiment* chanter. Pas dans une chorale ou comme on chante en écoutant la radio.

— Tu l'as entendu chanter ?

J'entendais l'incrédulité dans ma voix. J'ignorais totalement où elle voulait en venir.

Elle paraissait choquée que je ne comprenne pas.

— Allez, maman. Tu étais là. Sa voix était comme... Je ne sais pas. Genre, c'est vraiment merveilleux, n'est-ce pas ?

— Oui, dis-je. Mindy pourrait avoir une véritable carrière dans la musique si elle le voulait, je crois.

— Je ne pourrais jamais faire ça.

— Tu en as envie ?

— Non. Pas du tout. Mais ce n'est pas ce que je veux dire. Je me suis rendu compte de quelque chose. Pourquoi je me comportais comme une pétasse, je veux dire.

Cette fois-ci, elle me provoquait.

— Surveille ton langage, déclarai-je mollement. Dis-moi ce dont tu t'es rendu compte.

— Que je suis spéciale. Et alors ? Elle l'est aussi. Et ça ne veut pas dire que l'une de nous est meilleure que l'autre. Ça nous rend simplement différentes.

— Oui, répondis-je doucement. Tu as raison.

— Je m'inquiète toujours pour elle parce que... eh bien, je suis plus forte qu'elle et plus rapide. Mais maman, je deviens plus forte et plus rapide que toi aussi.

— J'ai remarqué. Ça te fait peur ?

— Un peu. Je l'ai dit à Mindy aussi.

— Qu'a-t-elle dit ?

— Elle a dit qu'elle serait là pour moi chaque fois que j'aurais besoin d'elle.

Elle essuya une larme sur sa joue.

— Et je lui ai dit que j'étais désolée de ne pas avoir été là pour elle.

Elle me sourit.

— Alors, j'imagine que tout va bien entre nous. *Non*, se corrigea-t-elle. Je sais que tout bien. Parce qu'elle m'a pardonné d'avoir été une...

— Pétasse, déclarai-je en même temps qu'elle.

Nous éclatâmes de rire.

— Oui, dit Allie. Plus ou moins.

— Tu sais ce que je pense ? m'enquis-je.

Elle secoua la tête.

— Je pense que je suis incroyablement fière de vous deux.

— Vraiment ?

— Vraiment, dis-je. Je t'aime, Al. J'aime Mindy aussi. Je suis ravie que vous ayez réglé ça.

Son sourire illumina son visage tout entier.

— Je t'aime aussi, maman. Je devrais aller voir s'il est habillé ?

Je m'apprêtais à lui suggérer de le faire quand j'entendis un autre « je t'aime ». Celui-ci venait du salon et alors que je me levais, Timmy trottina vers nous.

— Je t'aime, Allie !

Il se blottit contre elle alors qu'elle l'attirait sur ses genoux et me lançait ensuite un grand sourire.

— On a une famille étrange, dit-elle, mais je crois qu'elle est assez chouette.

— Oui, confirmai-je. Je crois qu'on s'en sort bien.

— Salut, petite star du jour, dit Eric.

Il prit Timmy dans ses bras dès qu'il arriva dans l'entrée. Il le saisit par les chevilles et le renversa, comme il le faisait avec Allie quand elle était petite. Et Timmy aimait cela autant que sa grande sœur par le passé.

— Balance-moi, onc' David ! Balance-moi !

Eric s'exécuta et Timmy criait de joie quand Stuart émergea de son bureau où il s'était occupé de formulaires quelconques dont il avait besoin concernant les plans de régulation de la *Forza de l'Ouest*.

— Waouh, dit Stuart en souriant à Eric. On dirait que tu as attrapé un très gros poisson.

— Je suis un *garçon*, papa. Et j'ai trois ans !

— Oui, c'est vrai. Content de te voir, Eric. Fais attention, sinon tu vas devoir le porter à l'envers toute la journée.

— Ça pourrait être supportable, n'est-ce pas, Tim le monstre ?

— Plus haut ! Balance-moi plus haut !

Alors qu'Eric gloussait, un sourire radieux se dessina sur mon visage. Je commençais à m'habituer aux discussions polies entre mes deux hommes, mais je n'allais pas espérer que ça continue. Ce serait trop beau pour être vrai.

— Papa !

Allie surgit dans la pièce avant de s'arrêter.

— Timmy ! Tu m'as volé mon câlin, le taquina-t-elle. Comment Oncle Eric est-il censé me faire un câlin s'il te laisse pendre ?

— *Mon* anniversaire. *Mon* onc' David.

— D'accord. Je vais faire un câlin à Stuart.

Elle se glissa à ses côtés pour l'étreindre et il le lui rendit avec peu d'enthousiasme. J'ignorais si Allie le remarqua, mais ce fut mon cas. Je croisai le regard de mon mari, y vis la culpabilité et m'excusai pour retourner dans la cuisine.

— Qu'est-ce qui ne va pas ? demanda Laura au moment où j'entrai dans la pièce.

Elle se trouvait près du lavabo et sirotait un Mimosa tout en discutant avec Cutter.

Je m'arrêtai brutalement, puisque je ne m'étais pas rendu compte qu'ils étaient arrivés par l'arrière pendant que nous discutions devant la porte.

— Rien. Je te le dirai plus tard. Tout ira bien pour moi.

Je fermai les yeux, soupirai et, quand je les rouvris, elle me tendait un Mimosa.

— Et tu vois ? Je vais déjà mieux.

Elle inclina la tête d'un air interrogateur, mais je balayai sa question d'un geste de la main.

— Sérieusement. Je vais bien, dis-je en jetant un coup d'œil autour de moi. Où est Mindy ?

— Elle apporte le gâteau, dit-elle. Elle arrive bientôt.

— Génial. Je crois qu'on est prêts.

Je regardai l'horloge. Une heure moins le quart. La fête commençait à quatorze heures, il y aurait du gâteau et un temps de détente au milieu, et cela se terminerait à seize heures. Je pouvais y arriver. Je serais épuisée à la fin, mais je pouvais y arriver.

Je tournai en rond, observant la maison, essayant de penser à ce que j'aurais pu oublier. C'est alors que je vis le carton. Il n'y avait rien de mal à avoir un carton sous la table basse, mais je ne voulais pas qu'un bambin impatient utilise les documents familiaux qu'Eliza avait réunis comme feuilles de dessin.

Je me dirigeai vers le carton, le sortis et le soulevai avec l'intention de l'emmener dans le bureau de Stuart pour qu'il soit en sécurité.

Naturellement, je fis un pas et trébuchai, le laissant tomber. Les documents s'en échappèrent. *Bon sang.*

Cutter et Laura s'accroupirent à côté de moi et Allie se précipita également pour nous aider. À l'exception de quelques photos, le carton était rempli de papiers et nous les récupérâmes pour les remettre dans le carton.

Je ne fis pas vraiment attention à ce que je récupérais, donc je ne savais pas vraiment comment cela avait pu attirer mon regard, mais je m'arrêtai brutalement en voyant l'arbre généalogique d'Eliza. Un arbre qui partait dans un sens vers ma mère, Amanda, mais un autre nom familier apparaissait en haut.

Donnelly.

Je rapprochai le papier et l'étudiai, me perdant dans la lignée de mes ancêtres. Un Donnelly était l'un de mes grands-oncles ? Je n'en étais pas certaine.

Même si je n'avais rien vu de particulier sur le document, quelque chose de profondément ancré en moi était convaincu que le nom du Père Donnelly était écrit quelque part sur cet arbre. Tout comme le mien.

Cependant, si c'était vrai, qu'est-ce que cela signifiait ?

— Maman ?

Je sursautai.

— Pardon, j'ai été distraite.

Je mis l'arbre généalogique dans le carton et le poussai vers Allie.

— Mets-le dans le placard. Il faut que je passe un coup de fil.

— Bien sûr. Pas de problème. Je voulais simplement te dire que Jared est ici. Il est venu sur une moto vintage super cool, donc papa et moi allons sortir pour la voir. Stuart s'occupe de Timmy. Ils vont prendre une glace dans le congélateur du garage.

— D'accord. Génial. Ça m'a l'air super.

Je l'entendais à peine. Mon esprit était plein de questions, et alors qu'Allie volait vers la porte d'entrée, je me précipitai dans le bureau de Stuart. Je claquai la porte derrière moi et récupérai le téléphone. Je tapotai ensuite impatiemment un crayon contre le bureau alors que je passais par le standard pour joindre le Père Corletti.

— Katherine, *mia cara*, merci mon Dieu, tu réponds à mes messages.

— Mon Père, je... attendez. Quoi ? Vous m'avez appelée ?

Je jurai silencieusement avant de faire mon signe de croix, tout en me demandant où j'avais laissé mon portable.

— Mon Père, que se passe-t-il ?

— Mon enfant. Les choses ne sont pas ce qu'on croit.

— Attendez. Quoi ? Quelles choses ?

— Les rapports que tu as envoyés. La raison pour laquelle les démons protègent Allie... Kate, tout a été horriblement compris de travers.

— Je ne comprends pas.

— Les démons ne veulent pas garder Allie en vie parce qu'elle est la seule qui peut vaincre Lilith.

— Alors pourquoi...

— Ils veulent la garder en vie parce qu'elle est la seule humaine pouvant contenir l'énergie de Lilith sans consentement.

Je m'assis sur le fauteuil de Stuart. Lilith était incroyablement puissante, donc bien sûr, elle brûlerait un corps humain en un instant. Elle s'était manifestée une fois lors de ce dernier millénaire, d'après ce que je savais, et c'était lorsqu'elle avait pris le contrôle du corps de Nadia. En revanche, Nadia était une ancienne chasseuse de démons avide de pouvoir qui avait été au courant de cette histoire et avait échangé son corps pour du pouvoir.

Elle avait consenti et Lilith était arrivée dans cette dimension.

Mais il n'y avait pas beaucoup de Nadia dans le monde, merci mon Dieu.

Ce qui signifiait que nous étions sûrs d'une chose : cette sale pétasse dans le royaume démoniaque s'en prenait à nouveau à ma famille. Et cette fois-ci, elle voulait ma fille.

Impossible.

Absolument. Impossible.

Je me levai, ayant besoin de prévenir immédiatement Allie avant de me rappeler ce qu'elle venait tout juste de me dire. Eric et elle étaient sortis pour voir la moto de Jared.

Jared.

Le garçon qui était censé vouloir protéger ma petite fille pour qu'elle tue Lilith.

Cette espèce de pourriture.

— Mon Père. Attendez. Je reviens tout de suite.

Je n'attendis pas qu'il réponde. Je mis plutôt le téléphone dans ma poche arrière en courant hors du bureau pour me précipiter vers la porte, emportant un des crayons de Stuart. Je remarquai à peine Laura se tenant avec Mindy et Cutter. Ils avaient tous les trois l'air perplexe. Stuart était en haut de l'escalier et criait mon nom.

Je les ignorai tous.

J'atteignais seulement le couloir quand la porte d'entrée s'ouvrit et que Jared entra précipitamment, la peau sur son visage visiblement entaillée à cause de ce qui ressemblait à des traces de fouet.

— Kate ! Kate ! Ils ont emmené Allie et Eric ! Un van. Ils se sont arrêtés et ils ont arraché le collier d'Allie et...

Je ne le laissai pas finir. Je lui bondis plutôt dessus et le renversai. Je le chevauchai, l'extrémité pointue du crayon au-dessus de son cœur.

— Crois-moi quand je te dis que je pourrais transpercer tes vêtements et ta peau pour atteindre ton cœur mort et froid. Je suis extrêmement, *extrêmement* motivée.

— Kate... Je n'ai rien fait. C'est quoi ce délire ? Que se passe-t-il ?

— Espèce de salaud. Tu es un incroyable salaud. Je te *faisais confiance*. Je pensais que tu voulais protéger Allie, pas lui faire du mal.

— Lui faire du mal ?

C'était la voix de Mindy, mais je l'ignorai également.

— De quoi parlez-vous ? s'enquit Jared. Je ne veux pas faire de mal à Allie.

— Elle peut combattre Lilith ? Conneries. Tu la veux parce qu'elle *peut* devenir Lilith.

— Non.

Il secoua la tête.

— Non, non, non. Je ne veux rien de tout ça. Je veux que Lilith disparaisse.

— Conneries.

J'entendis un étrange bourdonnement et me rendis compte que cela venait de ma poche arrière. C'était le bruit déplaisant d'un appel ayant été déconnecté.

— Stuart, tu peux...

Heureusement, il me comprit et saisit le téléphone dans mon jean avant de raccrocher. Il fallait que je rappelle le prêtre, mais je devais d'abord m'occuper de ce traître.

— Il dit la vérité, déclara Mindy en arrivant dans mon champ de vision. Du moins, c'est presque entièrement le cas. Quand il dit qu'il veut que Lilith disparaisse.

Je la regardai, avant de me tourner vers Stuart et Laura, qui secoua la tête comme pour dire qu'elle ne savait pas ce dont sa fille parlait.

— Stuart, tu peux trouver quelque chose de solide et pointu, en bois ? Et une masse. Je veux que tu surveilles ce mec.

— Je m'en occupe, déclara-t-il en partant vers le garage.

— D'accord, Mindy. De quoi parles-tu ?

Elle fit un pas hésitant vers Jared.

— Ils te font chanter, n'est-ce pas ? Tu détestes vraiment Lilith, mais ils te font chanter.

Jared demeura silencieux et je baissai donc le crayon jusqu'à ce qu'il acquiesce.

— Oui.

Il tourna la tête sans croiser mon regard. Et il ne dit pas mot.

J'envisageai de le torturer. C'était certainement tentant, mais je me tournai plutôt vers Mindy. À cet instant, j'avais besoin d'informations.

— Que sais-tu, Mindy ? Et comment es-tu au courant ?

— Je... eh bien, quand j'étais en colère contre Allie, j'ai commencé à faire des recherches sur lui.

Elle hocha la tête en direction du vampire par terre.

— Je vous avais dit que je ne lui faisais pas confiance.

— Tu as fait des recherches sur un vampire ?

— Eh bien, il agit dans ce monde comme un humain, n'est-ce pas ? Alors j'ai vérifié ce que je pouvais trouver. Adresse, permis de conduire, informations sur les parents. C'est vraiment lui, n'est-ce pas ? Alors j'ai continué de reculer dans le temps. C'était assez amusant, en fait, et je...

— Mindy, chérie, l'interrompit Laura. Qu'as-tu appris ?

— Il a une sœur. Depuis trois générations, il y a toujours une sœur. Donc je me suis dit que c'était aussi un vampire. Mais où est-elle, maintenant ?

— Elle s'est pris un pieu dans le cœur ? s'enquit Cutter.

Je secouai la tête.

— Du chantage. C'est ce que tu as dit, n'est-ce pas ?

Je posai la question à Mindy, qui acquiesça.

— Du chantage ? répéta Stuart en revenant avec un tuteur de jardin et une masse en caoutchouc.

Je hochai la tête en direction de Cutter.

— Vous pouvez garder ce tuteur devant son cœur et aller lui trouver une chaise ? S'il ment, enfoncez-le.

Ils s'exécutèrent, tandis que Stuart maintenait Jared par les épaules et que Cutter l'immobilisait avec un tuteur bien placé et une envie claire d'utiliser la masse.

— Tu en es sûre ? demandai-je à Mindy.

— Non. C'est juste logique. Sa sœur a visiblement cessé d'exister soudainement. Mais maintenant, il s'intéresse à Allie ? Si Lilith était si importante pour lui, pourquoi n'est-il pas venu aider la dernière fois qu'elle s'est pointée en ville ? Il se pointe aujourd'hui parce que Lilith avait besoin de lui. C'est ce que je crois, en tout cas.

— C'est une bonne théorie, admis-je.

Je me souvins qu'en plus de savoir chanter, Mindy travaillait aussi pour le journal de l'école.

Laura regarda sa fille.

— Alors tu crois que Lilith a enlevé sa sœur et oblige Jared à faire ce qu'elle dit. Soit il lui livre Allie, soit sa sœur meurt.

Dans la chaise, Jared ferma les yeux avant de chuchoter quelque chose.

— Parle plus fort, crachai-je.

— Elle ne mourra pas, chuchota-t-il. Ils vont simplement continuer de la torturer.

Sa voix paraissait étranglée.

— Elle n'a que dix ans. Vous savez combien de temps vous pouvez torturer un vampire avant qu'il meure ? Essayez donc pour toujours.

Il releva son menton et son expression était plus peinée que jamais.

— J'ai toujours pris soin de Celia, dit-il. Depuis que j'ai sept ans. Comment pouvais-je arrêter alors que nous avions tous les deux été transformés ? Comment pouvais-je l'abandonner ou l'obliger à trouver sa propre voie dans le monde, comme une enfant précoce ?

Je n'avais pas envie de le croire, mais bon sang, c'était le cas.

— Comment sais-tu qu'elle est torturée ? Ils te l'ont montrée ? Par télépathie ?

— Les deux. Ils m'ont emmené la voir, une fois. Une pièce, bien loin d'ici. Elle est sombre, mais il y a des murs de cristal. Ils l'avaient enchaînée. Ils l'avaient tailladée. Frappée. Ils m'ont poussé à lui parler et ils m'ont ensuite fait sortir. Ils l'ont laissée toute seule et elle criait pour que je revienne. Pour que je la sauve. Ils pourraient la laisser pendant des centaines d'années. Des milliers. Elle deviendrait folle. Elle deviendrait faible. Mais elle ne mourrait pas.

Alors qu'il parlait, Stuart retira ses mains des épaules de Jared et laissa Cutter contrôler le vampire. Je ne m'inquiétais pas trop, mais j'étais curieuse de savoir ce que mon mari faisait, surtout quand il tapa un numéro sur le téléphone qu'il m'avait pris plus tôt.

Je chassai ma curiosité pour me concentrer sur la façon dont Jared pouvait nous aider à présent. Puisqu'en ce qui me concernait, ce vampire n'avait de la valeur que s'il m'offrait un moyen de trouver ma fille et Eric.

— Alors pourquoi ne peux-tu pas la trouver ? s'enquit Laura. Tu as dit qu'ils te l'avaient montrée par télépathie, c'est ça ? Alors, pourquoi ne pas utiliser ça pour la trouver ? Ou du moins pour lui parler et lui faire savoir qu'elle n'est pas seule ?

— Les murs de cristal, dis-je. Il ne peut pas lui parler. Il ne peut pas la trouver. C'est ça ?

Jared acquiesça tristement.

— Ils doivent ouvrir une porte quand ils la torturent. Les seules fois où j'ai des flashs, c'est quand elle souffre.

— Aide-nous, dis-je.

Je me penchai pour le regarder droit dans les yeux.

— Aide-nous à trouver Allie et Eric. Si tu tiens vraiment à ma fille — et je crois que c'est le cas, Jared — alors, s'il te plaît, aide-nous.

Il sembla s'avachir.

— Je tiens à elle. À vous. À Mindy et Eliza.

Derrière moi, Mindy ricana.

— Je le jure. Mais c'est ma sœur. Vous ne comprenez pas ? Ils vont la détruire.

— Ils vont aussi détruire Allie. Et qui sait ce qu'ils veulent faire d'Eric.

— Lilith veut un compagnon, déclara-t-il impassiblement. Odayne est parti, mais j'imagine que Lilith aimait bien Eric. Elle veut placer l'un de ses consorts dans son corps humain.

Je grimaçai.

— Où les ont-ils emmenés ?

Il secoua la tête.

— Je n'en sais rien.

— Je ne te crois pas, dit Cutter.

Il appuya le tuteur contre son tee-shirt.

— Si je te le plante dans le cœur, ta sœur sera toute seule.

Jared ferma les yeux.

— Je ne peux pas.

— Écoute-moi, dis-je. Tu veux vraiment être de leur côté ? Allie est spéciale. Aide-la. Aide-la et nous trouverons ta sœur.

Il secoua la tête.

— Impossible. Vous ne la trouveriez jamais. Et oui, Allie est spéciale. Mais ça ne veut pas dire qu'elle va gagner.

Je sentis la réalité glaciale de ses mots et m'obligeai à ne pas y penser.

— Nous allons gagner et trouver ta sœur.

Jared secoua la tête en répétant :

— Je ne peux pas. Je ne peux pas. Je suis désolé, mais je ne peux pas.

Derrière Jared, Stuart leva le téléphone et j'entendis la voix du Père Corletti dans le haut-parleur.

— Il dit la vérité sur sa sœur, *mia cara*. Nous avons appris que la vampire Celia avait été emprisonnée par Lilith. Jared, aide-nous et tu auras tout le pouvoir de la *Forza Scura* derrière toi.

— Comment pouvez-vous trouver quelqu'un que Lilith ne veut pas que vous retrouviez ? demanda-t-il d'une voix tremblante. Je suis désolé. Je ne peux pas laisser tomber ma sœur.

— Alors tu vas laisser tomber le monde ? crachai-je. Jared, si Lilith prend possession du corps d'Allie, que se passera-t-il dans ce royaume, à ton avis ? Dans un an, ou peut-être même demain, la Terre deviendra la véritable dimension des enfers.

Il se contenta de baisser la tête et de marmonner :

— Je suis désolé. Je suis désolé. Je lui ai promis. J'ai promis à mes parents. J'ai juré que je prendrai toujours soin de Celia.

Dans le haut-parleur, j'entendis le Père Corletti soupirer.

— Le garçon doit faire ce qu'il pense bon. C'est rare, chez un vampire. Au moins, nous ne pouvons le condamner pour ça.

— Eh bien, moi, je le fais, dis-je. Il sacrifie ma fille et le monde. Allez, Jared. Aie une vue d'ensemble.

— *Katherine.*

Le ton sévère du Père Corletti attira mon attention.

— Il y a encore de l'espoir. Tu dois les trouver et interrompre la cérémonie.

— Comment ? Le portable d'Allie est ici et Jared lui a arraché son collier.

Je l'avais simplement deviné, mais à la façon dont il grimaça, je sus que j'avais raison.

— Mon téléphone n'est pas formaté pour pister Eric et nous ne savons pas où ils vont.

— Lilith a l'intention de s'installer dans ce monde, Kate. Je crois que tu sais où elle ira. Où elle a besoin d'aller.

Bien sûr. Les ruines de la Table de Pierre. C'était un vieux site rituel existant déjà avant la ville elle-même et qui était récemment devenue la localisation préférée pour les cérémonies démoniaques. Non seulement ça, mais c'était aussi là que Lilith avait essayé de revenir précédemment.

— Comment allons-nous l'arrêter ? Nous avons à peine survécu la dernière fois. Mon Père, je n'ai aucune arme à utiliser contre un Haut Démon.

— Il y a un moyen, dit-il. Mais tu dois m'écouter attentivement. Lilith aura besoin de faire un transfert dans le corps d'Allie. Une fois qu'elle y sera, elle n'aura besoin que de poser une main sur la chair d'Eric pour l'ouvrir à une entité démoniaque. Tu dois l'arrêter avant qu'elle entre en Allie, sinon, tout sera effectivement perdu.

— Mais comment ?

— Elle aura besoin du sang d'Eric. Empêche-la de le faire saigner et tu interrompras la cérémonie. Une fois qu'elle aura une seule goutte, le portail sera ouvert et elle tentera de passer.

— Elle tentera ?

— C'est le deuxième moment où tu peux l'arrêter, même si le prix est élevé. Mais mon enfant, il n'y en aura pas de troisième.

Je déglutis avant de croiser le regard de Laura. Elle paraissait aussi effrayée que moi et je vis qu'elle agrippait la main de Cutter, son autre bras entourant les épaules de Mindy. Devant moi, la tête de Jared pendait tant il était abattu. J'étais navrée pour les épreuves endurées par sa sœur, sincèrement, mais pas suffisamment pour sacrifier ma fille ou ce monde.

Stuart me regardait en tenant le téléphone. Il articula ensuite silencieusement : *tu peux le faire*.

Je fermai les yeux, soutenue par sa foi en moi. Je *pouvais* le faire. Plus que ça, je devais le faire.

— Je comprends, dis-je au Père. Dites-moi simplement quoi faire.

— *Ici, ici, ici*, criai-je en montrant l'embranchement pour rejoindre la Table de Pierre.

C'était une route que j'avais empruntée à de nombreuses reprises. Tant de fois que je commençais à penser que quelqu'un devrait la paver. D'ailleurs, quelqu'un devrait retirer ces ruines. Les plonger dans la mer, ou au moins les enfouir assez profondément dans un centre de traitement des déchets.

Parce que franchement ? J'en avais assez de cet endroit.

Cutter était derrière le volant et nous rebondissions dans la voiture. J'avais cédé ma place de conductrice puisque je voulais penser à un plan pour cette équipe hétéroclite composée de moi, Cutter, Stuart, Eddie et Jared.

Ce dernier était venu parce que nous aurions peut-être besoin de lui. Cutter était là pour ses aptitudes qui déchiraient. Eddie, parce qu'il avait l'expérience et des compétences de combat surprenantes pour un homme de son âge. De plus, il venait tout juste de rentrer à la maison au moment où nous sortions et quand nous lui avions expliqué la situation, il avait refusé de rester à l'écart, pas même pour aider Laura et Mindy à s'occuper de la fête d'anniversaire.

Et, bien sûr, il y avait Stuart, qui n'était venu que parce que je n'avais pas le temps de me disputer et il était déterminé.

— *Si tu penses que je ne vais pas être là pour ma fille, tu te trompes*, avait-il dit.

Il avait prononcé les bons mots et j'avais cédé. Avec un peu de chance, cependant, je pourrais le convaincre de rester dans le monospace. Je n'avais vraiment pas envie d'éparpiller ma concentration pour le surveiller. Je ne voulais surtout pas qu'il meure.

Nous nous garâmes avant de sortir précipitamment de la voiture. Je savais, par expérience, que nous devions marcher le reste du chemin. Et alors que je levais les yeux vers le ciel, je vis quatre traînées blanches au-dessus de nous et sus que nous devions nous dépêcher. *Une pluie de météorites. Le feu et la glace.*

L'avertissement d'Eliza résonna dans ma tête.

Lilith.

Je commençai à courir.

Ça n'aura pas d'importance, Kate.

La voix, glaciale et féminine, sembla emplir mon esprit. Je ralentis assez longtemps pour jeter un coup d'œil aux hommes et vis à leur expression que ce n'était pas seulement moi. Je croisai le regard de Stuart, empli de peur, et recommençai à courir. Peu importait ce qu'il se passait, c'était maintenant. Oh, mon Dieu, j'espérais que nous n'arrivions pas trop tard.

Mais tu es en retard, Kate. Ce n'est pas grave. Je ne te ferai pas de mal. Finalement, tu seras ma mère à moi aussi.

— Éloigne-toi d'elle, pétasse, crachai-je avant de franchir les derniers buissons pour arriver dans la zone ouverte autour de la Table en Pierre usée.

Je marquai une pause pour reprendre mes repères, remarquant que le périmètre était défini par des gardiens démoniaques entourant le site de la cérémonie.

— *Maman* !

— Je suis là, chérie, criai-je.

Je scrutai l'endroit et la trouvai attachée à un pilier en pierre brillant que je n'avais jamais vu ici par le passé.

— Tout ira bien, lui dis-je bien que je n'en sois pas sûre du tout.

J'entendis l'herbe bruisser derrière moi et sus que les hommes m'avaient rattrapée. Je ne me tournai pas pour les regarder. J'étais trop horrifiée par ce que je voyais à ma gauche : Eric, nu, attaché à un autre pilier, son corps entier couvert de petites coupures afin que de petites traînées de sang quadrillent son corps.

Non.

J'avais envie de le crier, mais je ne le fis que dans ma tête.

Eric avait déjà commencé à saigner. Cela signifiait qu'il ne me restait qu'une chance.

La pierre de calice.

Mais où était-elle et à quoi ressemblait-elle ? D'ailleurs, où était Lilith ?

La seconde devinette était facile : tout autour de nous, dans l'éther. Mais quant à la première...

Je croisai le regard d'Allie.

— Une pierre cérémoniale. L'as-tu vue ?

Elle secoua la tête tout en essayant de se défaire de ses liens, mais c'était inutile. Je doutai de faire mieux, donc je n'y allai pas pour essayer. C'était inutile. Jusqu'à ce que je détruise la pierre, elle n'était aucunement en sécurité.

— Jared, l'appelai-je. À quoi ressemble-t-elle ?

Il ouvrit la bouche avant de la refermer quand l'air s'emplit des cris d'une enfant souffrant, comme si elle était coincée dans un cauchemar infini.

Ça n'arrêtera jamais. Pas si tu aides notre Kate. Mais sois notre bras droit et tu retrouveras ta sœur. Ton adorable Celia qui crie quand le feu de mon souffle la touche. Ta petite sœur qui devient lentement folle parce que tu l'as laissée tomber. Qui te déteste parce que tu ne l'as pas sauvée. Tu peux la libérer, à présent. Aide-moi et je la laisserai partir. Je vais peut-être même lui rendre sa santé mentale.

— Elle ment, lui criai-je.

Les démons qui étaient restés plantés comme des statues le long du périmètre se précipitèrent vers les hommes.

— Ne t'inquiète pas pour nous, cria Cutter.

Il visa l'un des démons dans l'œil avec son couteau et prouva que ses compétences étaient tout aussi variées qu'il l'avait présenté. Stuart et Eddie combattaient ensemble et je cherchai désespérément la pierre de calice. Mais je ne vis rien.

Je devais la trouver. Je le *devais*.

— *La pierre de calice est la clé*, avait dit le Père Corletti. *Si elle a déjà entamé le rituel du sang, alors la prochaine étape sera son entrée dans la pierre de calice. C'est une localisation intermédiaire entre son royaume et le nôtre. Elle vien-*

dra, reprendra des forces et presque immédiatement, elle repartira.

Ma tête tournait à cause de ce souvenir et de l'importance des mots du Père Corletti, ceux qu'il avait partagés avec nous en parlant dans le système audio de l'Odyssey quand nous nous précipitions vers la Table de Pierre.

Je devais trouver la pierre de calice.

— *Tu dois détruire le calice quand elle est dedans. Si tu le fais, alors tu auras détruit Lilith dans sa véritable forme et elle n'existera plus. Si tu ne le fais pas, alors elle entrera en Allie et nous ne pourrons plus l'arrêter.*

Je lui avais dit que j'avais compris. Ce que je ne lui avais pas dit, c'était que ses paroles m'avaient terrifiée.

Je ne m'étais pas rendu compte qu'elles deviendraient encore pires.

— *Il y a un prix, mia cara. Celui qui détruit la pierre… il n'y a pas de retour en arrière. Tu dois le comprendre. Les textes anciens sont clairs. Il n'y a que la mort ou la folie, si le destructeur a le malheur de survivre. Il faudra payer un prix pour tuer Lilith. Tu dois le comprendre.*

— Il faut que je sauve ma fille.

— *Dans ce cas, tu dois le savoir. L'arme est le sang.*

J'avais alors prononcé ces mots et les répétais maintenant. Nous avions discuté d'une autre façon de le faire dans la voiture, mais je savais qu'il n'en existait pas. Allie était celle qui comptait et pas seulement à cause de ses aptitudes nouvellement trouvées. Elle était ma petite fille et je n'allais pas la condamner à une éternité coincée avec un démon. J'allais volontiers faire ce sacrifice.

Dommage que je ne puisse trouver cette fichue pierre.

— *Maman ! Il se passe quelque chose.*

Effectivement, l'air autour de nous semblait briller. Je sentis un tiraillement, comme si l'air se rassemblait et j'entendis Eric crier, comme si cet étrange vortex aspirait également la vie en lui.

Allie cria et je le vis alors. *La table tout entière, brisée et détruite, commença à scintiller.*

La *table* était le calice et cet éclat était Lilith.

C'était maintenant ou jamais.

— Je t'aime, Allie, dis-je en me tranchant la paume avec mon couteau quand je me précipitai dans cette direction.

J'étais terrifiée, mais déterminée.

Je n'y arrivai pas.

Je tombai sur les fesses, poussée par Stuart.

— Elle a besoin de toi, dit-il. Et le monde a besoin d'elle. Je t'aime, Allie, déclara-t-il plus fort. Ta mère et toi êtes les meilleures choses qui soient arrivées dans ma vie.

— Stuart ! cria Allie en même temps que moi. Non !

Mais il était trop tard.

— Je sais ce que je fais, cria-t-il en se tranchant la paume.

Il la posa ensuite sur la table et la terre entière commença à s'effriter.

J'entendis la voix de Jared par-dessus le vacarme.

— Celia ! cria-t-il. Je suis désolé.

Dans un mouvement affolé, il tacla Stuart et l'éloigna de la table avant de claquer sa propre paume ensanglantée.

Immédiatement, il fut projeté en arrière et je ne pus que supposer que le sang de vampire ne fonctionnait pas.

Mais Jared avait-il sauvé Stuart ? Ou avait-il ouvert une porte pour que Lilith s'échappe ?

Je jetai un coup d'œil à Cutter et Eddie, qui n'avaient

visiblement pas plus d'idée que moi. Je courus ensuite vers Stuart qui était allongé par terre, immobile. Je me penchai au-dessus de lui, avant de soupirer de soulagement quand je me rendis compte qu'il respirait. Mais j'avais beau le secouer et lui parler, il ne se réveillait pas.

— Lilith ? demanda Allie.

— Tu la sens ?

Elle se mordit la lèvre inférieure avant de secouer la tête.

— Je crois qu'elle est partie.

Hésitante, je touchai la table et m'attendis… à quelque chose. Mais il ne s'agissait que de pierre froide.

— Elle a été chassée, murmura Eric d'une voix à peine audible. Je l'ai senti.

— Elle est partie pour de bon ?

— Je l'ignore. Je l'espère.

L'épuisement teintait sa voix.

— Je vais le descendre, déclara Eddie en se précipitant vers Eric.

— Je m'occupe d'Allie, dit Cutter en jetant un coup d'œil dans ma direction. Prends soin de Stuart.

Je m'exécutai et me rapprochai de lui pour tenter de le ranimer, mais c'était inutile. Il était assommé. Totalement inconscient. Et j'ignorais combien de temps il resterait ainsi.

Derrière moi, Jared se releva et s'approcha.

— Merci, dis-je.

Il secoua simplement la tête.

— Trop tard, dit-il en hochant la tête vers Stuart. Je suis désolé. Je voulais le sauver.

— Je te crois, répondis-je. Et je suis désolée pour ta sœur.

Elle était perdue, évidemment. Les chances de trouver la pauvre fille torturée étaient proches du néant.

— On va t'aider à chercher, je te le promets.

— Je sais. Ça n'aura pas d'importance.

— Peut-être que si, dis-je en espérant la sauver.

Je savais néanmoins que la chance n'était pas de notre côté.

Un instant plus tard, Cutter accompagna Allie jusqu'à moi et je m'agrippai à elle.

— On a gagné, déclara-t-elle.

Les larmes coulèrent sur son visage alors qu'elle posait une main sur l'épaule de Stuart.

— Mais je n'en ai pas l'impression.

— C'était un prix trop élevé à payer, dis-je. C'était peut-être une victoire, mais on ne peut pas dire qu'on a gagné.

— Tout ira bien pour lui, Kate, dit Eric.

Il m'attira contre lui alors que les ambulanciers mettaient Stuart dans le véhicule, sur une civière, où Allie et Eddie étaient déjà assis avec des urgentistes.

— Il est vivant. On trouvera une solution. Tout ira bien pour lui.

J'acquiesçai, luttant contre les larmes alors que je pensais à mon mari, destiné à une vie de folie parce qu'il avait survécu à l'explosion de la pierre.

— Il a sauvé Allie, dis-je. Il ne mérite pas de devenir fou.

— Peut-être que ce ne sera pas le cas. Ces documents

sont anciens. Ils datent de l'époque où la médecine n'était pas évoluée. Où les médicaments n'existaient pas.

Il appuya une main sur ma joue.

— Tout ira bien, Katie. Stuart ira bien.

Je pris une profonde inspiration, voulant lui dire qu'il ne pouvait pas le savoir. Je lui demandai plutôt :

— C'est ce que tu veux ?

La question était sortie plus sèchement que je ne l'avais voulu, et je vis un éclat de douleur se refléter dans le regard d'Eric.

— Tu l'aimes ?

J'acquiesçai, les larmes coulant sur mes joues alors que je me demandais comment une question si simple pouvait être si stressante.

— Tu sais bien que oui.

— Et c'est pour ça que je veux qu'il aille bien, déclara Eric.

Je déglutis et me rendis alors compte que ma gorge était emplie de larmes.

— Maman ! Viens ! hurla Allie depuis l'arrière de l'ambulance.

— Vas-y, dit Eric.

Je me précipitai en direction du véhicule et grimpai quand l'ambulance démarra pour fermer les portes.

J'aperçus une dernière fois Eddie, Cutter et Eric aux côtés de Jared. Je leur chuchotai *merci* à tous les quatre.

Les portières se fermèrent et l'ambulance commença à rebondir sur le chemin cahoteux, laissant un des hommes que j'aimais derrière moi alors que je me penchais et prenais la main de l'autre.

Tout ira bien, pour lui, avait dit Eric. Et même s'il n'avait aucune capacité mystique pour le savoir, le simple fait qu'il l'ait dit me donnait de l'espoir. Pas simplement pour Stuart, mais pour notre grande famille étrange.

Il nous restait des questions sans réponse, notamment concernant la lignée qui menait du Père Donnelly jusqu'à ma fille. Et Dieu savait que cette famille abritait des secrets, des démons et une lignée étrangement teintée. Mais nous étions également ensemble.

Et malgré tout, j'avais foi et me disais que ce serait suffisant.

J'espère que vous avez aimé l'histoire de Kate autant que j'ai aimé l'écrire ! Merci de poster un avis sur votre site de vente préféré ! Vous n'avez pas idée combien c'est utile pour les auteurs.

Assurez-vous de vous inscrire à ma newsletter pour être le premier à savoir quand la prochaine aventure de Kate - Démon, mode d'emploi (Tome 8) - sera disponible !

https://jkenner.com/French

Démon, mode d'emploi

La clé du bonheur, c'est de vivre avec une fée du logis. Kate Connor pourrait tuer le premier qui a dit une telle énormité.

Mère à plein temps et chasseuse de démons à ses heures, Kate a déjà du plain sur la planche, mais elle va hériter d'une troisième mission : celle de directrice d'une académie spéciale pour les nouveaux combattants du mal.

La première élève de Kate ? Sa propre adolescente, Allie, dont les pouvoirs obtenus par son héritage hors du commun dépassent de loin la compréhension de Kate. Ni la mère ni la fille ne savent comment les gérer.

Tant pis, elles vont devoir se débrouiller, et vite, car des forces obscures envahissent l'école… Sérieusement, Kate n'aura donc jamais la paix ?!

J. Kenner

Julie Kenner (alias J. Kenner) est une auteure de best-sellers internationaux figurant aux classements des journaux *New York Times*, *USA Today*, *Publishers Weekly* et *Wall Street Journal*. Elle a écrit plus d'une centaine de romans, de romans courts et de nouvelles dans toutes sortes de genres littéraires.

Selon *Publishers Weekly*, JK est une auteure qui a un « don pour le dialogue et la création de personnages excentriques », et le *RT Bookclub* estime qu'elle a su « répondre aux besoins du marché en créant des antihéros scandaleusement attirants et dominateurs, et des femmes qui fondent pour eux. » Six fois finaliste de la prestigieuse récompense RITA (*Romance Writers of America*), JK a remporté son premier trophée RITA en 2014 pour son roman *Claim Me* (tome 2 de sa trilogie *Stark*) et le second en 2017 pour son roman *Wicked Dirty*. Elle a vendu des millions de livres, publiés dans plus de vingt langues.

Au cours de sa précédente carrière, JK a exercé comme avocate en Californie du Sud et au Texas. Elle vit actuellement dans le centre du Texas, avec son mari, ses deux filles et deux chats plutôt lunatiques.

Visitez son site web www.juliekenner.com pour en savoir plus et pour entrer en contact avec JK sur les réseaux sociaux !

Newsletter en français :
https://jkenner.com/French